KING
PLATINUM

5

Della stessa autrice:

La vacanza perfetta
La casa dei cadaveri

Titolo originale: *The Perfect Marriage*

Traduzione dalla lingua inglese di Fabio Bernabei

Prima edizione in questa collana: agosto 2025

ISBN 978-88-227-9938-8

www.newtoncompton.com

Realizzazione a cura di Caratteri Speciali, Roma
Stampato nell'agosto 2025 presso Puntoweb s.r.l., Ariccia (Roma)

Jeneva Rose

Un matrimonio perfetto

Newton Compton editori

Alla mamma, la mia più grande fan
e il mio ricordo più caro.

Prologo

Ma lui l'amava? Di sicuro amava il modo in cui lei lo guardava, la reazione del suo corpo durante l'orgasmo – il labbro che tremava, il piede che scattava su e giù. E anche i lunghi capelli castani che le ricadevano sugli occhi da cerbiatta quando lo cavalcava, o la curva della sua schiena snella che si inarcava quando la prendeva da dietro. Certo, amava alcune cose di lei. La domanda giusta, tuttavia, non è se l'amava.

È se l'ha uccisa.

1
Sarah Morgan

L'eco della delusione nella voce di Adam aleggia nella stanza e resta sospesa tra noi, una nebbia che ci nasconde l'uno dall'altra. La inalo a fondo e respiro con forza; solo allora si dissipa, e riesco a vedere di nuovo il sentiero che ci unisce. Non ho bisogno di guardarlo per sapere che ha il viso triste e le labbra serrate. Non ha torto. L'ho deluso ancora una volta. Mi infilo il blazer e domo le ciocche ribelli, poi raccolgo i capelli in uno chignon stretto, impeccabile. Come sempre. Incrocio il suo sguardo, e siamo di nuovo al punto di partenza.

«Mi dispiace». Chino il capo, evito il suo sguardo per attirarlo a me. Lui abbocca, e ora con il suo metro e novanta torreggia sul mio corpo minuto. Mi prende il mento e lo alza verso il suo viso per sigillarmi un bacio delicato sulle labbra. Un brivido mi percorre tutta. Anche dopo dieci anni di matrimonio, Adam mi fa sempre lo stesso effetto. E anch'io faccio ancora lo stesso effetto a lui. Nel senso che lo deludo. Sempre.

«Dovevamo partire per la casa al lago già ieri».

Mi sciolgo dall'abbraccio e inizio a preparare la borsa, il senso del dovere è più forte dei sentimenti. «Lo so, lo so. È solo che ho un sacco di cose da fare. E devo ancora preparare l'arringa finale per il processo».

Adam sbuffa e incrocia le braccia. «Hai sempre un sacco di lavoro, c'è sempre qualche caso da preparare». Socchiude gli occhi e mi lancia uno sguardo accusatorio, come se fossi sotto processo anch'io.

«Qualcuno dovrà pur pagare le bollette», lo stuzzico. Uno a zero per me. Scuote appena la testa, un gesto impercettibile, ma non posso ignorarlo. Mi avvicino e gli metto le mani sulle spalle. Finge di non volersi chinare verso le mie labbra, ma so già che lo farà.

Il tira e molla dura solo pochi secondi, poi abbozza un sorriso e le nostre labbra si ritrovano, con più passione stavolta. Apriamo la bocca, le nostre lingue si intrecciano, le sue mani percorrono la mia schiena. Per un attimo penso di annullare tutto.

Ma poi la realtà riprende il sopravvento.

«Devo andare», gli sussurro all'orecchio mentre mi stacco dal bacio. Sono sempre la prima a tirarmi indietro. Un giorno il nostro matrimonio sarà quello che ho sempre sognato. So che può esserlo. Solo che quel giorno non è oggi.

«Sarah, domani è il nostro anniversario. Dieci anni», mi dice, corrucciato. Non c'è bisogno che me lo ricordi. Lo so.

«E farò il possibile per venire», lo rassicuro.

«Forse credi che in dieci anni ci abbia fatto l'abitudine... ma non è così». Sospira e si gratta il mento, indeciso – non sa se deve aggiungere altro o se è meglio lasciar perdere.

«Mi dispiace, Adam. Lo sai che preferisco stare con te che in un'aula del tribunale».

Mi fissa con aria scettica: non mi crede. Sa anche che amo il mio lavoro.

«Dopo questo caso mi prendo un po' di ferie. Giuro». Suggello la promessa con un sorriso, sperando di placarlo.

Mi lancia un'occhiata di traverso. «È una promessa vera o una promessa di Sarah?»

«Oh, piantala», dico, e gli do una pacca sul petto.

Lui afferra la mia mano e mi tira a sé per baciarmi di nuovo. «Solo se la pianti anche tu».

«Oh, a proposito». Mi immergo nella cabina armadio e recupero la scatolina avvolta in carta da regalo che ho nascosto dietro una delle mie borse firmate. Torno a passi lenti in camera da letto con la scatolina in bilico sul palmo della mano, e gliela porgo. «Ti ho preso un pensierino».

Gli occhi di Adam si spostano rapidamente da me al regalo. «Non dovevi», commenta, mentre lo prende. In effetti dopo il quinto anniversario avevamo deciso che non ci saremmo più fatti regali, ma non sono riuscita a resistere. Scarta il pacchetto con cura, apre la scatolina e vede il regalo: un orologio Patek Philippe Grand Complications, con cinturino in pelle di alligatore e quadrante in oro. Rimane a bocca aperta, gli occhi sgranati.

«Ma... è troppo», dice, e scuote la testa. E allo stesso tempo lo studia, incantato dai dettagli e dal design.

«No, non è troppo. Facciamo dieci anni, è importante», ribatto. Mi avvicino ed estraggo l'orologio dalla confezione. «Guarda cos'ho fatto incidere».

Adam prende l'orologio e lo gira. Sfiora con un dito il numero 5.258.880 inciso nel metallo.

«Cosa vuol dire?», chiede.

«Sono dieci anni in minuti», rispondo.

Mi dà un bacio sulla bocca e mi sorride, poi si infila l'orologio e tende il braccio, per ammirarlo meglio.

«Così saprò sempre quando sei in ritardo o mi dai buca».

Alzo gli occhi al cielo.

«Sto scherzando», precisa subito.

«No, invece sei serio».

Mi posa le mani sulle spalle e mi guarda negli occhi. «Hai ragione, ma ti amo lo stesso, Sarah».

«Anch'io ti amo lo stesso», lo prendo in giro. Mi bacia di nuovo, questo è più aggressivo del precedente, ma è il suo modo di ringraziarmi.

Quando mi ha ringraziata per bene, scendiamo in cucina. È ampia, moderna, e praticamente decorativa, visto che non la usiamo quasi mai. Io non ho tempo per cucinare e Adam non si avvicina proprio ai fornelli. Prendo un contenitore di frutta già tagliata e una bottiglia in vetro di San Pellegrino dal frigorifero, che dovrebbero bastare a sostentarmi fino a quando non manderò la mia assistente a prendere il pranzo.

Adam svuota la caraffa di caffè che ha preparato stamattina presto nelle nostre due tazze. Toglie il filtro dalla macchina e va a buttare i fondi, ma quando apre il cestino si blocca, il piede sul pedale del coperchio.

«E questo cos'è?». Tira fuori una busta rossa già aperta dal cestino.

«Tua madre ci ha mandato un biglietto d'auguri per l'anniversario», rispondo senza spostare lo sguardo dal telefono.

Alza le sopracciglia, confuso. «E tu l'hai… buttato via?»

«No, l'ho letto, l'ho apprezzato e poi l'ho buttato».

Sfila il biglietto dalla busta strappata e legge ad alta voce: «Non mi sembra vero che siete durati dieci anni! Buon anniversario, miei cari Adam e Sarah. P.S. Dove sono i miei nipotini? Con amore, mamma».

«Che pensiero carino». Adam sorride e prende a rovistare nei cassetti in cerca di una calamita con cui appendere il nuovo trofeo al frigorifero. Resto a guardarlo esasperata mentre quel pezzo di carta straccia va a decorare lo sportello.

«Allora, cos'hai in programma per oggi?», chiedo.

Meglio lasciar perdere l'argomento, e quando dico «argomento» mi riferisco a sua madre. Porto la tazza di caffè bollente alle labbra. Scotta, ma è una sensazione gradevole. Di tanto in tanto abbiamo bisogno di un piccolo incendio per sentirci vivi.

«Be', adesso che ho un bel po' di tempo prezioso a disposizione…», inizia lui con un risolino, rimirando il suo nuovo orologio, e nonostante la battuta sia veramente orrenda mi forzo a fare eco alla sua risata per educazione. «Penso che me ne andrò su al lago a scrivere un po'. Daniel ha bisogno di qualche pagina in più per riuscire a piazzare il libro».

Annuisco e bevo un altro sorso. «Le ultime erano davvero splendide. Credo proprio che questo avrà un buon successo di pubblico, non solo le solite lodi della critica».

«Dici sul serio?». Alza il sopracciglio, scettico.

«Dico sempre sul serio».

Adam si avvicina e si ferma alle mie spalle, le mani accanto alle mie sul mobiletto della cucina. Mi bacia sul collo e preme i fianchi contro i miei.

«Allora dimmi che verrai domani».

«Ci proverò, promesso».

«Non provarci e basta. È un anno che abbiamo la casa al lago e ci avrai dormito una volta se è tanto».

«Lo so». Bevo un sorso di caffè e poso la tazza. Lui sbuffa esasperato contro il mio collo. «Per favore».

«Farò di tutto per venire, così potremo finalmente battezzare la nostra casetta», lo provoco, giocosa, ricambiando la pressione dei suoi fianchi. Mi stringe a sé e preme il volto sul mio collo.

«Ecco, questo sarebbe un programma interessante».

Mi volto e lo guardo negli occhi. «Grazie per la pazienza», gli dico, con tutta la sincerità che riesco a esprimere a parole.

«Ti aspetterei per tutta la vita, se non di più». Mi bacia la fronte, la punta del naso e poi le labbra. «O almeno altri 5.258.880 minuti», aggiunge con un sorriso compiaciuto. «Adesso però sbrigati, vai al lavoro, così poi puoi venire subito al lago e stare un po' con me».

Sorrido, prendo la borsa dal mobile della cucina e vado alla porta. «Ti amo», lo saluto.

Prima che esca di casa, mi urla: «Io di più».

2
Adam Morgan

Batto ancora un po' sui tasti mentre il sole getta i suoi ultimi raggi su questo emisfero. Una brezza fa stormire gli alberi, agita le foglie tinte d'autunno, e le acque del lago lambiscono dolcemente la riva. Poi salvo il documento e chiudo il portatile: tremila parole possono bastare. Getto sulla scrivania gli occhiali da lettura con la montatura nera, e mi scosto i capelli dalla fronte. Visto che il mal di testa da stress non accenna ad andarsene, mi massaggio le tempie con leggeri movimenti circolari finché non passa. Uno scoiattolo nero che scorrazza per il cortile fuori dall'ampia finestra cattura la mia attenzione. Non è la prima volta che ne vedo uno, ma capita di rado e non voglio perdermelo. Il piccolo roditore saltella qua e là in cerca di cibo, sicuro del suo obiettivo e della sua direzione. La vita spesso sembra troppo complicata, ma per sopportarla basta sentire di avere uno scopo.

Il lago è solo a un'ora dalla nostra casa a Kalorama, Washington, ma è come se si trovasse su un altro pianeta. È una terra fertile in cui i nostri antenati potrebbero ancora sentirsi a proprio agio, a differenza di quella assordante mostruosità di cemento che recita la parte di capitale degli Stati Uniti. La casa è abbastanza lontana dalla città per non ricevere visite inaspettate, ma abbastanza vicina per raggiungerla ogni volta che ho bisogno di stare da solo – o con qualcuno, se è per questo.

Una baita isolata sul lago Manassas, in mezzo ai boschi, era l'ideale per la mia carriera da scrittore, o almeno è questo ciò che ho detto per convincere Sarah. Fino a poco più di un anno fa, quando finalmente l'abbiamo presa, non riuscivo a buttare giù una riga. Questa casa mi ha aperto un mondo, un mondo in cui potevo scrivere, realizzare i miei sogni, in cui potevo vivere senza sentirmi continuamente schiacciato dalla mia inadeguatezza. Mi sono sentito rinascere e la bellezza della natura intorno a me si è riflessa nel mio lavoro.

La casa è arredata quasi interamente in legno massiccio, al punto che a volte mi sembra di essere nel cavo di un albero invece che in una struttura artificiale.

Il salotto è un open space illuminato da vaste finestre panoramiche, reso più accogliente da un caminetto ornato di pietre colorate e un grande tappeto di pelle d'orso steso sul pavimento. Avrei potuto sistemare la scrivania in una delle camere da letto, ma a dire il vero nessuna offriva una vista migliore di questa. Che è perfetta, perché mi impedisce di sentirmi intrappolato in un ufficio soffocante.

Per fortuna non c'è voluto molto per convincere Sarah a comprarla. Immagino si sia accorta che mi stavo allontanando da lei, mentalmente ed emotivamente, o forse voleva solo dimostrare che *lei* poteva permettersela. Giusto per ricordarmi una volta di più il potere economico che esercita su di me, per dimostrare la sua forza. In ogni caso alla fine ho avuto la casa, quindi chi se ne frega?

Doveva essere la nostra seconda casa, ma in realtà è solo la mia. Non so quante volte Sarah mi ha promesso di venire qui con me per qualche giorno. E questo fine settimana non è stato un'eccezione, anche se era il nostro decimo anniversario. Speravo che venisse anche solo per un giorno, invece mi ha telefonato per avvisarmi che doveva tornare in ufficio. Sai che novità. Mi ha anche augurato un buon anniversario (ironico, vero?) e ha aggiunto che mi ama. Ripete sempre che mi ama. Ma io sono stanco della sua tiritera. Preferirei potermene accorgere da solo. Tendo il braccio per ammirare il mio nuovo orologio. È costosissimo, ma è comunque un pensiero molto premuroso. Perché mia moglie è così. Premurosa, e completamente assente.

Ho sempre avuto l'impressione che Sarah stesse conquistando il mondo mentre io mi limitavo ad arrabattarmi per viverci. Del resto, è questa la persona che voleva diventare: una forza della natura, un *one-woman show* in cui io ero solo una comparsa. Ma non è stato sempre così. Quando ci siamo conosciuti ero al terzo anno alla Duke University, e lei al primo. Lei studiava scienze politiche, io letteratura. Allora entrambi sognavamo grandi cose. Sarah voleva diventare un'avvocata di successo, io uno dei più grandi scrittori della nostra generazione. E quindici anni dopo, uno di noi due sta ancora aspettando.

Be', non dovrei essere troppo duro con me stesso. Per un momento, il successo è balenato anche davanti ai miei occhi, ma poi è svanito. E non è ancora tornato. Il problema dei sogni è che alla fine ci si sveglia sempre. Il mio esordio è stato un trionfo, non in termini di popolarità o di vendite, ma dal punto di vista letterario. Un critico mi aveva addirittura definito «il prossimo David Foster Wallace», cosa che apprezzai non poco. Pensavo che sarei riuscito a replicare quel successo, ma il secondo e il terzo libro sono stati un fiasco da ogni punto di vista, compreso quello letterario. Sono sorpreso che il mio agente non mi abbia ancora mollato, ma se andrà male anche il prossimo libro sono sicuro che finirà per scaricarmi. Insomma, non posso dire di aver realizzato i miei sogni. Ne ho avuto solo un assaggio. Il sogno di Sarah era diventare una delle migliori avvocate penaliste, ed è diventata *la* migliore, in assoluto. Ho sempre saputo che ce l'avrebbe fatta. Però non avrei mai pensato di portarle così tanto rancore.

Ma non è sempre stato così, io che scappo nella seconda casa appena possibile mentre lei praticamente vive in ufficio. D'altronde, non si diventa star del foro a forza di amare il proprio marito.

Si potrebbe pensare che la solitudine e l'autocommiserazione mi abbiano reso uno scrittore migliore, diciamo un moderno Thoreau o Hemingway. Ma non è così. Consumo tanto alcol quanto Hemingway, ma non ho altrettanto successo.

Insomma, Sarah ha il suo lavoro, io il mio. C'è stato un tempo in cui avevo anche lei, e viceversa, ma è finito.

Ci siamo conosciuti a una festa; un vero colpo di fortuna, visto che di solito Sarah le evitava, come mi avrebbe spiegato più tardi quella sera. Avrebbe preferito di gran lunga immergersi nella lettura piuttosto che nella calca sudaticcia e in preda agli ormoni che affollava il seminterrato di quella *college house*. E invece eccola lì, in un angolo della stanza, a sorseggiare distrattamente della birra da quattro soldi da un bicchiere di plastica rosso, più fuori luogo di una suora in un bordello. Cercava di mascherare il suo disagio dietro a un mezzo sorriso, ma la sua posa la tradiva: era appoggiata al muro, il bicchiere vicino alle labbra, lo sguardo inquieto che guizzava da un punto all'altro della stanza, un braccio incrociato sul petto e infilato sotto l'altro. Cercava di farsi più piccola possibile, di rendersi invisibile, di passare inosservata. Ma per me era come se là dentro ci fosse solo lei.

I suoi capelli biondi, lunghi fino alle spalle, sembravano brillare di luce propria sotto le lampade ultraviolette, grande classico di ogni festa universitaria dei primi anni Duemila. Gli occhi verdi con pagliuzze dorate racchiudevano tutti i misteri del mondo. Portava dei jeans blu a zampa d'elefante e una maglietta bianca aderente che scopriva appena l'ombelico, da cui non riuscivo a distogliere lo sguardo. Da sola, quella sottile striscia di pelle candida mi eccitava più dell'intero corpo nudo della mia ex. La osservai. La studiai. Prima di rivolgerle la parola avevo già imparato a memoria ogni sua curva, linea, lentiggine... Almeno quelle che riuscivo a intravedere in quello squallido scantinato. Provavo a immaginarla senza vestiti; e solo in seguito avrei scoperto che avevo completamente sbagliato. Perché il suo corpo andava ben oltre i limiti della mia immaginazione. Era perfetta.

Passò un'ora prima che il suo sguardo incrociasse finalmente il mio e trovassi il coraggio di parlarle. Aveva una corporatura esile ed ero molto più alto di lei, eppure fin dall'inizio mi sembrò che fosse lei a sovrastarmi, e seppi che non appena se ne fosse resa conto sarebbe diventata una forza inarrestabile.

Sulle prime fu un po' scostante, rispondeva a monosillabi. Le chiesi come si chiamava. Me lo disse. Le domandai con chi fosse venuta. Indicò una bruna ubriaca che si strusciava a un ragazzo in un angolo buio. Allora le chiesi se volesse ballare. Rispose di no. Così le dissi che era bellissima. Alzò le spalle. Aggiunsi che mi chiamavo Adam. Bevve un altro sorso di birra. Le chiesi che cosa studiava. Tamburellò sul bicchiere per indicare che voleva riempirlo di nuovo e si voltò per andarsene. Allora io glielo presi di mano e lo riempii con la mia birra, ancora intatta. Poi glielo restituii. Lei mi sorrise e tornò al suo posto, accanto a me.

«Ci sai fare», commentò.

Mi appoggiai al muro vicino a lei, in un silenzio che sembrò durare ore. È sempre stato così con Sarah, fin dall'inizio: un'eternità. Continuò a sorseggiare la sua birra con aria distratta, a sorvegliare la festa e a tenere d'occhio l'amica ubriaca. Finsi di osservare anch'io la sala, ma avevo in mente soltanto lei. Dopo diciannove minuti, l'amica venne a dirle che se ne andava con un ragazzo, non lo stesso a cui si stava strusciando prima. Biascicava con lo sguardo perso, mano nella mano con il tizio per cui di lì a poco avrebbe spalancato le gambe. Sarah non sembrava molto contenta, ma le disse comunque di divertirsi e di chiamarla il mattino dopo. Era il discorso più lungo che le avessi sentito pronunciare. Rimase composta, continuando a sorseggiare la sua birra. Mi stupì che non se ne andasse anche lei.

Al ventesimo minuto vuotò il bicchiere, lo buttò sul pavimento sporco, e lo spedì in un angolo con un calcio. Restò lì ancora un po', lo sguardo che di tanto in tanto si posava su di me. Poi si mosse, ma non capii se fosse per avvicinarsi o allontanarsi da me.

Al ventunesimo minuto decisi di scoprirlo, così le chiesi se volesse andarsene. Rispose di sì. Quando arrivammo al suo dormitorio, mi aspettavo di darle la buonanotte con un bacetto sulla guancia. Sarah non mi sembrava il tipo da lasciarsi troppo andare. Così mi accostai per baciarle la guancia, e invece lei mi tirò dentro, mi strappò i vestiti di dosso e gemette e ansimò «sì» per il resto della nottata.

Tre anni più tardi le chiesi di sposarmi e mi rispose ancora di sì. E sebbene da allora me l'abbia ripetuto innumerevoli volte, credo che quella sia stata l'ultima che lo ha detto con il cuore. Il fatto è che se non fosse stata così presa, prima dallo studio e poi dalla pratica della giurisprudenza, forse saremmo stati…

La brezza fa sbattere la porta d'ingresso. Mi spaventa solo

per una frazione di secondo, ma so che è lei. Anche prima di vederla so che le sue lentiggini sono più scure per la giornata passata a lavorare sotto il sole nella veranda del bar. So che i suoi occhi castani da cerbiatta brillano di speranza, gioia e ingenuità. So che i suoi lunghi capelli scuri sono raccolti sotto il berretto che ha fatto a maglia all'inizio dell'autunno. So che quando si toglierà quel berretto, sarà ancora bellissima in modo naturale, capelli scompigliati e tutto. So che non porta il reggiseno sotto il top aderente e che la cintura del grembiule che ha portato tutto il giorno le ha sgualcito la camicia sulla vita. So che sorriderà appena mi vede e che in meno di sessanta secondi sarò dentro di lei.

«Amore, ho portato le brioche avanzate dalla caffetteria», mi dice dall'ingresso mentre si sfila le scarpe.

Prendo due bicchieri dal mobile bar e li riempio di scotch da un decanter. Lei posa un sacchetto di carta sul mobile della cucina e quando si volta verso il soggiorno le sto già porgendo il suo drink. Avanza allegra verso di me, lo afferra, lo scola d'un fiato e lo posa sul mobile bar con un gemito soddisfatto. Il calore del camino in pietra le scalda la pelle e le cancella la pelle d'oca dalle braccia.

Prima che io beva un altro sorso lei mi ha già slacciato i pantaloni e ha abbassato la cerniera. Butto giù il resto dello scotch mentre si inginocchia guardandomi con un sorrisetto diabolico.

Lascio ricadere le sue gambe sul letto e vado in bagno. Mi chiudo la porta alle spalle.

La sento ansimare ancora dalla camera, mentre cerca di riprendere il controllo del proprio respiro. Spero che le sia piaciuto, di non essere stato troppo brutale. A volte esagero, lo so. È come se avessi un blackout, e quando torno in me mi rendo conto di aver passato il limite. È solo che non riesco a trattenermi. Kelly mi fa questo effetto. Quando sono con lei, il mio lato più primordiale esce allo scoperto.

Anche Sarah mi faceva questo effetto. Ma ora mi sento a malapena un uomo con lei, figuriamoci tutto il resto.

Studio il mio riflesso nello specchio sopra il lavandino. Ho le guance scure di barba del giorno dopo, e i miei occhi azzurri sono arrossati, stanchi, probabilmente a causa del sesso e della lunga giornata passata a scrivere. Sopporto di guardarmi solo per qualche secondo, poi devo distogliere lo sguardo. Non mi vergogno di ciò che sono, ma non ne vado neppure fiero. Mi spruzzo un po' d'acqua sul viso, sul petto, sugli addominali e sul pisello. Sono troppo stanco per fare la doccia, così mi limito a tamponarmi con un asciugamano. Metto un po' di dentifricio sullo spazzolino.

«Amore?», urla Kelly dalla stanza accanto.

«Sì?», rispondo con la bocca piena di dentifricio.

«C'è un messaggio di tua moglie».

Sputo nel lavandino e mi sciacquo la bocca, asciugandomi le labbra con una mano. Torno in camera; la lampada sul comodino è accesa, ed emana una luce morbida e calda. Kelly è seduta sul mio lato del letto, con indosso una camicia da notte praticamente trasparente. Ha in mano il mio telefono. Alza la testa e mi sorride pigramente. Prendo un paio di pantaloni del pigiama Ralph Lauren dalla cassettiera.

«Che cosa dice?», chiedo mentre li infilo.

«Vuole sapere che cosa stai facendo».

Mi siedo accanto a lei, le scosto i lunghi capelli castani e le bacio delicatamente il collo e la spalla.

«Dille che sto per scopare di nuovo con la ragazza dei miei sogni», le sussurro. È solo una battuta, fa parte dei nostri preliminari, perché sono abbastanza sicuro che la ecciti che sono sposato.

Kelly ride e inizia a digitare. «Ogni tuo desiderio è un ordine».

Le prendo il telefono di mano e mi alzo per rispondere in fretta al messaggio.

Visto che non sei riuscita a venire da me, stanotte torno a casa. Non c'è bisogno che mi aspetti alzata. Ti amo.

La risposta arriva prima ancora che posi il telefono.

Anch'io ti amo. Sono riuscita a leggere le nuove pagine che mi hai mandato a pranzo, e sono incredibili. Sono davvero orgogliosa di te. Un bacione!

Sorrido per un momento, poi sono sopraffatto dal senso di colpa.

Sei davvero fantastica, amore. Domani sera ti porto a cena fuori, okay? Dimmi di sì.

Il cellulare vibra all'istante.

Sì.

Ogni tanto torniamo per un attimo quelli di una volta e penso che riusciremo a restare così. Ma so anche di aver combinato troppi casini perché possa succedere davvero, e poi Sarah ha sempre messo la sua carriera sopra a ogni cosa: sopra a me, a una famiglia, a tutto. Ero convinto che avrebbe rallentato un po' se avessimo avuto figli, ma lei non ne ha mai voluti. O che prima o poi avrebbe cambiato idea, ma non è accaduto. E poi ho sperato di riuscire a convincerla, ma non ci sono riuscito.

Poso il telefono sul comodino e lo metto in carica. Kelly mi lancia uno sguardo seducente, anche se è chiaramente sfinita. Non ne ha mai abbastanza di me, né io di lei. Ma so che non sarà sempre così. C'è stato un tempo in cui anche Sarah e io non ne avevamo mai abbastanza l'uno dell'altra. Di tanto in tanto, quei sentimenti riprendono vita, ma solo per un attimo, e di solito sono indotti dall'alcol o da un periodo di lontananza. Intendiamoci: io amo Sarah. Altrimenti, l'avrei già lasciata da tempo. È all'amore che mi aggrappo, non al denaro, alla sicurezza o alle nostre case. Kelly mi dà l'amore che Sarah non è più in grado di dare. Mi completano entrambe. È brutto, lo so, ma è la verità. Dicono che quando hai dei figli, li ami tutti allo stesso modo. E allora perché non può essere lo stesso nel caso di mia moglie e della mia amante?

«Pensi che le dirai la verità prima o poi?», chiede Kelly.

«E tu a tuo marito?».

Sbuffa e incrocia le braccia. «Non è la stessa cosa».

Non sono dell'umore per discutere, perciò vado a preparare degli altri drink. Se volevo litigare restavo a casa con mia moglie. Al mobile bar, riempio di scotch un bicchiere highball per lei e inizio a versarne uno anche per me, ma mi fermo prima della metà; stasera ho voglia di qualcosa di più costoso. Bevo lo scotch che ho già versato, sciacquo il bicchiere e passo al Pappy Van Winkle.

In camera da letto, Kelly mi tiene ancora il broncio. Non le piace che io parli di suo marito, ma neanche a me va giù che lei accenni a mia moglie. Le porgo il bicchiere di scotch e mi siedo accanto a lei. Lo svuota quasi d'un colpo, senza nemmeno sussultare per il bruciore. Poi si appoggia a me, che la cullo in silenzio, e rimaniamo un po' così, a bere, intrappolati in matrimoni infelici in cui veniamo sempre al secondo posto. Ma quando siamo insieme ci mettiamo al primo posto, e forse è questo ciò che amiamo di più l'uno dell'altra. Riempio i bicchieri ancora due volte, passando di nuovo allo scotch, e facciamo di nuovo sesso. Ma questa volta non me la scopo, faccio l'amore con lei.

3
Sarah Morgan

Esamino un dossier dietro l'altro, una pagina dopo l'altra. È come scavare in una valanga. Volevo passare in ufficio solo per qualche ora, per prepararmi al processo, e invece sono ancora qui a bere il caffè di stamattina, con la sua superficie untuosa che mi ricorda quanto sia vecchio e quanto tempo ho passato qui dentro. Ho un ufficio d'angolo al quattordicesimo piano, uno dei punti più alti della capitale a meno di non voler erigere un fallo ancora più alto di quello di Mr Washington. È uno dei più grandi dello studio e a nessuno passerebbe mai per la testa di lamentarsi che sia stato assegnato a me.

Ho all'attivo più casi di alto profilo e più cause vinte di tutti gli altri avvocati dello studio, e mi sono decisamente meritata di entrare come socia titolare in Wilkinson & Morgan. Mi sfilo gli occhiali da lettura e li lascio cadere sulla scrivania con un tonfo sordo che sottolinea la mia frustrazione. L'orologio del cellulare segna le 20:04. Sospiro per far capire al pubblico immaginario riunito nel mio ufficio quanto sono spossata.

Prendo il telefono e mando un messaggio a Adam:

Scusa, volevo davvero stare con te oggi. Mi manchi.

Fisso lo schermo in attesa che i tre puntini di sospensione inizino a danzare, però non si muovono. Significa che è arrabbiato con me, o che è al secondo bicchiere di scotch. È così che ama concludere una lunga giornata di scrittura, è il suo piccolo rituale. E anche a me non dispiacerebbe bere qualcosa ora come ora. Sollevo il coperchio del contenitore in polistirolo e prendo una forchettata di cibo cinese, giusto un paio di bocconi veloci. È freddo; è in giro da ore. Non sono neppure sicura che si possa ancora mangiare, così lo richiudo e butto tutto nel cestino. La scrivania è in un disordine incredibile, che di norma non è il mio stile. Mi dà fastidio, ma con le udienze e le deposizioni dietro l'angolo, un po' di caos è naturale. Ruoto la sedia e guardo fuori dalle finestre dell'ufficio, ammiro le luci della città, le auto che si muovono all'unisono, i passanti che si godono le ultime ore del fine settimana. A proposito…

«Anne, sei ancora lì?», chiamo, e giro di nuovo la sedia verso la scrivania.

La mia graziosa assistente fa capolino dietro la porta dell'ufficio. Esile, con capelli castani lunghi fino alle spalle e lineamenti dolci. Una bellezza semplice. Mi sorride, solerte e premurosa. A quest'ora sono l'ultima rimasta nello studio, ma non è raro che Anne arrivi di corsa anche da casa appena le inoltro qualche e-mail di lavoro.

«Sì, Mrs Morgan».

Poso le mani sulla scrivania e le rivolgo un sorriso comprensivo. «Anne, quante volte te lo devo ripetere? Solo perché io lavoro a orari assurdi non vuol dire che devi farlo anche tu, e poi ancora con questo "Mrs Morgan"?».

«Mi scusi, Mrs…», si interrompe quando mi alzo dalla scrivania e vado verso di lei, i piedi che affondano nella soffice moquette. Volevo un ufficio intimo e accogliente, e quindi ho aggiunto un'area salotto completa di divano, poltrona e tavolino, oltre a una libreria piena di libri di lavoro e letture più leggere che occupa quasi un'intera parete. È la mia seconda casa. In realtà è praticamente la prima, visto che negli ultimi otto anni ho trascorso più tempo qui dentro che in qualsiasi altro posto.

Raggiungo la mia assistente e le metto una mano sulla spalla. «Anne, lavori per me da cinque anni. Pranziamo insieme ogni venerdì. Mi segui nei viaggi di lavoro. Sei stata a casa mia non so più quante volte. Sei più un'amica che una dipendente, quindi, per l'amor di Dio, non chiamarmi mai più Mrs Morgan».

Lei sorride e scuote la testa. «È vero, scusami. È che sto lavorando anche per Bob da quando il suo ultimo assistente si è licenziato, e lui esige che lo chiami Mr Miller. Ormai ci ho fatto l'abitudine». Mi passa accanto e si abbandona sul divano, sfregandosi la fronte con pollice e indice.

La raggiungo, allungo i piedi sul tavolino con un sospiro e sciolgo il mio impeccabile chignon. Anne si sfila i tacchi e mette anche lei i piedi sul tavolino. Ci scambiamo uno sguardo complice, solidali. Anche se siamo diverse sotto quasi ogni punto di vista, abbiamo parecchio in comune: siamo due donne che cercano di sopravvivere in un mondo di uomini. Lavoriamo il doppio dei nostri colleghi maschi per arrivare appena un centimetro più su di loro.

«È che Bob è uno stronzo», le dico. «Farò in modo che abbia un nuovo assistente entro la fine della settimana, e se non gli va bene neppure quello, allora non va più bene neppure lui». Rido. Bob in fin dei conti è un bravo avvocato, ma è anche un pallone gonfiato che rispetta solo chi è più potente di lui. E si dà il caso che io rientri in questa categoria.

«Grazie, Sarah. Non ti merito».

«No, sono io che non ti merito».

«Sai chi non si merita nessuno?», chiede Anne.

«Bob?»

«Bob!».

Scoppiamo a ridere. Ci voleva. È troppo tempo che non alzo la testa dai miei dossier. Mi mancano queste cose. Mi manca stare con gli amici senza sentire il peso del mondo sulle spalle o la vita e il futuro di qualcuno tra le mani.

«Ah, volevo farti vedere queste». Anne si tira su, prende il cellulare e apre la galleria. Fa scorrere un paio di volte il dito sullo schermo e me lo porge.

Osservo le foto una per una, attenta: un uomo che attraversa la strada, una donna che sale i gradini del Lincoln Memorial, un falco che scende in picchiata su un lago, un bambino che alza lo sguardo verso il Washington Monument. «Sono bellissime. Hai veramente buon occhio», commento.

«Grazie. Però ho ancora molto da imparare, per ora è solo un hobby».

«Dovrebbe essere qualcosa di più», la incoraggio mentre le ridò il telefono.

Arrossisce e le brillano gli occhi.

Il mio cellulare vibra sulla scrivania, e vado a prenderlo. Un messaggio di Adam. Gli rispondo subito e ci scriviamo per un po', poi mi avvisa che tornerà tardi. Guardo l'orologio. Non sono ancora le nove.

Mi volto verso Anne e le chiedo: «Ti va di andare a bere qualcosa?».

Inclina la testa. «Sicura? Domani devi consegnare l'arringa».

«Sicura», rispondo, mentre infilo i tacchi e afferro la borsa e le chiavi.

Anne batte le mani e fa un gran sorriso, entusiasta.

4
Adam Morgan

Mi sveglio perché ho sentito sbattere la portiera di un'auto. Nella stanza è buio pesto, e i miei occhi non trovano alcuna luce a cui abituarsi. Non ho la minima idea di come sia andata la serata con Kelly, ma a giudicare dal cazzo che mi pulsa come se l'avessi strusciato sull'asfalto direi che abbiamo fatto di nuovo sesso violento. Do un'occhiata all'orologio sul comodino, le cifre fosforescenti indicano che è quasi l'una di notte.

«Merda», sussurro. Di sicuro Sarah è ancora sveglia che mi aspetta.

Mi sfrego le mani sulla fronte e sul viso per riprendermi. Come diavolo ho fatto a ridurmi così? Non riesco a vedere oltre qualche centimetro, ma sento Kelly accanto a me. Avverto sempre la sua presenza quando siamo insieme. Mi avvicino un po', le sfioro la guancia con la mano. Dorme profondamente. La chiamo a bassa voce per svegliarla, ma lo scotch l'ha proprio stesa.

Poi noto il continuo vibrare e squillare che viene dal soggiorno, si vede che ha lasciato lì il telefono. Intuisco nel buio i contorni del suo corpo, che mi sembra quasi raddoppiato. Probabilmente aveva freddo, perché è avvolta in un enorme bozzolo di coperte. Scendo in silenzio dal letto e infilo i jeans appallottolati accanto al comodino. Trovo il suo telefono sul mobile bar in soggiorno, lo schermo illuminato dal messaggio che ha appena ricevuto. Volevo soltanto silenziarlo in modo che non svegliasse Kelly, ma una notifica attira la mia attenzione. Digito il PIN, 4357, e apro l'app dei messaggi.

L'ultimo è di un ragazzo di nome Jesse. Dice soltanto:

Mi dispiace.

Passo a leggere i messaggi meno recenti. Sono tutti di suo marito, Scott. Li leggo uno dopo l'altro, a partire dall'ultimo.

Vorrei che tornassi a casa da me.

Ma perché fai così?

Ehi, piccola... Mi rispondi per favore?

Ti amo da morire. Perché non lo capisci?

Non volevo dire quelle cose. Devi credermi. Non succederà più. Te lo prometto.

Per favore, dimmi dove sei.

RISPONDI!

Poi ti lascio in pace, giuro, basta che mi rispondi.

Perché fai così? Incasini sempre tutto.

So che stai mentendo di nuovo, stronza.

Ho parlato con il tuo collega. Non è vero che hai lavorato fino a tardi stasera, quindi dove cazzo eri?

Dove sei?

Quando ti trovo, mi implorerai di perdonarti, lo so.

Continuo a scorrere i messaggi, i muscoli contratti dalla rabbia. Sono affari suoi e non ha mai voluto che mi intromettessi, ma se potessi lo ucciderei all'istante.

Troppo tardi. Ormai sei solo un ricordo di merda.

È l'ultimo messaggio di Scott, inviato alle 23:45. Ma ci sono anche trentadue chiamate perse, sempre da parte sua. Dio santo. Che psicopatico. Ho voglia di abbracciarla e stringerla forte, di dimostrarle che non siamo tutti pezzi di merda come suo marito. Sono tentato di rispondergli, ma lo farei arrabbiare ancora di più ed è l'ultima cosa di cui Kelly abbia bisogno. Silenzio il cellulare e lo appoggio sul tavolo della cucina in modo che lo trovi più facilmente domattina.

Vado verso la scrivania senza accendere la luce. Costringo

i miei occhi ad abituarsi alla penombra illuminata solo dalle braci nel camino e da un pallido chiaro di luna che dà un'aria tetra alla facciata di vetro della casa. Prendo un foglio e una penna dal cassetto della scrivania e scrivo:

Kelly,

sei tu quella giusta. Non lo sei da sempre, ma lo sarai per sempre.

Sei le parole della storia che cerco di scrivere da una vita, e stasera ho finalmente deciso come finisce.

Con amore, Adam.

P.S. La donna di servizio arriva alle nove. Per favore, fai in modo di andar via prima.

Preparo la borsa e lascio il biglietto sul tavolo, accanto al suo telefono. Infilo le scarpe nell'ingresso, poi esco di casa senza fare rumore. Prima di salire in macchina, controllo l'ora sul cellulare. È l'una passata. Sono tentato di rimanere con Kelly, ma ho promesso a Sarah che sarei tornato questa notte, e anche se non arriverò prima delle due almeno mi sveglierò accanto a lei.

A quest'ora ci vuole meno di un'ora per arrivare a Kalorama, ma mi sono dovuto fermare a fare benzina. Ho preso anche un caffè, non perché ne avessi voglia, ma perché ne avevo bisogno. Era stantio e sapeva di bruciato, ma mi ha aiutato a restare sveglio. Imbocco finalmente il vialetto che porta alla nostra villa in mattoni in stile Tudor. Con sei camere da letto e tre bagni e mezzo, è troppo grande per due persone, ma Sarah se n'è innamorata appena l'ha vista. Ero sicuro che avesse scelto una casa così grande perché aveva cambiato idea e voleva mettere su famiglia. Invece abbiamo trasformato due delle camere da letto in uffici, uno per lei e uno per me. La terza è stata convertita in biblioteca-studio, la quarta in palestra e la quinta in stanza per gli ospiti.

No, non aveva affatto cambiato idea. Le piaceva soltanto la casa.

Parcheggio la Range Rover nera accanto a quella bianca di Sarah e scendo. Una volta in casa, attraverso l'atrio, passo davanti all'ampia scalinata e vado in cucina. Dei sensori di movimento fanno accendere i faretti dei mobili al mio passaggio; poso la borsa sull'isola della cucina e rovisto nel frigorifero e nel cassetto delle vitamine, in cerca di qualcosa che allevi il tremendo mal di testa che mi spacca in due il cranio. Prendo cinque pillole da un flacone di Tylenol, me le lancio in bocca e le mando giù con un sorso di acqua Evian.

Mentre salgo al primo piano noto la luce che viene da sotto la porta della nostra camera da letto. Forse mi ha aspettato alzata.

Apro senza fare rumore. La lampada sul comodino di Sarah è accesa e lei mi dà la schiena, sdraiata su un fianco. Dal suo respiro lento e regolare capisco che sta dormendo. Al posto del solito pigiama indossa una canottiera nera di pizzo e un perizoma abbinato. Voleva sedurmi? Mi vuole? O è solo crollata dopo un bicchiere di troppo del suo solito vodka soda? I capelli biondi sono umidi, raccolti sulla nuca in una coda di cavallo senza nemmeno una ciocca fuori posto. È sempre in ordine, anche quando dorme. Seguo con gli occhi la curva della sua schiena, il sedere tonico e liscio e le gambe scolpite. Per quanto mi abbia trascurato negli ultimi anni, non ha fatto lo stesso con il suo corpo. Si agita appena, dev'essersi accorta della mia presenza.

Mi tolgo jeans e maglietta senza staccarle gli occhi di dosso. Mi rende triste e felice a un tempo. La odio e la amo. Chissà se se ne rende conto. E se gliene importa qualcosa.

Lascio cadere l'orologio sul comodino un po' troppo forte, non sono ancora abituato al suo peso. Il tonfo la sveglia. Si gira rapidamente e apre gli occhi di scatto, poi si rende conto che sono io e il suo sguardo si rilassa. Mi aspetto che si volti di nuovo dall'altra parte, e invece no. Strizza gli occhi e guarda l'ora sulla sveglia sul mio comodino: le 2:04. Poi guarda me, ma senza commenti sull'orario.

«Scusami, ho fatto tardi», le dico mentre mi infilo nel letto. «Ero così preso che non riuscivo a staccarmi».

Penserà che stia parlando di scrittura, ma non è così. Si può dire una cosa e intendere tutt'altro. Le parole hanno un peso, ma solo per chi sa davvero cosa significano.

«Tranquillo», sussurra. «Anch'io sono tornata tardi».

Mi avvicino un po'.

«Mi sei mancata», le dico.

Alza gli occhi e incrocia il mio sguardo mentre la tiro a me. «Anche tu».

Le do un bacio sulla fronte. Intreccia le gambe alle mie e appoggia la testa sul mio petto nudo.

«Com'è andata al lavoro?».

Risponde solo: «Non finiva più», poi lascia perdere, forse perché sa che non mi interessa davvero.

Restiamo in silenzio per un po'. Le passo la mano su e giù per il braccio, e le sue dita mi danzano sul petto e sugli addominali. Chissà a cosa sta pensando. Non riesco mai a indovinarlo. Al suo lavoro? Oppure a me, a noi due? Riesce a vedere le crepe nel nostro matrimonio? E per caso vorrebbe sistemarle? O ha intenzione di continuare a fingere che non esistano?

Sarah alza la testa e mi guarda come se cercasse qualcosa, poi, per un istante, i suoi occhi si illuminano. Ha trovato quello che cercava?

«Penso che dovremmo mettere su famiglia», sussurra.

Rimango impassibile in attesa che la butti sul ridere o che si rimangi tutto. Ma resta impassibile anche lei. Allora le sorrido. Non posso farne a meno.

«Dici sul serio?».

Annuisce, con un sorriso dolce.

«Sei sicura? Dopo tutto quello... Be', che è successo, credevo che non volessi avere figli. Li vuoi davvero?». Studio il suo viso, in cerca di conferme. Ho sempre sperato che cambiasse idea, ma poi ho accettato che probabilmente non sarebbe mai accaduto, dopo quello che le è successo.

«Sì», risponde, e mi sembra sincera.

Scoppio a ridere con un'esclamazione e le do un bacio appassionato, incapace di contenere il mio entusiasmo. In un attimo, le mie mani sono su di lei e le sue su di me, in punti che non tocchiamo da tempo. Le mie labbra e la lingua le lasciano una scia umida sul collo. Le strappo praticamente di dosso la canottiera per baciare ogni centimetro del suo seno e del torace. Mi sorride mentre le sfilo le mutandine. Bacio, lecco e succhio fino a farla venire, e poi mi spingo fino in fondo dentro di lei. La sento gemere sotto di me.

«Ti amo», ansimo mentre oscillo avanti e indietro.

Dice che mi ama anche lei.

Mi concentro su di lei, sul nostro futuro, sul nostro nuovo futuro. D'un tratto, tutto è cambiato. È migliore, più luminoso e, per una volta, non vedo l'ora che arrivi. Mi ha dato speranza, mi ha dato una ragione di vita.

Le esplodo dentro. Una lacrima mi scende lungo la guancia, poi crollo, la pelle umida contro la sua. Devo farla finita con Kelly. Sarah è mia moglie, la mia famiglia, tutto il mio cuore. Mi ha sempre soltanto amato, anche se a volte è stata distante. Mi stendo accanto a lei e le appoggio la testa sulla spalla, accarezzandole la pancia. Sarah sarà la madre dei miei figli. Si merita molto di più, e voglio darle tutto.

«Grazie», sussurro.

«Lo voglio per noi», dice assonnata mentre mi passa una mano tra i capelli.

5
Sarah Morgan

Adam dorme profondamente accanto a me, le braccia sotto il cuscino, il viso rivolto nella mia direzione. I raggi del sole fanno capolino dalle tende socchiuse. Sorrido, gli scosto i capelli dalla fronte e intanto mi domando se sto facendo la cosa giusta. Me n'ero accorta da tempo, ma ci ho messo un po' a capire cosa volevo. So per certo che un titolo e vedere il mio nome su un'insegna non sono le uniche cose che voglio dalla vita. Voglio l'amore. Voglio una famiglia. Voglio avere una ragione per vivere. E quando vuoi tutto, devi rinunciare a qualcosa. Mi chino e bacio con delicatezza la guancia di Adam prima di scivolare fuori dal letto e indossare una vestaglia di seta bianca. Mentre la allaccio vedo il messaggio che Anne mi ha inviato ieri sera.

Arrivata a casa? Tutto bene?

Rispondo velocemente:

Sì. A tra poco.

Anne scrive:

Mi dispiace per ieri sera.

Ricordo che ieri c'è stato un momento strano tra me e Anne. Era troppo ubriaca, così ho dovuto chiamare un Uber e mandarla a casa.

Non fa niente.

Qualche ora dopo, Anne mi accoglie in ufficio con una tazza di caffè e un sorriso stanco.
È allegra, o forse finge di esserlo.
«Buon lunedì!», mi saluta.

«Già, è proprio lunedì. Bob è nel suo ufficio?»

«Sì».

«Ottimo», dico, porgendole la borsa.

Le chiedo di metterla sulla mia scrivania insieme al caffè, poi vado verso l'ufficio di Bob. È bello, ma mai quanto il mio, e so che questo lo fa incazzare. È stato assunto dallo studio nello stesso periodo in cui anch'io ho iniziato a lavorare qui, ma io sono già diventata socia. Anche questo non gli va giù. All'inizio non mi vedeva come una rivale. Adesso, invece, sì. Ho avuto modo di assicurarmene.

Entro senza bussare, e lascio la porta aperta. Sta masticando un panino all'uovo, seduto alla scrivania.

«'Giorno», lo saluto mentre mi accomodo di fronte a lui.

Bob non è né bello né brutto, ma ha un che di sinistro, forse per la mascella affilata e gli occhi e i capelli scuri.

«A cosa devo il piacere, Sarah?». Mette giù il panino e si frega le mani. I suoi occhi color mogano brillano di soddisfazione.

«Ascolta, Bob. Voglio che smetti di affidare ad Anne le tue piccole commissioni. È la mia assistente e il fatto che tu non riesci a tenertene uno non ti dà il diritto di appropriarti della mia. Chiaro?». Lo fisso a occhi stretti.

«Anne è pagata dallo studio e siamo a corto di personale, quindi non vedo cosa ci sia di male». Sorride, chiaramente compiaciuto.

«Ti sbagli. Una parte del suo stipendio è pagato dallo studio, l'altra da me».

«Ah, ma è assurdo. Perché?»

«Perché io tratto le persone come esseri umani, Bob».

«È un'idiozia, e lo sai benissimo», ribatte a testa alta.

«Ti ricordo che a breve c'è la riunione dei soci, e se continui con i tuoi giochetti per rubare gli assistenti degli altri suggerirò di licenziarti. Non abbiamo bisogno di pesi morti». Mi alzo.

Salta su anche lui. È molto più alto di me. «Sei tu il peso morto», urla, apposta per farsi sentire da tutto l'ufficio, scommetto.

«Buona questa», commento con aria sprezzante, poi vado verso la porta, e mi volto di nuovo a guardarlo. Sta aggirando la sua scrivania. «Guarda, non sono in vena per i tuoi patetici giochi di potere, Bob. Non metterti contro di me e siamo a posto. Capito?».

Sbuffa, ma non aggiunge altro; allora me ne vado. Un istante dopo sento sbattere la porta del suo ufficio. Gli impiegati mi sbirciano da dietro i cubicoli tra commenti a mezza voce mentre gli passo accanto.

«Tornate al lavoro», strillo.

Arrivo alla porta del mio ufficio. Anne è alle prese con le mille telefonate in arrivo, e ricambia il mio cenno di saluto con un sorriso. Appena entro noto l'enorme mazzo di rose nel vaso sul tavolino. Mi chino ad annusare il loro profumo dolce e muschiato e scorgo un bigliettino tra i fiori. Lo tiro fuori, e leggo:

Sarah, sei quella giusta. Sempre. Con amore, Adam

«Che belle», commenta Anne.

Poso il biglietto, mi volto e la vedo sulla soglia. «Grazie, me le ha mandate Adam», commento.

«Be', lo spero proprio», scherza. Inclina il capo e si avvicina un poco. «Sono per il vostro anniversario?»

«Sì», rispondo. «Ma stiamo anche cercando di avere un bambino, quindi potrebbero essere per quello», aggiungo a labbra strette.

«Che cosa?!», esclama Anne a occhi spalancati, non so se per la sorpresa o per l'entusiasmo.

«Un bambino… Vorrai dire un giochino». Conosco questa voce. Mi volto, e vedo Matthew sulla porta. Indossa un maglione J.Crew e dei pantaloni chino. Sembra un Brad Pitt più magro, con tanto di capelli biondo cenere nello studiato disordine che si ottiene solo con un taglio da duecento dollari. I suoi occhi grigio-azzurri attirano lentamente invece di colpire subito.

Si avvicina con il passo dinoccolato di un modello sulla passerella. Attira l'attenzione ovunque vada, come se fosse perennemente sotto un riflettore, ed è per questo che guadagna una fortuna come lobbista per un'azienda farmaceutica. Matthew e io siamo amici dai tempi della facoltà di legge a Yale, ma è più di un anno che non ci vediamo.

«Oddio», esclamo, e ci abbracciamo. «Cosa ci fai qui?»

«Sono arrivato ieri», risponde. Indietreggia appena, tenendomi per mano. «Fatti vedere».

Faccio una mezza giravolta.

«Sei sempre incredibile», mi complimenta.

Guardo Anne, che è rimasta a qualche metro da noi, una sul gomito come se si sentisse di troppo. «Ti ricordi la mia assistente?»

«Naturalmente». Matthew si avvicina e le porge la mano. «Anna, vero?».

Lei annuisce e gliela stringe.

«No, Matthew. Anne, non Anna», lo correggo.

«Scusami, Anne. Piacere di rivederti». Entra e va a sedersi sulla mia sedia.

«Vedo che hai ancora l'ufficio più grande del palazzo».

Alzo un sopracciglio. «Non te l'aspettavi?»

«Eccome se me l'aspettavo. In compenso hai intenzione di buttare via tutto per un giocattolino. Che peccato». Scuote la testa con disappunto.

«Un giocattolino?» chiede Anne, con un paio di passi verso Matthew.

«Lascialo perdere», le suggerisco.

Matthew accavalla le gambe e si china in avanti. «La mia teoria è che bambini e animali non siano altro che giocattoli per noi. Sono belli da vedere e divertenti da collezionare, ma non servono a nulla».

«Oddio», dice Anne disgustata.

«Te l'ho detto che era meglio lasciar perdere. È l'unico lato di Matthew che non adoro». Inclino il capo. «È il suo unico difetto».

«Oltre a essere gay», aggiunge lui con un sogghigno.

«Quello non è un difetto».

«Per te sì». Fa l'occhiolino.

«Be', io penso sia meraviglioso che tu voglia un bambino», sorride Anne.

«Dici davvero? O sono solo pazza?», domando, mentre li consulto entrambi con lo sguardo.

«Lo sei», risponde Matthew.

«Ma no, cosa dici!», interviene Anne.

«Non lo so. Non ho mai voluto figli prima d'ora. La mia infanzia non è stata proprio fantastica». Matthew annuisce mentre mi ascolta. «Ma ora voglio qualcosa di più, qualcosa di mio. Se non è troppo tardi», ammetto.

«Speriamo che lo sia», commenta Matthew sarcastico.

Lo guardo a occhi socchiusi e gli dico di smetterla, mentre Anne gli lancia un'occhiataccia.

«Non so nemmeno se avrò l'energia per fare la mamma».

«Stai scherzando? Sei peggio del coniglietto Energizer. Arrivi qui prima delle sette del mattino e te ne vai dopo le sei del pomeriggio quasi tutti i giorni, a volte anche più tardi. Sarà il bambino a non avere l'energia per starti dietro», ribatte Anne tutto d'un fiato.

«È l'unica cosa su cui sono d'accordo con Anne. Hai davvero un sacco d'energia», aggiunge Matthew.

Ho fatto molta strada nella carriera, ho raggiunto risultati che molti si sognano. Ho difeso politici corrotti, assassini e gente che riciclava denaro sporco. Gestisco team legali aziendali e ho aiutato a costruire questa società da zero. Ma con tutti i miei successi l'unica cosa che mi fa davvero paura è diventare madre, che invece dovrebbe venire naturale.

«Grazie, Anne», dico con sincerità. «E a te Matthew grazie di niente», lo pungolo.

Lui si porta una mano al petto in modo teatrale, per fingere di avere il cuore spezzato.

«E Adam cosa dice?», chiede Matthew dubbioso.

«Non l'ho mai visto così felice».

«La cosa non mi sorprende». Leva gli occhi al cielo.

«In che senso?»

«Be', al momento la sua carriera è un disastro. Un bambino ridarebbe un senso alla sua vita. È solo per questo che la razza umana non si è ancora estinta: perché le persone prive di uno scopo si riproducono», conclude con nonchalance.

Anne rimane a bocca aperta.

Sono abituata alle opinioni stravaganti di Matthew. So che sono solo provocazioni, e ho imparato a non dargliela mai vinta.

«Cosa ci fai qui a Washington?» gli chiedo per cambiare argomento, prima che offenda ulteriormente Anne.

«Ho un contratto di sei mesi, quindi potrete vedermi spesso». Sorride.

«Ma che bella notizia», commenta Anne in tono sarcastico.

«Altroché, tesoro». Matthew si alza in piedi, si avvicina alla mia libreria e inizia a tirare fuori volumi a caso.

«Be', vado a controllare che sia tutto pronto per l'udienza di oggi», dice Anne, ed esce dall'ufficio. Credo che voglia soprattutto una pausa da Matthew. Se non ci si è già abituati, va preso a piccole dosi.

«Era ora», osserva Matthew quando la porta si chiude.

«Piantala».

«Sto scherzando, la stavo solo prendendo in giro».

«Lo so. Ti conosco a memoria».

Si avvicina al tavolino ed esamina per qualche istante il mazzo di rose. «Mi piace mettere gli altri alla prova. Se non riescono a sopportare i miei difetti, non si meritano le mie qualità», dichiara a testa alta.

«Ma tu non hai qualità, Matthew».

«Però è un segreto, e lo scoprono sempre troppo tardi», ribatte lui con una sonora risata.

6
Adam Morgan

Quando apro gli occhi, Sarah è già uscita. Per la prima volta da tanto tempo, mi sveglio di buonumore, convinto che andrà tutto per il meglio. Sarah vuole una famiglia, come me. È come se finalmente fossimo arrivati a leggere la stessa pagina di un libro: finora mi sembrava di essere diversi capitoli avanti a lei, ma finalmente mi ha raggiunto. Spero significhi che penserà meno al lavoro e si concentrerà su di noi, sul nostro futuro. Forse è già cambiato tutto, e tra nove mesi daremo il benvenuto a un piccolo Morgan.

Prendo il telefono dal comodino e controllo i messaggi. Ce n'è uno di Sarah che mi ringrazia per le rose. In realtà, avevo dimenticato di avergliele mandate. Tempismo perfetto, viste le ultime novità. Le ho ordinate quando mi ha regalato l'orologio. Era decisamente troppo. Mi sentivo in colpa, dovevo ricambiare in qualche modo. Le rispondo.

Ma ti pare! Ti amo.

Scendo dal letto e infilo un paio di boxer. Ho l'impressione che oggi sarà una bellissima giornata. Lo vedo anche dal mio atteggiamento e dall'entusiasmo con cui mi lavo i denti, mi pettino e finisco di vestirmi. Ho dormito un po' troppo ma non importa, perché oggi ricomincio a vivere.

Mentre scendo le scale saltellando mi torna in mente Kelly. È come uno schiaffo in pieno viso. Merda, non avrei dovuto scriverle quel biglietto. Non avevo ancora idea di quello che sarebbe successo con Sarah. Avrei dovuto farla finita con lei già ieri sera. Mi toccherà farlo adesso. Mi volto e corro su per le scale a prendere il cellulare. L'ho appena afferrato quando sento suonare il campanello, così lo infilo nella tasca posteriore dei jeans. Suonano di nuovo.

«Arrivo!».

Qualcuno bussa violentemente alla porta, poi il campanello suona ancora due volte.

«Un momento!», urlo mentre attraverso la casa.

Apro di scatto e mi trovo di fronte quattro uomini. I due davanti sono vestiti nello stesso modo: uniformi con pantaloni marroni e camicie cachi, cinturone di servizio, cappelli a tesa larga e distintivi con la scritta *Dipartimento dello Sceriffo della Contea di Prince William.* Hanno anche la stessa espressione severa e frustrata... o arrabbiata e disgustata? Non riesco a capirlo. Dietro di loro, due agenti con uniformi blu scuro, giubbotti antiproiettile e distintivi della polizia metropolitana di Washington. Non hanno alcuna espressione.

«Sono lo sceriffo Stevens del dipartimento di Prince William. È lei Adam Morgan?», chiede quello più vicino. È alto, con un volto da duro e gli occhi di un verde brillante.

Annuisco.

L'uomo alla sua destra aggiunge: «Sono il vicesceriffo Marcus Hudson. Se vuole accompagnarci alla centrale, avremmo alcune domande da farle». È ancora più alto del primo, con la pelle scura e i lineamenti che sembrano scolpiti nella pietra.

«Di cosa si tratta?». Mi aggrappo alla porta, e il mio sguardo salta dallo sceriffo al vice. Ci sono dei veicoli parcheggiati nel vialetto, una volante della polizia di Washington e un SUV del dipartimento dello sceriffo.

«Dovrebbe venire con noi», ribadisce lo sceriffo Stevens in tono più severo.

Faccio un passo indietro, la mano ancora sulla porta. «Non vado da nessuna parte se non mi dite cosa sta succedendo», insisto a occhi stretti e testa alta, lo sguardo che vaga da un poliziotto all'altro. Cerco di mantenere la calma, ma è più facile a dirsi che a farsi, visto che non so cosa ci facciano quattro poliziotti di due dipartimenti diversi a casa mia.

«Senta, abbiamo anche due agenti della polizia di Washington di supporto, non facciamogli perdere tempo». Lo sceriffo indica gli uomini alle sue spalle. «Le spiegheremo tutto in centrale».

«No, dovete farlo subito. Cosa diavolo succede? Sarah sta bene? Le è successo qualcosa?», chiedo, con voce terrorizzata.

Il primo pensiero va a Sarah, sempre. Ha parecchi nemici, come qualunque avvocata di alto profilo. Ha già ricevuto minacce di morte in passato. È stata importunata, e una volta persino aggredita. So che sta lavorando a un caso importante, di cui però so pochissimo perché non me n'è è mai importato granché.

«Cerchi di mantenere la calma, Mr Morgan», risponde lo sceriffo Stevens, i palmi alzati.

Mi accorgo che il vice stringe i pugni così forte che ha le nocche bianche.

«Al diavolo. Chiamo mia moglie». Sbatto la porta e faccio qualche passo indietro mentre prendo il telefono di tasca per cercare il numero di Sarah.

La porta si spalanca e lo sceriffo e il suo vice fanno irruzione.

«Fuori da casa mia!», urlo. «Non ne avete il diritto».

Le mie parole non li fermano. Mi afferrano e mi torcono le braccia dietro la schiena. Il cellulare mi cade di mano prima che riesca a far partire la chiamata. Reagisco, mi dimeno per liberarmi. Quando si vede qualcuno che resiste alla polizia, si finisce sempre per pensare: *Che idiota. Ma cosa fai? Non ce la farai mai*. Ma quando ti ritrovi in quella stessa situazione, e non hai idea di cosa stia succedendo né perché e hai paura che le persone che ami siano in pericolo... Be', allora ti difendi con tutte le tue forze.

Mi volto e mi abbasso di scatto, e riesco a sottrarre un braccio alla presa. Lo sceriffo perde l'equilibrio e cade. Impreca a mezza voce mentre si rimette in piedi. Il vice mi tiene ancora un braccio dietro la schiena. Non riesco a divincolarmi. Agito la mano libera e riesco a estrarre qualcosa dal suo cinturone di servizio.

Lo sceriffo urla: «Taser».

Allora che mi rendo conto di cos'ho in mano. Ma è troppo tardi. Il vicesceriffo mi strattona il braccio quanto basta per sollevare il ginocchio e piazzarmelo in faccia. Crollo a terra insieme al taser, col sangue che mi cola dal naso.

«Volevamo solo farle qualche domanda, Mr Morgan, ma lei

ha appena commesso due reati penali. Aggressione e tentativo di disarmare un agente», spiega lo sceriffo mentre insieme al vice mi tiene le braccia dietro la schiena e mi ammanetta.

Qualcuno mi prende per le ascelle e mi mette in piedi. Il sangue che mi sgorga dal naso mi entra in bocca, e sento sapore di ferro.

«Adesso è pronto a seguirci in centrale?», sogghigna il vicesceriffo.

Lo fisso a occhi stretti e sputo sangue ai suoi piedi. «'Fanculo. Te ne pentirai», lo avverto.

«Ne dubito fortemente», ribatte con un ghigno.

«Tutto a posto?», chiede uno degli agenti di Washington.

Lo sceriffo annuisce. «Sì, grazie per l'aiuto».

I due poliziotti tornano in fretta verso la volante.

Lo sceriffo si rivolge di nuovo a me: «Mr Morgan, ha il diritto di rimanere in silenzio…».

Due ore dopo sono seduto nella piccola stanza per gli interrogatori del dipartimento dello sceriffo di Prince William. Sul tavolo di fronte a me è posata una tazza di caffè stantio. Il naso mi pulsa, ancora incrostato di sangue ormai secco. Batto nervosamente il piede sul pavimento, la mia pazienza si è ormai polverizzata. Non mi hanno ancora detto cosa ci faccio qui e non so se hanno intenzione di accusarmi per qualcosa, o se è tutto solo un pretesto per portarmi qui o per farmi parlare.

«Voglio fare la mia telefonata», urlo alla stanza vuota, anche se ho l'impressione che mi stiano osservando dal grande falso specchio sulla sinistra.

La porta di metallo si spalanca ed entrano lo sceriffo Stevens e il vice Hudson.

Stevens mi mette davanti una bottiglietta d'acqua. «Ha sete?».

Svito il tappo e la bevo quasi tutta. Si accomodano con calma sulle sedie dall'altra parte del tavolo, mentre sorseggiano i loro caffè. Si fingono calmi, ma dalla tensione nei loro occhi e dalle loro mascelle serrate capisco che sono incazzati, probabilmente con me.

«Voglio fare la telefonata che mi spetta», ripeto.

«Mr Morgan… Posso chiamarla Adam?», chiede lo sceriffo Stevens. Cerca di trattarmi in modo amichevole, ma non ci casco. Annuisco freddamente.

«Bene, allora, siamo qui per farle qualche domanda e mi auguro che vorrà collaborare alle indagini. Tutto chiaro?».

Faccio un respiro profondo. «Sì».

«Ottimo. Potrebbe dirci dove si trovava ieri sera?», domanda lo sceriffo. Hudson estrae penna e taccuino dal taschino della camicia.

«Sono stato nella mia seconda casa, sul lago Manassas, fino a mezzanotte circa. Poi ho preso la macchina e sono tornato a Washington, nell'abitazione in cui voi due avete illegalmente fatto irruzione stamattina». Li fisso con sguardo torvo.

Non ribattono; il vicesceriffo annota l'orario che ho dichiarato. Forse era un po' più tardi, ma ormai non ha senso correggerlo. Perché non ha davvero nessuna importanza.

«A che indirizzo si trova la casa al lago?», chiede Stevens.

«2426 Stony Brooks Drive».

«Era solo?», prosegue.

«No».

«Chi c'era con lei?».

Inizio immediatamente a sudare, il cuore mi batte forte.

«Non sono affari suoi e non intendo rispondere ad altre domande finché non mi dice cosa diavolo succede». Agito una mano, e senza volerlo faccio cadere la mia tazza di caffè addosso al vicesceriffo. Gli sporca il viso e l'uniforme. Lui scatta in piedi, aggira il tavolo e mi prende per il collo con entrambe le mani.

Mi tira su a forza e mi spinge contro il muro. Ha gli occhi sgranati, una vena pulsa al centro della sua fronte.

«Non sto giocando, pezzo di merda! C'è una donna morta nel tuo letto, praticamente squartata. Quindi magari adesso vorrai spiegarmi cos'è successo, perché con tutte le prove a tuo carico hai i giorni contati», sibila.

Spalanco gli occhi e la bocca, ma non riesco a dire una parola. Lo sceriffo Stevens mi toglie di dosso il suo vice.

«Marcus, calmati», alza la voce.

«No, non mi calmo. Kelly era una brava ragazza. Era una di famiglia, e questo stronzo perbene arriva nella nostra città e…». Scuote la testa, incapace di finire la frase.

«Ma… ma di cosa parla?», farfuglio. «Kelly? Che cosa è successo a Kelly?»

«L'hai uccisa, cazzo», urla Hudson, puntandomi un dito contro. Lo sceriffo lo trattiene di nuovo, e gli intima di abbassare i toni o di andarsene.

«Non sono stato io. No. Stava bene quando me ne sono andato», spiego con voce strozzata. Mi lascio scivolare con la schiena lungo la parete fino a ritrovarmi sul pavimento. La stanza mi gira intorno. Com'è possibile?

Non farei mai del male a Kelly. Ma se non sono stato io, chi è stato? Mi tornano in mente i messaggi del marito, uno più minaccioso dell'altro. E le trentadue chiamate perse. È stato lui. Per forza.

«Suo marito», esclamo. «Le ha fatto del male. Controllate il suo telefono. Controllate i messaggi», imploro cercando di mettere insieme i pezzi e di dare un senso a questa situazione.

«Non ti azzardare a parlare di suo marito!», grida Hudson, pericolosamente vicino al mio viso. Lo sceriffo lo spinge via e gli ordina di uscire dalla stanza.

Hudson ansima di rabbia ma obbedisce. Passa il distintivo sullo scanner della porta, la spalanca e torna in corridoio con passi pesanti.

Stevens si volta verso di me. «Non vogliamo scartare nessuna pista, ma come ha chiarito senza mezzi termini Hudson, le cose si mettono male per lei».

«Non farei mai del male a Kelly. N-Non… non ne sarei capace. Io l'amavo». Scoppio a piangere, la testa tra le mani.

«Magnifico», commenta Stevens con una punta di sarcasmo. «Allora perché non viene con me? Così può chiamare sua moglie».

7

Sarah Morgan

Mi alzo in piedi e mi preparo a parlare con un sospiro. Mi volto verso Matthew e Anne, seduti in prima fila. Entrambi mi rivolgono un sorriso di incoraggiamento, a cui rispondo con un lieve cenno del capo. Poi mi sistemo il bavero della giacca e mi avvicino al banco della giuria. Prima di iniziare, guardo negli occhi ogni giurato.

«Il senatore McCallan lavora nella pubblica amministrazione da oltre un quarto di secolo. In venticinque anni, nemmeno una volta», alzo un indice per sottolineare le mie parole, «la sua indole o la sua professionalità sono state messe in discussione. A sostegno di questa tesi abbiamo già visto sfilare vari testimoni, che hanno sostanzialmente confermato la mia opinione. McCallan non si è mai lasciato corrompere. Non ha mai screditato un'altra persona, non ha mai usato il suo potere a proprio vantaggio né è venuto meno ai suoi principi».

Metto una mano sulla spalla del mio cliente. «È un fulgido esempio di dedizione al pubblico ufficio in una palude di menzogne, corruzione e accordi sottobanco. Ed è proprio il suo comportamento esemplare che lo ha condotto alla situazione in cui si trova oggi, perché il senatore è senz'altro colpevole di una cosa... Di non essere mai sceso a compromessi». Lo rassicuro con una breve occhiata e torno al banco della giuria.

«Al momento il senatore McCallan è a capo della sottocommissione per l'energia rinnovabile, un'iniziativa elogiata sia dagli esperti sia dall'opinione pubblica. Indovinate chi non l'ha lodata per nulla? Esatto! Le grandi compagnie petrolifere». Getto un'occhiata a due uomini seduti tra i banchi del pubblico. Indossano elegantissimi abiti su misura e vistosi cravattini texani ingioiellati, altrettanto costosi. È impossibile non notarli, e sapevo che non avrebbero mai rinunciato ad assistere all'arringa finale, perché si credono intoccabili. E purtroppo hanno ragione.

Riporto l'attenzione al mio cliente. «Lui era l'unico che avessero paura di vedere ricoprire questo incarico. L'unico che sapevano di non poter corrompere con una semplice tangente. L'unico che non avesse qualche scheletro nell'armadio con cui ricattarlo e metterlo a tacere».

Avanzo verso la giuria, e mi fermo al banco dell'accusa. «E allora, che cosa hanno fatto? Se ne sono inventato uno». Accenno alla testimone principale, la donna da cui tutto ha avuto inizio. È il momento più delicato dell'arringa.

«Non dobbiamo puntare il dito contro questa donna per le sue accuse infondate. Né per aver cercato di trascinare il senatore McCallan nel fango». Le lancio un'occhiata solidale, cercando di farle capire che le mie parole sono sincere. «Perché è stata solo una pedina in questo gioco, non è stata lei a progettarlo. Ma abbiamo trovato le prove dei suoi rapporti con funzionari di alto livello della PetroNext. Siamo riusciti a scovare i bonifici "segreti" sul suo conto bancario nuovo di zecca. Ora, signore e signori della giuria, se questa non è la solita macchina del fango, non so proprio cosa sia. Possiamo comprendere questa donna. Davvero. Ma spero che vedrete le sue accuse per quello che sono. Una farsa. Pura finzione. Accuse infondate costruite a tavolino per mera disperazione, per far cadere l'unico uomo che non potevano corrompere e portare dalla propria parte. Il mio cliente è colpevole solamente di essersi battuto per il popolo americano, di essere rimasto fedele alla parola data, di essere un individuo irreprensibile. Ma non di aver violentato questa giovane donna. Non c'è alcun dubbio che sia innocente, e vi esorto a giudicarlo come tale. Grazie».

Riprendo posto accanto al cliente e gli rivolgo un cenno del capo. Non credo sia colpevole, perlomeno non di questo, ma quello che credo non importa. Guardo la giuria. Importa solo quello che credono loro.

8
Adam Morgan

Lo sceriffo Stevens mi accompagna fino al telefono appeso al muro a metà di un lungo corridoio. A pochi passi da noi il suo vice controlla ogni mia mossa. Ho sentito Stevens dire a Hudson che poteva restare se avesse tenuto a posto le mani. Vedremo quanto durerà.

«Faccia in fretta», mi esorta Stevens.

Accosto la cornetta all'orecchio. Chiudo gli occhi e faccio un respiro profondo per prepararmi alla telefonata. Come farò a spiegarle cos'è successo? Come ho fatto a ficcarmi in un simile casino? Mi sento un pezzo di merda.

Apro gli occhi e compongo il numero del cellulare di Sarah.

Il telefono squilla all'infinito e poi sento la sua voce, ma è solo la segreteria telefonica. Sto per lasciare un messaggio, ma poi decido che non posso confessarle che l'ho tradita e che sono sospettato di aver ucciso la mia amante con un messaggio in segreteria. Lancio una rapida occhiata a Stevens e Hudson. Stanno chiacchierando, ma senza perdermi d'occhio.

«Si sbrighi, Mr Morgan», mi incalza il vicesceriffo.

Distolgo lo sguardo e richiamo Sarah. Non risponde. Al diavolo. Riaggancio e compongo un altro numero.

A differenza di Sarah, risponde al primo squillo.

«Pronto».

«Mamma... Sono nei guai. Ho bisogno del tuo aiuto».

9
Sarah Morgan

Bevo un sorso dello champagne Bollinger che mi sono innegabilmente guadagnato con questo caso. È quasi un anno che lavoro di notte e nei fine settimana, avanti e indietro dal Texas. Ma finalmente è finita. La giuria ha emesso un verdetto di non colpevolezza nel giro di tre ore. Il bonifico che ho scovato, quello versato da PetroNext alla testimone, è stato l'ago della bilancia. Ci ho messo un'eternità a scoprirlo, poiché era volutamente sepolto tra un'infinità di scartoffie anonime sul conto della beneficiaria.

Anne sgranocchia del pane *naan*, Matthew sorseggia sereno il suo vodka Martini.

«Non c'è che dire, Sarah, mi hai davvero lasciato a bocca aperta. Non ti vedevo all'opera dalle *quaestiones finitae* a Yale». Matthew alza il bicchiere. «Alla lingua tagliente di Sarah». Anne e io leviamo le flûte e brindiamo.

«Le sue arringhe sono la parte più affascinante del mio lavoro. Sul serio. Meglio di quelle di *Law & Order*», si complimenta Anne tra una risata e un singulto. A parte ieri sera, non beve molto. Di solito è brilla dopo uno o due drink.

«Ma hai davvero intenzione di andare fino in fondo con la storia del giochino e di rinunciare al brivido della legge?». Matthew mi scruta sospettoso.

«Non sto pensando di licenziarmi. Posso fare tutte e due le cose». Alzo un sopracciglio, e lui fa altrettanto.

«Sicura?»

«Certo», rispondo. Poi mi porto il bicchiere alle labbra e vuoto la flûte.

Lui sbuffa. «Bene. Bene. Bene. A quanto pare, mi toccherà farmi chiamare zio Matthew. Qualcuno dovrà pure insegnare un po' di stile a quel feto». Sorride. «Ordino qualche shot per festeggiare?»

«Sei davvero tremendo», lo prende in giro Anne.

«Oh, lui è...». Lo squillo del telefono mi interrompe. Lo giro, guardo lo schermo e leggo ELEANOR, in stampatello.

Ho immediatamente un nodo alla gola, e deglutisco forte per mandarlo giù. Non ho voglia di parlarle in questo momento, ma se non rispondo subito continuerà a chiamare.

«Sarah Morgan», rispondo in tono esageratamente professionale, per farle capire quanto sono importante.

«Sarah. Adam ha cercato di chiamarti. Perché non rispondi a mio figlio?».

È arrabbiata con me. Niente di nuovo, dunque. «Ero in tribunale».

«Ah, già, dimenticavo che tu lavori».

Sbuffo e alzo gli occhi al cielo. «Come sarebbe a dire "dimenticavo"? Adam non scrive un libro da quattro anni. Chi credi che...?». Meglio non finire la frase. Sarebbe inutile. Ha sempre detestato il fatto che io lavori. E non ho mai capito se si tratti di invidia o di attaccamento a ruoli di genere tradizionali e antiquati.

«Non posso ricordare tutto quel che ti riguarda, Sarah, però... Ecco, mi hai fatto agitare. Adam ha bisogno di te. È al dipartimento dello sceriffo della contea Prince William».

Anne mima con la bocca: «Tutto a posto?».

Non annuisco e non scuoto la testa. Vedo Matthew sorseggiare il nuovo Martini che la cameriera gli ha appena servito.

«In Virginia? E perché? Che cosa è successo? Sta bene?»

«Non so cosa stia succedendo, ma sembra una faccenda seria. Devi andare da lui al più presto. Io sto cercando di prendere il primo volo per Washington».

«Okay, vado subito».

Cade la linea.

«Che succede, Sarah?», chiede Anne.

«Era mia suocera. Adam... ha bisogno di me. Devo... devo andare». Mi alzo e mi rimetto il blazer.

«Vengo anch'io», dice Matthew. Butta giù il resto del Martini e scatta in piedi.

Gli faccio un cenno di assenso e prendo la borsa. Tiro fuori tre banconote da cento dollari dal portafoglio e le metto sul tavolo per pagare il pranzo.

«Ci penso io». Anne cerca di restituirmi i soldi.

«No, finisci pure e torna in ufficio. Non può essere niente di serio. Vedrai che è tutto a posto e tornerò tra un paio d'ore».

«D'accordo. Annullo i tuoi appuntamenti per oggi. Fai quel che devi e tienimi aggiornata».

La ringrazio con un cenno del capo e mi precipito fuori dal ristorante insieme a Matthew.

Un'ora più tardi sono seduta di fronte a un certo sceriffo Ryan Stevens. È praticamente identico a milioni di altri uomini su questo pianeta. Capelli rossicci con la sfumatura alta, il tipico taglio da ex militare diventato poliziotto. Occhi intensi che hanno già visto una vita di esperienze e mostrano la stessa stanchezza del resto del viso. A colpirmi davvero è il suo atteggiamento. È un leader, pronto a tutto per compiere il proprio dovere.

L'ufficio è piccolo e disorganizzato, come se non ci passasse molto tempo. Matthew mi aspetta nella sala d'attesa. Non ho ancora visto Adam, ma mi hanno assicurata che sta bene e che potrò parlargli dopo l'incontro con lo sceriffo.

«Mrs Morgan, la ringrazio per la sua pazienza», esordisce Stevens.

«Sarah va benissimo».

«Anche Ryan va bene».

«Cos'è successo?». Accavallo le gambe.

«Devo farle qualche domanda prima che lei possa vedere Adam».

«Va bene».

«Adam era con lei ieri notte?»

«Sì, almeno da un certo punto in poi», rispondo.

«E qual era questo punto?».

Resto in silenzio per un momento, per decidere come rispondere.

«Be', mi sono addormentata e quando mi sono svegliata, verso le due di notte, era in casa. Magari era già tornato da un po'».

Stevens fa sì con la testa e prende qualche appunto sul suo taccuino. Poi morde l'estremità della penna e mi squadra brevemente dalla testa ai piedi.

«Si riferisce alla casa di Washington, giusto?»

«Sì».

«E cosa è successo quando è rincasato?»

«Abbiamo parlato». Faccio un lieve colpo di tosse. «E abbiamo fatto l'amore». Ho capito che è accaduto qualcosa di terribile. È un vero e proprio interrogatorio, e se voglio che vada tutto liscio, devo rispondere sinceramente alle domande su Adam. Sta chiaramente cercando di capire dove si trovasse ieri sera.

«Ed è una cosa abituale per voi due?»

«Mi sta chiedendo se è abituale per una coppia sposata fare sesso, sceriffo Stevens?»

«No, per lei e Adam in particolare».

«Ma cosa c'entra?». Inclino il capo con irritazione. Faccio a pezzi uomini come questo sceriffo tutti i giorni, e non saranno i suoi trabocchetti a mettermi in difficoltà.

Stevens tamburella con la penna sulla scrivania. Aspetta che sia io a parlare, perché non ha intenzione di rispondere alla mia domanda. Vuole capire che tipo di rapporto abbiamo io e Adam. Certo, non siamo la coppia perfetta, ma la coppia perfetta non esiste.

«Stiamo cercando di avere un bambino», riprendo senza rispondere davvero alla domanda. D'altronde, se lui non risponde alle mie domande, io non rispondo alle sue.

«Auguri». C'è una punta di sarcasmo nella sua voce.

«Abbiamo finito?»

«No, Mrs Morgan. Conosce una certa Kelly Summers?»

«No».

Sottolinea qualcosa sul taccuino, poi lo mette da parte. Prende una cartella da una pila di fogli, tira fuori una foto e me la mostra. Ritrae una bella ragazza con lunghi capelli castani e grandi occhi scuri. Sorride ed è più giovane di me, probabilmente sui trenta.

«Questa è Kelly Summers. È sicura di non riconoscerla?».

Mi chino sulla foto per osservarla meglio. La ragazza è davvero bellissima, con il naso punteggiato di lentiggini, labbra carnose e zigomi alti.

«Non la conosco», confermo, poi gli restituisco la foto. Lo sceriffo la rimette nella cartella con un cenno del capo.

«Lei e Adam avete problemi coniugali?». Mi guarda negli occhi.

«Sa una cosa, sceriffo Stevens? Questa situazione è senza senso e ne ho abbastanza. Non so davvero cosa abbiamo a che fare io e Adam con questa Kelly. Voglio vedere immediatamente mio marito». Sto per alzarmi quando Stevens sbatte la mano sulla scrivania.

«Si sieda!».

Non riesce neppure a spaventarmi. Conferma solo la mia ipotesi. Farebbe di tutto per compiere il suo dovere. Come me.

«Altrimenti, sceriffo? Mi arresta?». Lo fisso. È piuttosto grosso, eppure mi sembra piccolo. «Mi porti da mio marito».

Apre un'altra cartella e getta sulla scrivania una decina di foto di una scena del crimine. Capisco subito dove sono state scattate. Nella nostra casa al lago. C'è una donna coperta di sangue sul nostro letto. Ha gli occhi completamente inespressivi. Il petto e il torace sono mutilati, la pelle coperta di tagli, graffi e squarci. Mi porto immediatamente le mani alla bocca con un sussulto.

Poi mi piego in due, con un conato. Parte del pranzo di poco fa mi risale in gola, i succhi gastrici mi bruciano la bocca mentre cerco di inghiottirlo di nuovo, ma lo sforzo mi fa salire le lacrime agli occhi.

Sento una lieve pacca sulla schiena. Lo sceriffo Stevens sta cercando di consolarmi.

«Mi dispiace», aggiunge. Mi porge un fazzoletto. Mi raddrizzo, faccia a faccia con lui. Cerco di ricompormi: mi asciugo la bocca, mi tampono gli occhi. Stevens mi chiede se sto bene e faccio cenno di sì. So che devo pensare da avvocata, perché la sua facciata da sceriffo gentile e sempliciotto nasconde un professionista esperto e calcolatore, a cui non sfugge nulla. Bussano alla porta e Stevens invita chiunque sia dall'altra parte a entrare.

La porta si apre su un uomo alto dalla pelle scura, vestito

quasi come lo sceriffo. Ha gli occhi freddi, iniettati di sangue, che non incrociano i miei. «Vuole vedere il suo avvocato», riferisce allo sceriffo.

Stevens annuisce. «Hudson, lei è Sarah, la moglie di Adam. Sarah, il vicesceriffo Hudson».

Gli porgo la mano, ma lui non fa lo stesso, così la ritiro.

«Glielo lascio chiamare?» domanda il vicesceriffo, continuando a ignorarmi.

Interrompo Stevens prima che possa parlare. «Non ce n'è bisogno».

«Perché?», chiedono all'unisono scambiandosi uno sguardo perplesso.

«Sono io la sua avvocata».

10
Adam Morgan

Ho visto le foto della scena del crimine. Pensano che sia stato io, è chiaro. Cammino avanti e indietro per la stanza degli interrogatori. Povera Kelly. Com'è possibile? Sono stato con lei praticamente tutta la notte, ma non sono stato io a ucciderla. Ho cercato più volte di spiegare che il marito la maltrattava, e mi hanno sempre risposto che non volevano scartare nessuna pista, ma sembra proprio che ne abbiano già scelta una… quella che porta a me.

Spero che mia madre sia riuscita a mettersi in contatto con Sarah, anche se non so come farò a guardarla in faccia. Andava finalmente tutto bene. Stavamo progettando un nuovo futuro insieme. Volevo lasciare Kelly e diventare un buon marito, un marito degno di Sarah. E soprattutto, un padre. Oddio. E se fosse già incinta? Se il bambino crescesse senza padre? No, non posso permettere che accada. Devo mettere fine a questa storia.

Il vicesceriffo Hudson mi ha interrogato per un'ora e mezza. Non sono sicurissimo che avrebbero dovuto lasciarglielo fare, ma c'era comunque un altro agente di guardia. E menomale, perché ero convinto che Hudson mi avrebbe ammazzato, o almeno ci avrebbe provato. Non so come conosca Kelly, è chiaro che la conosce. Ad ogni modo, quando ho chiesto un avvocato mi ha lasciato in pace. Avrei dovuto farlo subito. Forse se avessi ascoltato di più Sarah ci avrei pensato prima.

È un disastro, un casino. Hanno trovato il corpo di Kelly nel mio letto. Le mie impronte saranno ovunque, e anche il mio DNA. Il modo selvaggio in cui abbiamo fatto sesso, e il biglietto che le ho lasciato… Scuoto la testa mentre ripenso a quello che ho scritto e a come potrebbe essere interpretato.

Ma i messaggi del marito sono innegabili. C'era qualcosa di sinistro nelle sue parole. Dovranno indagare anche su di lui perché è impossibile che credano sia io il colpevole. Non volevo, non potevo. Non sarei mai stato capace di farle del male. Suo marito sì. E l'ha già fatto.

Non posso più stare qui dentro. Mi sembra già di impazzire. Poso lo sguardo sul falso specchio e stringo i pugni.

Si stanno prendendo gioco di me. Ne sono sicuro. Scommetto che sono lì dietro a guardarmi, a ridere come matti. Il cuore mi martella il petto, mi va il sangue alla testa. Prendo una sedia e la tiro più forte che posso contro lo specchio.

«Datemi il mio cazzo di avvocato!», urlo mentre rimbalza contro il vetro e cade fragorosamente sul pavimento.

11
Sarah Morgan

Lo sceriffo Stevens mi accompagna in una piccola stanza con un falso specchio, dall'altra parte c'è Adam. Sembra sconvolto: cammina avanti e indietro, trattiene a stento le lacrime e si torce nervosamente le mani, immerso nei suoi pensieri. Non so perché mi trovo in questa stanza e non in quella, con lui. Noto che ha del sangue secco sotto il naso e sul mento.

«Si accomodi». Stevens indica una sedia.

«Cosa gli è successo?», chiedo puntando il dito verso il vetro.

«Quando siamo andati ad arrestarlo, ha disarmato il mio vice e gli ha sottratto il taser».

Scuoto appena la testa e mi siedo. So benissimo che sarebbero elementi sufficienti per accusarlo. Ma cosa è accaduto prima di questa colluttazione? Forse non avevano diritto di arrestarlo. Prendo mentalmente nota di chiederlo a Adam.

Lungo il percorso dall'ufficio dello sceriffo a questa stanza mi sono fermata in bagno per ricompormi e ritrovare la donna che ho bisogno di essere in questo momento. Non sono più la moglie di Adam. Sono la sua legale. Sono Sarah Morgan, la migliore avvocata penalista sulla piazza, ma non c'è dubbio che questo sceriffo vorrà farmi ancora qualche domanda in qualità di moglie. In ogni caso, devo essere all'altezza della situazione, a prescindere da cosa pensa di me. So che non è stato Adam. Non sarebbe capace di picchiare qualcuno, figuriamoci di uccidere. Ma pensavo anche che non mi avrebbe mai tradito, e invece è chiaro che è accaduto. Non riesco ad accettarlo. Ho fatto di tutto per lui. È vero che da un po' di tempo a questa parte metto la carriera sopra ogni cosa, ma lo faccio per noi. Adam non guadagna molto, e qualcuno deve pur farlo. Il fardello è ricaduto sulle mie spalle. E mentre io lavoravo senza sosta per costruire il nostro futuro, lui… Non riesco nemmeno a pensarci.

Prendo un taccuino e una penna dalla borsa e guardo lo sceriffo Stevens. «Di cosa lo accuserete?».

Fa un sospiro pesante. «È ancora tutto da definire».

Sono certa che ormai sa chi sono, ed è per questo che misura le parole. Quando sono uscita dal bagno, Stevens mi guardava con più rispetto. Immagino che abbia cercato il mio nome su Google e scoperto cosa faccio nella vita.

«Come mai? Allora non avete elementi a sufficienza per accusarlo?». Lo studio con gli occhi socchiusi.

«Oh, ne abbiamo. È che non vogliamo tralasciare alcun dettaglio. La vittima è Kelly Summers. Ventisette anni. È stata ritrovata questa mattina alle nove e quindici circa da una donna delle pulizie di nome Sonia. Il cadavere è stato rinvenuto nel letto a casa di Adam, ossia», fa un colpo di tosse, «immagino sia la vostra casa, a Stony Brooks Drive, Gainesville. Una prima ricostruzione indica che è stata pugnalata trentasette volte al collo, al petto, alle braccia e al torace. Considerata la natura cruenta e spietata dell'omicidio, sembrerebbe trattarsi di un crimine passionale. Non sono state rinvenute ferite da difesa, il che ci fa pensare che la vittima fosse addormentata. Ma gli occhi erano aperti, quindi possiamo presumere che si sia svegliata durante l'aggressione, quando ormai era troppo tardi per opporre resistenza».

«E lei pensa che sia stato Adam a ucciderla?»

«Stiamo aspettando il rapporto tossicologico, poiché riteniamo che la vittima sia stata drogata, il che spiegherebbe come mai non si sia svegliata subito. L'autopsia preliminare ha rilevato tracce di sperma nella bocca, nella vagina e nell'ano, oltre a piccole lacerazioni in questi ultimi due punti, ciò che indicherebbe uno stupro o un rapporto sessuale violento. C'era anche del tessuto sotto le unghie», spiega Stevens.

Finisco di annotare le sue parole, e lo guardo. «Però non ha risposto alla mia domanda».

«Sì, credo che Mr Morgan sia responsabile dell'omicidio di Kelly Summers».

Inclino la testa. «C'è altro?»

«Siamo in attesa che il giudice firmi un mandato di perquisizione per le vostre due case e per il prelievo del DNA del suo… cliente. Dovremmo riceverlo a breve», conclude con un cenno deciso.

Mi sono accorta che lo sceriffo ha avuto qualche difficoltà a definire Adam il mio cliente, invece che mio marito. È una situazione strana, decisamente insolita, visto ciò di cui intendono accusarlo.

Mi fissa mordendosi le labbra, un'occhiata più lunga di quella di un professionista consumato che vuole solo valutarmi. È chiaro che è dispiaciuto per me.

Un forte rumore ci distrae. Mi volto e vedo una sedia che rimbalza contro il falso specchio e cade sul pavimento. Adam ansima, sta praticamente iperventilando, ed è tutto rosso. Picchia più volte sullo specchio con i pugni, poi caccia un grido e crolla, in preda al panico. Non l'ho mai visto comportarsi così. Non è da lui, e non sembra un uomo confuso capitato per caso in una brutta situazione, ma una belva in trappola, pronta a difendersi con tutte le sue forze.

A essere sincera, se prima d'ora qualcuno mi avesse chiesto se pensavo che Adam fosse in grado di fare del male a qualcuno, avrei risposto di no senza alcuna esitazione. In fondo, ho sempre pensato che fosse un po' un codardo. Ma ora capisco che mi sbagliavo. Chiunque può essere capace di qualunque cosa, a seconda delle circostanze.

Raccolgo le mie cose e mi alzo. «Voglio vedere immediatamente il mio cliente».

Stevens accetta, si alza anche lui e mi accompagna fuori dalla stanza, verso la porta accanto, dietro alla quale c'è Adam. Scansiona il distintivo, e la porta si apre con uno scatto.

«La aspetto qui», dice e si scosta per farmi passare.

Prima di entrare, mi volto verso di lui. È così vicino che riesco a sentire il calore del suo respiro. «Grazie, sceriffo Stevens».

Indietreggia con un cenno del capo. Prima di entrare chiudo gli occhi, faccio un respiro profondo e mi dico che posso farcela.

12
Adam Morgan

La porta si apre e mi tiro su dal pavimento. Appena la vedo, mi sento quasi mancare di nuovo. È bellissima. Indossa una gonna nera a matita che mette in risalto i suoi fianchi, una camicetta bianca e a una giacca su misura. Ha i capelli raccolti in uno chignon sulla nuca, nemmeno una ciocca fuori posto. Quando la guardo negli occhi, mi sento venir meno. Sono arrossati, e ha una macchiolina di mascara all'angolo della palpebra sinistra. Ha pianto. Non l'ho mai vista piangere.

«Sarah. Mi dispia…».

Mi interrompe con un gesto deciso e indica la sedia che ho scaraventato per terra. La raccolgo e la metto a un lato del tavolo. Non ha senso discutere. Non sono stato io a uccidere Kelly, ma sono comunque colpevole. Per tutto. Mi siedo, incrocio le mani in grembo e chino il capo. Non riesco a guardarla in faccia.

I suoi tacchi neri ticchettano sul pavimento mentre si avvicina al tavolo. Ogni suo movimento trasuda determinazione. Posa la borsa, scosta lentamente la sedia dal tavolo e si siede con un moto aggraziato. Si passa una mano sui capelli e fa un altro piccolo sospiro. Ha gli stessi occhi di sempre, quelli che non mi stancherei mai di ammirare, ma non mi guarda, mi studia come se non sapesse chi sono. Sembra una scienziata che osserva il comportamento di un animale. Mi sta esaminando come per formulare un'ipotesi, forse anche per elaborare un esperimento con cui verificare le sue teorie. È così sgradevole, impersonale. Mi tratta come se fossi… un *cliente*.

«Sarah». Il mio tono è più aggressivo di quanto vorrei, ma non mi piace il modo in cui mi guarda. Come può anche solo domandarsi se sono stato io? Non può pensare che ne sarei capace. Sono suo marito.

Prende un taccuino e una penna dalla borsa e li sistema ordinatamente sul tavolo, paralleli l'uno all'altra.

Poi finalmente mi guarda negli occhi. «Adam». Fa una pausa come se scegliesse attentamente cosa dire. Non capisco perché non mi parli e basta.

«Sarah, non sono stato io. Non l'ho uccisa, lo giuro. N... non... non farei mai una cosa del genere. Avevo un'altra, è vero, ma non volevo far del male a nessuno. Devi credermi», la imploro mentre cerco di non piangere. Perché se lei non mi crede, nessun altro lo farà... A parte mia madre, naturalmente.

Lei non batte ciglio. La sua unica reazione è prendere qualche appunto sul taccuino. Per un attimo ha gli occhi lucidi, ma si asciugano immediatamente. Deglutisce a vuoto.

Nonostante la sua forza ho paura che finirò per spezzarla, se non l'ho già fatto. Dovrei essere io a proteggere lei.

«Sarah, ti amo. Ti amo tanto. Voglio solo che finisca. Voglio che torni tutto come prima. Voglio una famiglia con te. Voglio stare con te e solo con te. Sono un imbecille. Non avrei mai dovuto fare... quello che ho fatto. Lo so, e giuro che quando sarò uscito da questo casino passerò il resto della mia vita a cercare di farmi perdonare. Lo giuro su Dio». Le prendo una mano, vorrei che anche lei prendesse la mia e me la stringesse due volte, che per noi significa "Ti amo". Mi accontenterei anche di un litigio, solo per sapere che prova ancora qualcosa per me. Vorrei che mi urlasse tutta la sua rabbia, che mi picchiasse, qualunque cosa. Ho bisogno di vederla furiosa. Di vederla piangere.

Il suo sguardo è freddo, ma la sua mano è calda. Lascia che la stringa solo per qualche secondo, poi la ritira di scatto. È ferita, e non ha torto.

«Adam, devi capire che sono qui come avvocata, non come moglie».

La guardo, incredulo. «Cosa? Come? Ma è legale?»

«Sì, almeno per ora. Se sarai incriminato e finiremo in tribunale vedrò cosa posso fare».

Aggrotto la fronte, confuso. «Ma perché? Come fai a volermi difendere, dopo quello che ti ho fatto?»

«Perché quando ho detto "finché morte non ci separi" parlavo sul serio, e perché sono l'unica che può farti uscire». Il suo tono è gelido, e me lo merito.

Abbasso lo sguardo: non riesco a guardarla in faccia. «Mi dispiace», ripeto con voce rotta.

Posa la penna sulla carta e mi lancia uno sguardo severo. «Adesso devi dirmi tutto... ogni singolo dettaglio. Non tralasciare nulla, anche solo per non ferirmi. Chiaro?».

Faccio cenno di sì. Dovrei dirle che assumerò un altro avvocato, ma ha ragione. È la migliore ed è esattamente ciò di cui ho bisogno. Non so perché abbia deciso di restarmi accanto, ma sono grato che l'abbia fatto.

«Quando hai conosciuto Kelly Summers?».

Esito per un momento. «Circa un anno e mezzo fa».

«E come vi siete conosciuti?».

Chiudo gli occhi e faccio un respiro profondo per tornare con la mente al caldo giorno d'estate in cui Kelly è entrata nella mia vita.

13
Adam Morgan

Era l'inizio dell'estate, avevamo comprato la casa al lago da poco. Sarah doveva raggiungermi nel weekend per dare una mano a finire di arredarla, e invece come nei due fine settimana precedenti era rimasta in città a lavorare. In tarda mattinata iniziai a sentire l'astinenza da caffeina. Avevo appena finito di organizzare la mia scrivania e non c'era caffè in casa, così decisi di fare un salto in città. Non conoscevo ancora nessuno e avevo l'impressione che se ne stessero tutti per conto proprio. La tipica colonia vacanziera per i cittadini della Washington bene, insomma.

Ma decisi di uscire comunque.

La città era piena di contraddizioni, il fascino rustico della Virginia si mescolava ovunque ai lussi indispensabili per i miliardari. Era circondata da grandi querce e ginepri, un mare di verde che in centro svaniva. Nell'afa mattutina le vecchie strade piene di crepe sembravano bagnate.

I contrasti erano poetici nella loro tristezza. Una pittoresca chiesetta sorgeva ad appena un isolato da una banca commerciale. Negozietti a conduzione familiare, una lavanderia, ristorantini e negozi di souvenir stavano spalla a spalla con fast food, Starbucks e negozi di abiti firmati. La modernizzazione non sembrava un progresso, ma un virus che aveva infettato la città.

Alla fine trovai una piccola caffetteria, Seth's Coffee. Aveva il fascino provinciale che cercavo. Il vecchio parquet scricchiolava sonoramente sotto i piedi degli avventori, ed era arredata con un'accozzaglia di sedie in legno massiccio, tavoli di legname recuperato e sedili da diner in acciaio ricoperto di vinile rosso. Tutti i piatti erano spaiati, e il menu appeso dietro al bancone era scritto su una vecchia lavagna che sembrava rubata da una scuola.

Ma quel caos di oggetti scompagnati funzionava, anzi era davvero stupendo. O almeno così pensavo finché vidi Kelly, e tutto il resto scomparve. La notai subito. I suoi occhi castani brillavano sotto le lampadine appese al soffitto, e la sua spontaneità mi serrò la gola in un nodo inestricabile.

Lavorava nella veranda del bar, così decisi di sedermi lì. Desideravo con tutto me stesso scoprire chi fosse, cosa le piacesse, cosa la rendesse quella che era.

Presi il portatile e mi misi a scrivere, e mi ritrovai a descriverla mentre aspettavo il mio turno. Studiai i suoi gesti, la guardai scattare da un tavolo all'altro, da un cliente all'altro. Ero completamente incantato da lei. Forse era la solitudine a renderla così attraente. O forse il fatto che non avesse nulla in comune con Sarah.

Sarah ha un'indole forte, determinata, calcolatrice. Ovunque sia, qualunque cosa abbia indosso, che sia un pigiama o un completo da 2000 dollari per l'ufficio, è sempre impeccabile. La perfezione di Kelly, invece, era assolutamente imperfetta. Le lentiggini sul naso e sulle guance. I lunghi capelli castani che le ondeggiavano sulle spalle nella calda brezza estiva. Ogni tanto cercava di domarli, ma appena arrivava a un tavolo per servire un cliente non ci pensava più, e tornavano selvaggi. Il grembiule allacciato alla bell'e meglio intorno alla vita sottile. I seni sodi e liberi sotto la maglietta bianca dondolavano un poco ogni volta che si muoveva. Non sembrava che si vergognasse che i suoi capezzoli sporgessero appena sotto la maglietta. Né di molto altro.

Poi finalmente arrivò anche da me. Non ci eravamo mai visti prima, ma mi sembrava di conoscerla da sempre. È quel che succede quando si osserva a lungo qualcuno. Il suo viso era luminoso, il sole sembrava splendere solo su di lei. La sua minigonna sfiorò il lato del tavolo quando fece ondeggiare i fianchi.

«Ciao, cosa ti porto?», chiese, allegra e spensierata.

La guardai negli occhi, e vidi la stessa tristezza che vedevo nello specchio ogni mattina. Ho sempre creduto che gli occhi non possano mentire. Contengono i segreti che non possiamo o non vogliamo confessare. Il suo sorriso si affievolì appena mentre aspettava che rispondessi. Ricambiò il mio sguardo, e voglio pensare che in quell'istante abbia scorto quello che avevo visto io: un legame, una comunanza, un dolore condiviso.

«Posso darti ancora qualche minuto», decise. In quei pochi secondi il suo tono aveva perso un po' della sua leggerezza.

«No, no». Le sorrisi, per farle capire che da quel momento tutto sarebbe cambiato, per me e per lei. Forse non sapeva cosa significasse quel sorriso, ma ero certo che l'avrebbe scoperto presto. Sorrise a sua volta.

«Prendo una tazza di caffè... nero».

«Va bene». Il suo tono era di nuovo allegro.

Prima che si voltasse, le tesi una mano. «Mi chiamo Adam».

La guardò ed esitò per un istante, poi la strinse. Notai la fede sul suo anulare, e lei notò la mia.

«Io sono Kelly». Sorrise ancora di più, e andò a prendermi il caffè.

Un'ora dopo mi chiese a cosa stessi lavorando. Le raccontai ogni dettaglio della mia carriera da scrittore e lei mi ascoltò con attenzione, come se pendesse dalle mie labbra. Fui felice che fosse interessata a me e al mio lavoro.

Due ore dopo, le chiesi della sua vita. Volevo sapere tutto di lei. La sua infanzia, le sue speranze, i suoi sogni.

Tre ore dopo, fece una pausa e scelse di trascorrerla insieme a me. Mi raccontò che si era trasferita nella zona da qualche anno, ma era originaria del Midwest. Se n'era andata per via del clima, spiegò: non sopportava gli inverni, forse perché amava così tanto stare all'aria aperta.

Quattro ore dopo, misi via il portatile. Avevo consumato un pranzo leggero e bevuto troppo caffè. Non sapevo se l'avrei rivista, perché nel frattempo era scomparsa in cucina. Ma mi chiamò per nome mentre mi avviavo all'uscita del bar, e mi fermai di botto. Mi voltai ed eccola lì, che si slacciava il grembiule. Il suo turno era finito. Mise un paio di occhiali da sole, ripose il grembiule nella borsa e si avvicinò.

«A questo punto, devo venire a vedere la casa di cui mi hai parlato fino allo sfinimento», propose in tono calmo.

Io le sorrisi. «Sarà meglio».

Kelly mi fece cenno di avviarmi, e obbedii. Girò intorno alla mia Range Rover, si guardò intorno per controllare che nessuno la vedesse e saltò a bordo. Tirò fuori un cappellino da baseball dalla borsa, lo indossò e sprofondò nel sedile. Non ci scambiammo una sola parola durante il breve tragitto verso la casa. Non sapevo esattamente cosa stessimo per fare, ma me n'ero fatto un'idea. La condussi in casa e appena chiusi la porta d'ingresso mi saltò tra le braccia. Ci strappammo i vestiti di dosso e scopammo proprio lì, sul tappeto in pelle d'orso del soggiorno. Non si stancava mai di me, e io di lei. Era come l'eroina: fui assuefatto fin dal primo assaggio, dal primo sballo, e da allora non me ne sono più liberato... fino a oggi.

14
Sarah Morgan

Ascolto senza battere ciglio mentre Adam mi racconta in ogni dettaglio come ha scopato con Kelly appena quattro ore dopo averla conosciuta. Una cosa volgare, perversa, animalesca… Poi ricordo a me stessa che in questo momento non sono sua moglie. Il mio ruolo non è giudicarlo, ma difenderlo. Devo solo ascoltare. Prendo appunti e di tanto in tanto lo guardo negli occhi, come se fosse un cliente qualsiasi. Devo concentrarmi sui fatti, sulle incongruenze delle accuse che il dipartimento sta già montando contro di lui, e sulla narrativa con cui li farò combaciare, che potrebbe gettare le basi per una strategia difensiva. Mi accorgo che non riesce a guardarmi negli occhi; la cosa non mi sorprende. Mi ha mentito per un anno e mezzo, ha scopato con un'altra alle mie spalle nella casa che ho comprato. Anch'io non riuscirei a guardarmi se fossi al posto suo. Ma grazie a Dio, non lo sono.

«La relazione con Kelly è proseguita regolarmente?».

Annuisce con aria preoccupata.

«Con che frequenza la vedevi?», chiedo.

Si appoggia allo schienale della sedia e si passa le mani sul viso. La pelle si tira, pallida per il dolore e lo stress.

«Praticamente ogni volta che andavo al lago», risponde, senza guardarmi. «Un paio di volte a settimana, e si fermava a dormire ogni volta che poteva».

Mi chiedo se parlasse sul serio quando mi implorava di andare al lago con lui. O forse sperava segretamente che dicessi di no? Sarebbe davvero disgustoso, soprattutto perché mi faceva sentire in colpa ogni volta che non potevo. Sono sul punto di chiederglielo, ma sarebbe una domanda da moglie, non da avvocata.

«Hai detto che quando vi siete conosciuti hai notato che portava la fede. È ancora sposata?», chiedo.

Adam scatta in avanti, i gomiti sul tavolo, come se la mia domanda l'avesse agitato. «Sì», risponde.

«E cosa sai di suo marito?».

Prima che inizi a parlare del marito di Kelly, capisco che odia quest'uomo con tutta l'anima. Forse non sopporta di dover condividere con lui la sua amante. Ironia della sorte.

«Non è una brava persona», spiega, socchiudendo gli occhi. «E sono sicuro che ha qualcosa a che fare con questa storia. Era violento. Ieri sera, prima di andarmene, ho letto i messaggi che le aveva mandato durante la serata. Erano terrificanti, minacciosi. In più le ha telefonato trentadue volte. E credo che sapesse di noi...».

Lo interrompo. «Perché? Hai mai avuto a che fare con lui?»

«No, non l'ho mai conosciuto. Ma i messaggi che le mandava... Sapeva che lei gli aveva mentito. Diceva che le avrebbe fatto del male e che aveva i giorni contati». Fa un respiro profondo.

«Be', è sicuramente una teoria che possiamo prendere in esame. Un marito violento si presta a un crimine passionale, soprattutto se c'è di mezzo un adulterio». Prendo ancora qualche appunto per ricordarmi tutte le indagini da fare sul marito: la storia della coppia, eventuali segnalazioni per atti violenti, dichiarazioni di amici o familiari sul suo carattere o su eventi di cui possono essere stati testimoni, le cartelle cliniche della vittima e i tabulati telefonici, compresi i messaggi inviati alla moglie.

«Quindi la polizia dovrebbe indagare su di lui, giusto?». Gli occhi di Adam si illuminano, come se vedesse finalmente una via d'uscita.

«Sì, dovrebbe, però...».

«Però...?», chiede.

«Però anche se il marito ha un movente, resta in sospeso se avesse i mezzi e l'occasione di commettere l'omicidio. La vittima è stata trovata nel nostro letto, nella nostra casa, e tu sei stato l'ultimo a vederla viva. Ti rendi conto di cosa significa?»

«Sì», risponde battendo il pugno sul tavolo. «Ma non sono stato io».

Sospiro e riordino le mie carte, le impilo alla perfezione. È quello che faccio quando non so cosa fare. Metto in ordine. Sistemo le cose.

«Okay, ma dirlo non è sufficiente, devi provarlo».

Inclina il capo e si china verso di me. Ha gli occhi lucidi. «Tu mi credi, Sarah, vero?».

Mordicchio il tappino della penna e cerco di decidere se ho voglia di concedergli la mia fiducia. Perché ha perso ogni diritto a riceverla. L'ha perso sedici mesi fa, quando è andato a letto con Kelly Summers, anche se non lo sapevo. Lo amo ancora. E lo odio. Ma non mi fido di lui, e so che non mi fiderò mai più. Mi ha tradito più di chiunque altro. Devo smetterla. Devo smettere di pensare. Non si tratta più di noi due, ma solo di lui.

«Sì», rispondo. Mi costa uno sforzo sovrumano, ma è quello che direbbe un'avvocata.

«Ho bisogno di tempo per riflettere», aggiungo raccogliendo le mie cose. «E devo rivedere quello che hai già riferito alla polizia. Fatto questo, penseremo alla tua deposizione».

Scosto la sedia e mi alzo. I suoi occhi si riempiono di lacrime, e di paura. Pensa che lo stia abbandonando, ma non è così.

La porta alle mie spalle si spalanca proprio mentre giro i tacchi per uscire dalla stanza. Qualcosa mi colpisce e vengo scaraventata a terra, sbatto la testa contro il bordo del tavolo. Urlo e premo una mano sulla fronte dolorante. È bagnata. Sposto la mano e la guardo. C'è del sangue.

Mi volto per capire cosa sta succedendo. Un uomo robusto con i capelli a spazzola e l'uniforme del dipartimento ha gettato Adam a terra. È in ginocchio su di lui, e lo prende a pugni in faccia. Adam cerca di urlare, ma ha la bocca così piena di sangue che rantola appena. Cerca di alzare le braccia per parare i colpi ma non è in grado di difendersi dalla rabbia dell'altro.

Mi rialzo e li raggiungo barcollando. Strattono il poliziotto per cercare di farlo smettere. Quando vedo che non funziona, lo colpisco sulla tempia e sull'orecchio, ma non batte ciglio. Adam grida aiuto. Mi tolgo una scarpa e lo colpisco su una guancia, e finalmente si accorge di me. Si ferma per un attimo con un grugnito, e mi guarda. Ha occhi di un azzurro gelido, iniettati di sangue. Senza dire una parola, mi spinge con forza scaraventandomi all'indietro.

Un rumore di passi affrettati fa tremare il pavimento. Lo sceriffo Stevens e molti altri agenti irrompono nella stanza, e strappano l'uomo da Adam. Cercano di immobilizzarlo e gli intimano di fermarsi, di calmarsi.

«Agente capo Summers!» urla Stevens, che con l'aiuto di Hudson è riuscito a bloccarlo in un angolo.

Sotto la pelle arrossata, le vene del bestione si gonfiano. Sta ansimando. Ha la fronte coperta di sudore e ha le narici così dilatate che sembrano sul punto di spaccarsi. Non ho mai visto nessun altro arrabbiarsi così. Grugnisce più volte, poi contrae il volto, scoppia a piangere e lancia un urlo di dolore. Crolla proprio davanti a noi. La tensione abbandona il suo corpo, che sembra afflosciarsi. Stevens e Hudson non lo trattengono più, lo sorreggono.

«Scott, amico mio, sistemeremo tutto», lo consola il vicesceriffo Hudson. «La pagherà per quello che ha fatto a Kelly, a tua moglie... Ma non così».

L'uomo singhiozza, non sente altro che il proprio dolore.

Sono furibonda, in compenso Scott, il marito di Kelly, ha appena arrecato un bel danno all'indagine. Adam ne sarebbe entusiasta, se non si stesse contorcendo dal dolore sul pavimento. Mi avvicino e mi inginocchio accanto a lui.

«Va tutto bene, Adam», lo rassicuro scostandogli dalla fronte i capelli intrisi di sangue. Ha un occhio così gonfio che si è chiuso. Sanguina copiosamente dal naso e dalla bocca, ha le gengive e i denti rossi.

Mi volto appena e urlo: «Chiamate un'ambulanza».

Finalmente lo sceriffo Stevens si accorge della mia presenza e del taglio che ho sulla fronte. Si avvicina, con la bocca aperta e gli occhi sgranati, e si inginocchia anche lui accanto a Adam.

«Mrs Morgan, mi dispiace. Sta bene?», mi domanda, chiaramente imbarazzato per quello che è appena successo nel suo dipartimento.

«No, non sto bene, e nemmeno il mio cliente. È assolutamente inammissibile. Sporgerò denuncia contro l'agente capo Summers e l'intero dipartimento».

Arrossisce, tra l'irritazione e l'imbarazzo. «Scott non doveva essere qui. L'ho messo in congedo non appena la vittima è stata identificata come sua moglie».

«Non me ne frega niente. Era in uniforme, quindi o aveva accesso alla stanza, oppure qualcuno l'ha fatto entrare. Quale delle due?».

Prima che possa rispondere, due paramedici ci chiedono di spostarci. Mi alzo e faccio un passo indietro per lasciargli spazio. Lo sceriffo si mette di nuovo accanto a me, e resta a guardare mentre stendono Adam su una barella.

Uno degli infermieri mi guarda. «Signora, si è fatta male?», mi chiede notando il taglio sulla fronte.

Lo tocco con due dita e sussulto. «Sì, ho sbattuto la testa contro il tavolo. Potreste dare un'occhiata, per favore?».

In realtà sto bene. Non è stato un colpo molto forte e non fa più male, ma ho bisogno di documentarlo ai fini del caso. Probabilmente posso usarlo per far cadere le accuse contro Adam per aver disarmato e aggredito un agente. Ho già fin troppo di cui preoccuparmi, un paio di reati penali in meno non guasterebbero.

Lo sceriffo Stevens fa un sospiro profondo. Sa che sono in vantaggio… almeno per il momento.

Quando gli infermieri hanno finito di medicarmi ho accettato di incontrare lo sceriffo Stevens, e ora sono seduta di fronte a lui nel suo ufficio. Si è detto molto dispiaciuto e l'ha ripetuto varie volte, ma ora tace e credo stia prendendo tempo per capire le mie intenzioni. Immagino stia valutando la possibilità che io non sporga denuncia. Forse è solo a caccia di informazioni per l'indagine. O magari entrambe le cose.

Mi sposto un poco sulla sedia e accavallo le gambe. Stevens tamburella sulla scrivania, come se stesse decidendo come gestire la situazione.

«Intende sporgere denuncia?», mi chiede.
«È molto probabile», rispondo, ricambiando il suo sguardo.
Non ho detto di sì per dargli l'impressione di essere disponibile, per persuaderlo a proporre un accordo – come se fosse una sua idea. Il modo migliore per convincere qualcuno a fare quello che vuoi.
Stevens continua a tamburellare sulla scrivania. «Non ho ancora formalizzato le accuse di questa mattina, quando Adam ha aggredito e disarmato il mio vice», prosegue.
«A giudicare dal comportamento tenuto oggi pomeriggio da Summers, devo supporre che Adam abbia agito per difesa personale», ribatto a testa alta.
«Non è andata così».
«Immagino che dovremo risolvere la questione in tribunale», concludo, e mi alzo.
Lo sceriffo leva i palmi. «Aspetti», mi ferma. Sbuffa dal naso. «Possiamo trovare un accordo».
Riprendo il mio posto e socchiudo gli occhi. «Che cos'ha in mente?»
«Farò sparire le accuse di aggressione se lei accetta di non sporgere denuncia contro il dipartimento o l'agente capo Summers per quello che è accaduto oggi». Si morde le labbra per un istante. «Stenderò comunque un rapporto, quindi sarà tutto documentato e gestito dall'addetto agli affari interni».
Alzo un sopracciglio come se ci pensassi su. Ma è esattamente quello che volevo. Quelle accuse potrebbero costare a Adam fino a dieci anni di prigione. E, per come si è comportato nella stanza degli interrogatori, probabilmente anche quelle sono fondate. Ma potrei ottenere ancora di più.
«Vorrei anche vedere la scena del crimine», proseguo.
Aggrotta la fronte e scuote la testa. «Non posso permetterlo».
«Be', allora nemmeno io». Inclino un po' il capo.
«Stiamo fotografando tutto per le prove, le assicuro che potrà vederla presto».
«No», ribatto. «Dopo quello a cui ho assistito oggi da parte del suo agente, che per altro era sposato con la vittima e dovrebbe rimanere fuori dall'indagine, ho ben poca fiducia in questo dipartimento. Voglio vedere con i miei occhi, per-

ché so bene che una volta emesso il mandato di perquisizione metterete tutto a soqquadro».

Riflette per qualche istante, ma so che dirà di sì. Non ha altra scelta. Questo accordo non gli serve per difendere il suo dipartimento, e nemmeno Scott Summers, ma la sua carriera. Lo sceriffo è una carica elettiva e lui non può permettersi di essere rimosso.

«Va bene, domani mattina. Ma rimarrò tutto il tempo con lei».

«Va bene anche per me», concordo con un sorriso. Forse potrebbe imparare qualcosa.

Mi tende la mano da vero gentiluomo. Un po' vecchio stile forse, ma se lo può permettere. Gliela stringo e vedo la tensione svanire dal suo viso e dal suo collo. Chissà perché, poi. Ha pur sempre un efferato omicidio da risolvere.

«Fatemi entrare! Non me ne frega niente del vostro protocollo da paesino». Matthew supera l'addetto all'accoglienza e irrompe nell'ufficio di Stevens. Mi ero completamente dimenticata di lui. Nota il cerotto che ho sulla fronte e mi corre incontro.

«Cosa diavolo ti hanno fatto?», chiede con un'occhiata di fuoco allo sceriffo. «È un'avvocata. Vi farà causa. Io conosco persone così potenti che possono mettere in ginocchio l'intera città». Lancia le sue minacce con il dito puntato.

Mi alzo e gli metto una mano sul braccio. «Sto bene. Andiamo. Ti racconto tutto», gli prometto, con uno sguardo fermo ma rassicurante. Lui annuisce e abbassa il braccio. Matthew è sempre stato così protettivo nei miei confronti.

15
Adam Morgan

Mi sveglio in un letto d'ospedale, la mano sinistra ammanettata alla ringhiera. Non riesco a vedere dall'occhio sinistro e sento la testa pulsare, ma non troppo tenendo conto delle botte che ricordo di aver ricevuto. Ho una flebo nel braccio, una bella flebo che mi spara antidolorifici direttamente in vena. Ecco perché non avverto tutti i sintomi delle percosse. La stanza è senza finestre, e non ho idea di che ore siano o da quanto mi trovi qui. Il monitor cardiaco attaccato al dito segna un battito regolare, e sono ancora vivo. Mi palpo il viso con la punta delle dita, e sento croste, bernoccoli e altre cose fuori posto.

Faccio per chiamare un'infermiera, quando mi torna in mente una cosa che ho sentito mentre, steso per terra nella stanza degli interrogatori, perdevo e riprendevo conoscenza in preda ad atroci dolori: la voce del vicesceriffo Hudson, le parole che si è lasciato sfuggire. Ha detto all'agente che mi aveva aggredito che avrei pagato per quel che avevo fatto a sua moglie. Era il marito di Kelly.

Merda. Le cose si complicano ancora di più, almeno per me. Come facevo a non sapere che era un poliziotto? Perché Kelly non ne ha mai parlato? Ecco perché era spaventata. Ecco perché sentiva di non poter scappare. Già, lui è la legge, basta guardarlo per capire. È enorme. Nemmeno io, che non sono esattamente un piccoletto, sono riuscito a difendermi dai suoi pugni da gorilla. Posso solo immaginare cos'abbia passato Kelly. So che è stato lui a ucciderla, probabilmente senza alcuna difficoltà. È un poliziotto, sa come farla franca.

Entra un'infermiera che sfoglia una cartella piena di documenti. Alza la testa e si accorge che sono sveglio. Sussulta, poi esce immediatamente dalla stanza.

Qualche minuto dopo arriva lo sceriffo Stevens. Sembra di buonumore. «Allora, come va?»

«Come diavolo pensa che vada?»

«Ascolti, voglio scusarmi a nome dell'intero dipartimento per la condotta dell'agente capo Summers». Tace per un momento. «Scott Summers è stato sospeso in attesa di un'indagine interna. Non sarebbe dovuto accadere, sono profondamente dispiaciuto».

I bip del monitor cardiaco accelerano. Provo a tenere a freno la rabbia che covo, ma non ci riesco.

«Sospeso? Dovrebbe essere in prigione! Voglio sporgere denuncia immediatamente!».

Lo sceriffo abbassa lo sguardo e si passa una mano tra i capelli. «Se questo è quanto ha deciso con la sua avvocata, è liberissimo. Ma spero che comprenderà che Scott ha appena perso la moglie. Era in stato confusionale. Nulla potrebbe giustificare la sua condotta, ma confido che ne terrà conto». Inclina il capo e contrae le labbra.

«Stronzate. È stato lui a uccidere sua moglie, cazzo. Lo so!». Cerco di mettermi a sedere. Sento la pelle imperlarsi di sudore.

«Aspetti un momento, Adam. Cosa le fa pensare che Scott abbia qualcosa a che fare con la morte di Kelly? Era sua moglie, ma è stata ritrovata nel *suo* letto, in una casa di sua proprietà». Mi sta sfidando, e allo stesso tempo vuole sondare il terreno. Sembra interessato a sentire quello che dico, e non so se è perché mi crede, anche solo un poco, o se sta solo tentando di farmi arrabbiare.

«Sapeva della nostra relazione. Le ha mandato dei messaggi molto minacciosi proprio ieri sera, prima che fosse uccisa. Controllate il suo telefono. Era un pezzo di merda, un marito violento, e quindi qualunque sia la sua opinione di Summers, sappia che si sbaglia».

Lo sceriffo trascina una sedia sul pavimento, la mette a mezzo metro dal mio letto, e si siede. Mi scruta attentamente, come a valutare se le mie affermazioni meritano di essere approfondite.

«Nessuno in questa città, e nemmeno sua moglie, ha mai accusato Scott Summers di atti violenti», osserva in tono pratico.

«E quello che mi ha fatto oggi? Mi guardi». Indico il mio viso.

Stevens respira a fondo. «Prima di oggi», si corregge.

«Kelly aveva troppa paura per denunciarlo, e adesso capisco perché. È uno sbirro. Ovvio che non si sia fatta avanti».

Lui scuote la testa e abbassa lo sguardo. «Avrebbe potuto farlo. E l'avremmo aiutata».

«Cazzate. Avreste protetto il vostro amichetto».

«No, non è vero». Ricambia il mio sguardo. «Non mi è mai piaciuto più di tanto, Scott».

Perché mi racconta queste cose? È un giochetto tipo poliziotto buono e poliziotto cattivo, solo più originale? Cosa ci fa qui? E poi, avrò capito bene?

«Come?», chiedo per costringerlo a ripetersi.

«Mi ha sentito bene. Ho sempre pensato che Scott avesse qualcosa di strano. Ha troppo l'aria del classico ragazzo americano. Ma io non me la bevo, perché so che tutti hanno scheletri nell'armadio e di solito quelli che sembrano brave persone sono i peggiori di tutti». Si adagia sulla spalliera della sedia.

Non so cosa rispondere perché non so cosa pensa. Ho l'impressione che stia nascondendo qualcosa, o forse invece ha intenzione di scoprire qualcosa. Non dovrei parlare con lui. Non è dalla mia parte. Le manette che ho al polso non lasciano spazio a equivoci. Vorrei solo che Sarah fosse qui. Mi torna in mente come cercava di proteggermi da Scott.

«E Sarah, sta bene? Si è fatta male?»

«Sì, sta bene, ha solo un piccolo taglio sulla fronte, ma è una guerriera. Nemmeno un gigante riuscirebbe ad abbattere quella donna», commenta.

«Dov'è? Voglio vederla».

«È tardi. È andata a casa, ma tornerà domani».

Annuisco.

Lo sceriffo Stevens si alza dalla sedia. «Indagherò su Scott», conclude. «Ha la mia parola».

Si comporta come mi facesse un favore a indagare su Scott, ma è solo il suo lavoro. Non dico nulla perché in fondo non ha importanza. In fin dei conti, sono le prove che contano, almeno è quanto ho imparato da Sarah. Spero solo che Stevens le scopra tutte.

16
Sarah Morgan

Matthew mi ha accompagnato a casa. Ha tentato di dissuadermi dal proposito di rappresentare Adam. Dice che sto commettendo un errore. Che se si arriva al processo, non sarò comunque in grado di difenderlo, quindi conviene che io molli fin d'ora. Ma si sbaglia. Se non sono sospettata o testimone del crimine, posso benissimo rappresentarlo, a meno che lo stato della Virginia non sollevi obiezioni. Me ne occuperò solo se sarà necessario. Ad ogni modo, ho risposto a Matthew che non sono affari suoi e che se fosse davvero mio amico, appoggerebbe la mia decisione.

L'informazione arriverà presto alla stampa, che ovviamente si darà alla pazza gioia, soprattutto considerando che io sono un'avvocata di prim'ordine a Washington, che Adam è un noto scrittore e che la vittima è la moglie di un poliziotto. Quando scopriranno che sto difendendo mio marito, sarà una notizia da prima pagina, una vera tempesta mediatica. Ma cosa dirò ai miei colleghi? Ai miei clienti? Al mio capo, Kent? Ad Anne? Adesso non ho tempo di preoccuparmi per tutto. Devo concentrarmi sul caso.

Passo la notte in dormiveglia. E quando sono sveglia, rimugino su ogni singola cosa, cioè sui fatti che ho a disposizione, che non sono poi molti in questo momento. Ho gli appunti sparsi sul letto. So che devo iniziare a pensare al caso, anche se Adam non è ancora stato accusato di nulla. Non appena arriveranno i risultati del DNA, lo faranno sicuramente. Adam è il sospettato più ovvio. Aveva i mezzi e l'occasione, due dei fattori di cui il procuratore della Virginia ha bisogno per mettere insieme il caso contro di lui. Il movente non è chiaro, ma ci vuol poco a imbastire una storia. Voleva liberarsi dell'amante. Magari lei minacciava di dirlo in giro. Non devono per forza dimostrare che sia vero. Basta solo convincere una giuria. Poi c'è Scott. È di carattere irascibile ed è palese che non riesca a controllarsi. Inoltre, i messaggi menzionati da Adam sono piuttosto compromettenti. Dovrò esaminarli a dovere. Scott aveva i mezzi e il movente, vista la relazione clandestina della moglie, ma la domanda è: ha avuto anche l'opportunità? Prendo un blocco note dal comodino e butto giù un paio di appunti. Scrivo *Scott Summer.* Accanto, aggiungo *occasione* e lo cerchio.

Potrebbe esserci qualcun altro? Se tradiva il marito, di cos'altro era capace? Che altro le piaceva? C'era qualcuno che la voleva morta? Mi segno il locale in cui lavorava, Seth's Coffee. Dovrò parlare con i suoi colleghi, i clienti, gli amici e chiunque altro possa saperne di più al riguardo.

Il mio telefono squilla. Non riconosco il numero ed esito a rispondere. Sono le nove di sera, ma potrebbe essere Adam che chiama dall'ospedale. Sarei dovuta tornare a dargli un'occhiata.

Decido di accettare la chiamata. «Sarah Morgan!».

«Salve, Sarah, sono lo sceriffo Stevens. La chiamo solo per sapere come si sente e informarla che Adam sta bene. Ho appena lasciato l'ospedale ed era sveglio».

«Cosa ha detto il medico sulle sue ferite?»

«Dicono che ha una lieve commozione cerebrale e che ha riportato contusioni ed ematomi di una certa entità. Ma guarirà. Ho già presentato i documenti alla nostra assicurazione, quindi non deve preoccuparsi dei costi».

«Non mi interessano i costi. Voglio solo che stia bene».

«Be', in generale sta bene. Mi dispiace averla disturbata», conclude sul punto di riagganciare.

«Sceriffo Stevens!».

«Ryan, la prego, Ryan».

Cerca di mostrarsi amichevole e io dovrei fare altrettanto. Avrò bisogno di tutto l'aiuto possibile per questo caso e forse posso ottenerlo proprio da lui. Mi ha già aiutato una volta facendo cadere le accuse. È chiaro che non sta facendo tutto come da manuale, ha scelto di tutelare in primo luogo sé stesso.

Potrei sfruttare la cosa a mio vantaggio.

«Ryan...», riprendo il discorso. Mi sembra strano chiamarlo per nome. «Grazie per l'aggiornamento e per aver accettato di accompagnarmi sulla scena del crimine. Credo nell'innocenza di Adam e sto solo cercando di dimostrarlo. Solo che questa è una situazione diversa per me, perché in gioco ci sono delle emozioni, che devo tenere sotto controllo, quindi apprezzo il fatto che si preoccupi per me. È molto gentile da parte sua».

Lo sento tirare un sospiro. «Ma certo. È che mi immedesimo nella sua situazione, Mrs Morgan. So quello che sta passando e capisco che non sia facile, ma il mio unico obiettivo è ottenere giustizia per Kelly Summers. Ci vediamo domani mattina alle undici, alla sua casa al lago, per l'ispezione della scena del crimine. A quell'ora la scientifica dovrebbe già aver terminato, quindi saremo solo noi due».

«A domani, sceriffo Stevens», lo saluto.

Questa volta non mi chiede di chiamarlo per nome.

«Buonanotte, Mrs Morgan».

«Buonanotte», rispondo chiudendo la telefonata. Sul mio schermo compare una notifica, un messaggio di Matthew.

Mi dispiace per quello che ho detto. Hai ragione. Non sono affari miei, ma se hai bisogno di me, sappi che ci sono. I prossimi due giorni avrò mille impegni, ma verrò a trovarti appena possibile.

Premo il dito sul testo, seleziono il cuoricino e getto il cellulare da una parte. Mi sdraio, poggio la testa sul cuscino e chiudo gli occhi.

17
Adam Morgan

Appena lo sceriffo Stevens se n'è andato ho pensato di chiamare Sarah, ma non potevo, non ancora. So che sta bene fisicamente, ma non riesco nemmeno a immaginare quello che le ho fatto a livello mentale ed emotivo. Sarah è la persona più forte che conosca, ma tutti hanno un limite di sopportazione. Vorrei quasi chiederle di non rappresentarmi, dirle che assumerò qualcun altro. Si merita di meglio, e non dovrebbe esser lei a sistemare i miei casini.

Certo, in cuor mio so di non aver ucciso Kelly, ma è pur vero che avevo una storia con un'altra donna, e senza quello non sarebbe mai successo nulla di tutto questo. O almeno non credo. Forse Scott l'avrebbe uccisa comunque, Kelly, ma non a casa nostra. Io non sarei stato coinvolto.

Chiudo gli occhi e provo a dormire, ma la mia mente continua a rivivere gli eventi di oggi e quelli degli ultimi sedici mesi. Ripenso a tutti i momenti trascorsi con Kelly. Cerco di non farlo, ma è più forte di me. Sono sposato, ma non posso fare a meno di piangere la morte di Kelly, la mia amante. È sbagliato, lo so. Ma io l'amavo. Amo anche mia moglie, ma ciò non può spazzare via il sentimento che provavo per Kelly. Qualche lacrima scorre giù dall'occhio rimasto incolume, scende sul lato del viso e cade sul cuscino. Piango per Kelly e piango per quello che ho fatto a Sarah.

18
Adam Morgan

Due settimane prima

Era la fine di una lunga giornata di scrittura, o meglio di una lunga giornata passata a bere scotch davanti al computer. Avevo gli occhi affaticati per aver fissato troppo a lungo il documento Word rimasto bianco. Ma grazie allo scotch, non me ne importava nulla.

Avevo intenzione di prendere la macchina e tornare a casa, visto che Kelly mi aveva disdetto per la terza volta in una settimana. Ma non ero in condizioni di guidare, così decisi di restare. Spensi il portatile e andai in salotto, mentre continuavo a roteare il bicchiere di cristallo. Accesi il camino e misi su della musica classica. Stavo per prendere qualcosa da leggere dalla libreria, giusto per evadere dai troppi pensieri, quando sentii bussare alla porta. Sul momento pensai che potesse essere Sarah, magari aveva voluto farmi una visita a sorpresa. Ma non l'aveva mai fatto, quindi chissà perché mi era passato per la testa.

Dall'altra parte della porta d'ingresso trovai Kelly, era stata picchiata, si sentiva a pezzi. Le lacrime le rigavano il viso, la loro scia deviata dal sangue secco sotto il naso. L'occhio destro era nero, i capelli ridotti un groviglio. Rimasi senza fiato nel vederla in quello stato, poi però la aiutai a entrare, la feci sedere sul divano e le diedi una coperta. Presi una borsa del ghiaccio e uno straccio umido per pulire il sangue secco.

«Chi è stato, Kelly?», le chiesi, tenendole la borsa del ghiaccio sull'occhio e asciugandole il viso.

Non mi rispose, così le dissi che avrei chiamato la polizia.

«No… no, per favore», supplicò, prima di tacere di nuovo.

Le versai un bicchiere di scotch e riempii il mio, pensando che bere qualcosa di forte l'avrebbe aiutata a rilassarsi e magari persuasa a parlare. Volevo sapere cosa fosse accaduto. Le porsi il bicchiere e ne bevve un sorso.

«Non si fermerà mai», disse infine, squarciando il velo di silenzio.

«Chi?»

«Mio marito».

Mi avvicinai un po' di più. Sapevo che era sposata, ma credevo che il suo matrimonio fosse come il mio, privo d'amore, noioso, disattento… non come questo. Credevo che a me andasse male, ma a Kelly andava peggio, molto peggio. Io potevo forse annoiarmi, lei era in pericolo.

«Sei andata alla polizia?».

Scosse la testa. «Non posso».

«Perché?»

«Non posso e basta». Sembrava esasperata, così pensai che non avrei dovuto insistere ancora sul consiglio di rivolgersi alla polizia. Doveva avere le sue ragioni. Kelly trangugiò il resto dello scotch, e io gliene versai ancora.

«Cosa posso fare?», le domandai accarezzandole i capelli.

«Non puoi fare nulla». Aveva gli occhi spenti, privi di speranza.

«Potrei aiutarti a fuggire».

«Non è possibile».

«Scapperemo insieme… io e te», le dissi con convinzione.

«A volte penso che l'unico modo per allontanarmi da lui sia la morte». «Perché dici così?»

«Ci sono cose che non sai di me, Adam». Mi fissò negli occhi, ma poi distolse lo sguardo, quasi fosse pentita delle sue parole.

«Ti amo, Kelly. Non ho bisogno di sapere altro. Ti amo e voglio aiutarti, perciò dimmi cosa posso fare».

«Non credo sia possibile. Mio marito mi tiene in pugno».

«Come? O *perché* dovrebbe? Ti prego, dimmelo». Le presi la mano e la strinsi.

Fece un respiro profondo e poi mandò giù quasi tutto lo

scotch d'un colpo, come fosse il coraggio che le serviva per confidarsi.

«Ero già stata sposata prima, non mi chiamo... Kelly Summers. Ma Jenna Way. Ho dovuto cambiare nome dopo quello che è successo, dopo essere stata accusata di aver ucciso il mio primo marito». Si soffermò per un istante. Avrei dovuto aver paura di quelle parole, ma non fu così. «Avevamo litigato, quel giorno, ma non era nulla di serio. Giusto un battibecco. La sera, però, quando tornai a casa dopo il lavoro, era morto. Ovviamente fui la prima indiziata del caso». Scrollò il capo. «Non ero stata io. Non avrei mai potuto. Ma sono stata accusata di omicidio. Tuttavia, alcune prove andarono smarrite durante il processo, così le accuse a mio carico furono rigettate. Scott, il mio attuale marito, mi aiutò a tornare in libertà, così adesso sono sotto il suo controllo. In realtà, non sono per niente libera. Sto ancora pagando per un crimine che non ho commesso. Sto ancora scontando la pena. Solo che non sto in una cella. Sto con Scott». Chinò il capo.

Non sapevo cosa dire. Non mi sarei mai aspettato di sentire parole del genere dalla sua bocca. Pensavo di conoscerla, questa donna. Ma ignoravo anche il suo vero nome.

Quando vide che non reagivo, sembrò quasi innervosirsi. I suoi occhi guizzavano da un lato all'altro della stanza. Agitava la gamba e poi tornava composta.

«Non sono una persona cattiva», disse in un respiro profondo. Si alzò e pensai che stesse per andarsene, ma non volevo.

«Aspetta», la bloccai, alzandomi anch'io. Si fermò e si girò verso di me. Avanzai di un paio di passi e mi fermai a pochi centimetri da lei.

«Tu per me sei Kelly, non Jenna».

«Lo so. E mi dispiace», mi interruppe.

Le misi un dito sulle labbra per farla tacere. «Lasciami finire», le dissi. Lei acconsentì.

«Mi sono innamorato di Kelly, non di Jenna. Non mi importa chi eri in precedenza. Quello che hai fatto non cambia nulla di ciò che provo per te. L'ultimo anno e mezzo è stato uno dei più belli della mia vita, e questo perché tu ne hai fatto parte. I brutti momenti che passi, li sento anche io. Quello di cui hai bisogno, è anche una mia necessità. Ti prometto una cosa, Kelly: tuo marito non ti farà mai più del male». Le diedi un bacio lieve sulla fronte. Finalmente alzò lo sguardo verso di me. Vidi che le si illuminarono gli occhi, seppur di poco. La baciai sulle labbra e lei sussultò a causa della ferita, ma non si tirò indietro. A volte vale la pena soffrire un po' per un attimo di piacere.

19

Sarah Morgan

Le porte si chiudono e l'ascensore inizia a salire verso gli uffici di Williamson & Morgan. Chiudo gli occhi per un attimo e raccolgo tutte le mie forze. Do senza dubbio l'impressione di avere ogni cosa sotto controllo e di essere in ordine, grazie al vestito su misura e al trucco professionale. Per fortuna sono riusciti a coprire il livido sulla fronte, anche se ho ancora il cerotto sul taglio. Devo avere l'aspetto giusto. Devo sembrare forte.

Le porte si aprono, Anne mi aspetta poco più in là con una tazza di caffè. «Che cosa è successo? Stai bene?», posa direttamente lo sguardo sul cerotto che ho in testa.

«Tutto a posto», rispondo, prendendole il caffè dalle mani. «Facciamo due passi, così possiamo parlare un po'».

Mentre ci dirigiamo verso l'ufficio, l'aggiorno con calma su quanto sta succedendo. Lei mantiene un'espressione neutra. Noto qualche mormorio sottovoce da parte dei colleghi. Nessuno conosce ancora la storia completa perché non è arrivata ai notiziari, ma questo non ha impedito che le voci iniziassero a circolare lo stesso. Non sono solita annullare gli incontri di lavoro o sparire dall'ufficio anche per un solo pomeriggio. Inoltre, ho saltato la riunione mensile del personale tenutasi ieri, e immagino che Anne avrà informato tutti che la mia assenza era dovuta a un'emergenza familiare. Probabilmente avranno pensato che sia morto qualcuno, il che è vero… solo che quel qualcuno è l'amante di mio marito.

Anne chiude la porta del mio ufficio.

«È assurdo!» commenta sgranando gli occhi. Ora che siamo fuori dalla vista degli altri, può esprimere tutto lo shock e lo stupore per l'accaduto. «Sei sicura di stare bene?»

«Non lo so, ma ti prego di ricorrere alle risorse dello studio per fare controlli su Kelly Summers e Scott Summers».

Mi fa un cenno di assenso. «Ma certo, e vedrò di fare più in fretta possibile, così avrai tutto entro la fine della giornata».

«Bene, devo sapere ogni singola cosa sul loro conto. Quale giustificazione hai dato per la mia assenza di ieri?», le chiedo mentre mi accomodo alla scrivania.

«Ho lasciato la cosa sul vago. Un'emergenza familiare».

«E cosa dicono gli altri?»

«Un po' di tutto. Lutto in famiglia. Ti sei sottratta all'impegno per qualche motivo. Hai bevuto troppo a pranzo... e problemi coniugali».

«Be', una l'hanno indovinata di certo», osservo in tono sarcastico. «E Bob, ha annusato qualcosa in giro?»

«Non ancora».

«Bene».

«Credi sia stato lui... cioè, Adam?», alza il capo non appena ha finito di porre la domanda.

«Non... lo so».

«Mi dispiace», mi consola Anne, inclinando la testa, le labbra tirate.

«Non c'è bisogno. È una situazione folle, non c'è dubbio. Un momento prima stiamo facendo un pranzo fantastico, siamo tutti qui a festeggiare la vittoria di un processo, e un momento dopo mi comunicano che mio marito è il principale sospettato dell'omicidio della sua amante». Scrollo la testa.

«È folle sul serio», dice Anne. «E Adam, lo hanno già accusato?»

«No, ma presumo che lo faranno non appena avranno i risultati del DNA. È stato l'ultimo a vedere l'amante, che per giunta è stata ritrovata nel letto della nostra casa al lago, quindi sarà davvero dura». Libero un sospiro.

«Hai detto che Adam è tornato a casa tardi. Non puoi essere tu il suo alibi?»

«Posso solo confermare che è rincasato verso le due di notte. Ma se il decesso è avvenuto prima... diciamo dell'una e quindici, considerato il tempo necessario per andare dal lago

Manassas a Washington a quell'ora della notte, allora non c'è nessun alibi», le spiego.

«E sei sicura che fossero le due di notte quando è arrivato a casa?». Batte il dito sul mento. «Io e te siamo state fuori fino...».

«A dopo mezzanotte», suggerisco. «Ad ogni modo, sì, erano le due di notte quando è tornato a casa».

Dall'espressione che ha sul volto, deduco che sta sforzando al massimo il cervello per capire come potermi aiutare.

«Anne, per favore, non ti preoccupare di questa faccenda. In fondo, non ti riguarda», le dico con un sorriso dolce. «Mi hai già aiutato più di quanto tu possa immaginare».

Le salgono le lacrime agli occhi, ma con la mano si sventola un po' d'aria sul viso per trattenersi. «Non dirmi di non preoccuparmi per te. Sei la mia migliore amica, Sarah. Mi dispiace tantissimo che ti stia succedendo tutto questo e vorrei solo aiutarti».

Mi alzo dalla sedia per avvicinarmi e le do un abbraccio.

Lancio un'occhiata all'orologio sulla parete alle sue spalle e capisco che devo darmi da fare. Mi stacco da lei e ci scambiamo uno sguardo di intesa.

«Grazie, Anne. Fammi questi controlli, per cortesia, è la cosa più utile che tu possa fare, adesso».

Me lo conferma: «Sì, sì, certo».

«Devo incontrare lo sceriffo Stevens e poi, se non sorgono intoppi, Adam potrà finire di raccontarmi tutto ciò che sa». Inizio a raccogliere le mie cose, ma mi fermo quando sento cambiare la pressione nell'aria. La porta del mio ufficio si apre, alzo adagio la testa per vedere chi è, ma in qualche modo lo so già.

L'odore di Chanel n. 5, così classico, così scontato, è un indizio decisivo. Indossa un abito bianco e nero e nel suo aspetto esteriore non c'è un briciolo di personalità. Ha i lineamenti duri e ben tenuti, grazie alle visite regolari dal chirurgo plastico, uno di quelli in grado di fare un lavoro talmente superbo che solo un occhio ben allenato potrebbe accorgersi che la pelle non è naturale al cento per cento. La sua entrata in scena è scandita dall'inequivocabile clic di un tacco Manolo

Blahnik nero (mai Louboutin, «il rosso è pura ostentazione»). È pronta a ricevere la sua buona dose di attenzione, che di norma è tutta per lei.

«Ciao, Sarah», saluta Eleanor. Nessuno l'ha invitata a entrare, ma di lì a un attimo sta già colmando la distanza che ci separa. «È un piacere vederti». Quando mi raggiunge, apre le braccia e, sebbene ci stringiamo, ci sfioriamo appena.

«Sei entrata in tutta fretta, Eleanor», commento. Un po' troppo in fretta, in effetti. Speravo che ci sarebbero voluti ancora uno o due giorni, prima che mi onorasse della sua presenza.

«Ma certo. Dopotutto, stiamo parlando di mio figlio». Incede a testa alta, con la sua classica borsa nera di Chanel, che tiene sempre con sé, e si siede davanti alla mia scrivania. Si guarda intorno: «Carino, il tuo ufficio». L'osservazione è a dir poco sussiegosa. Mi siedo anch'io alla mia scrivania.

Anne alza le sopracciglia verso di me ed esce dall'ufficio chiudendo la porta. È chiaro che Eleanor non ha nessuna intenzione di riconoscere la presenza della mia assistente.

«Ora», inizia, prima di accavallare le gambe e poggiare i palmi delle mani sul ginocchio. «Dimmi cosa succede a Adam».

So già che non le piacerà sentirlo. Per lei Adam è un esemplare di uomo perfetto. È tutto ciò che le rimane del marito defunto. Il padre di Adam è morto all'improvviso, cinque anni fa, per un infarto. Dicono sia stato a causa delle cattive abitudini alimentari e dello stress derivante dal lavoro di gestore di un hedge fund, ma a me piace pensare che Eleanor abbia avuto un ruolo importante nella vicenda. È una donna esigente. Tuttavia, per il bene di questo caso, metterò da parte le nostre divergenze e continuerò a ingoiare ogni battuta, insulto e commento altezzoso che uscirà dal buco che ha in faccia.

«Adam è il principale sospettato in un caso di omicidio...».

«Impossibile», interviene all'istante Eleanor. «Mio figlio non lo farebbe mai!».

Non ha senso discutere con lei. I genitori tendono farsi strane illusioni quando si tratta dei figli. Anche Ted Bundy e Jeffrey Dahmer avevano genitori amorevoli che non si rendevano conto della malvagità che albergava nella loro prole.

«È sospettato di aver ucciso l'amante». Continuo a fissarla negli occhi, sperando comprenda quanto sto dicendo, sperando capisca che Adam non è poi così impeccabile come riteneva.

Strizza gli occhi per un attimo, poi li riapre. «Ti tradiva?», mi chiede. È ovvio, ma sicuramente vuole sentirmelo dire a voce alta.

Annuisco.

Distoglie lo sguardo, a testa alta. Direi volentieri che arriccia il naso, ma è perennemente arricciato. «Voglio vederlo. Voglio sentire tutto per bocca di Adam». Torna a guardarmi.

«Al momento lo trattengono all'ospedale della contea di Prince William». «Cosa? E perché?»

«È rimasto coinvolto in un diverbio nel dipartimento dello sceriffo ieri sera», le spiego. Non entro nei dettagli perché ho stretto un accordo con Stevens. Le accuse sono state lasciate cadere solo perché non ho sporto denuncia. In più, c'è stato il sopralluogo sulla scena del crimine.

«Povero figlio mio. Perché non me l'hai detto fin dall'inizio?».

La porta dell'ufficio si apre parzialmente e Anne fa capolino. «Sarah, devi andare, se vuoi incontrare lo sceriffo Stevens per tempo».

La ringrazio silenziosamente per avermi dato modo di liberarmi dalla conversazione con mia suocera.

«Lo sceriffo Stevens? Perché non vai a trovare Adam?», domanda con aria stupita. Mi alzo in piedi e lei fa lo stesso, mentre si getta la borsa sulla spalla con fare drammatico.

«Prima vado a fare un'ispezione sulla scena del crimine, poi vedrò Adam». Prendo la borsa e il cellulare.

«Vengo con te», dice infine. Non è un suggerimento. È una pretesa.

«Non si può. Lo sceriffo ha accettato solo la mia presenza. Mettiti pure comoda, ti mando un messaggio più tardi. Anne è a tua disposizione, se hai bisogno».

«Non ho bisogno di nulla», rifiuta con tono di sfida.

«Va bene, allora. Ci sentiamo dopo, Eleanor». Mi affretto a uscire dall'ufficio, ma avviso Anne che oggi non tornerò, le farò uno squillo più tardi.

«Ci vediamo, Sarah», mi saluta Eleanor da dietro, e poi sento solo il ticchettio dei suoi tacchi.

Di lì a un'ora accosto di fronte alla casa al lago. Il SUV dello sceriffo Stevens è già parcheggiato nel vialetto, mi attende appoggiato sul fianco dell'auto, con la sua uniforme d'ordinanza. Indossa un paio di occhiali da sole a goccia e quando vede il mio veicolo, alza la mano per salutarmi. Mi accorgo che nell'altra mano stringe una cartella di documenti e presumo contenga i risultati della scientifica. Parcheggio dietro di lui e scendo dalla macchina.

«Buongiorno, Mrs Morgan», dice con un cenno del capo mentre muovo qualche passo verso di lui.

«Buongiorno, sceriffo Stevens».

Mi porge la mano e io la stringo, notando che è sudato malgrado il clima fresco. Cos'è che lo innervosisce? Per caso sa qualcosa? È un'informazione contenuta nella cartella a renderlo ansioso?

«La scientifica ha concluso i rilievi stamattina e la perquisizione della casa sarà eseguita nel pomeriggio, perciò abbiamo un po' di tempo per il sopralluogo», mi aggiorna. «Se nota qualcosa fuori posto, gradirei che mi avvisasse».

Anche se fosse, non avrei notato comunque nulla di strano, considerato che venivo qui solo di rado. Questa era praticamente casa di Adam, ma non glielo dico.

«Ecco qui», mi dice allungandomi la cartellina.

La prendo e domando: «Che cos'è?»

«Rapporto preliminare dell'autopsia e risultati del test del DNA», chiarisce.

Apro la chiusura a scatto della cartella e inizio a scorrere le pagine, raccogliendo più informazioni possibili.

«Kelly Summers aveva in circolo acido gamma-idrossibutirrico?», alzo lo sguardo verso di lui.

«Sì».

«E Adam? Aveva ingerito la stessa droga?»

«Manca la finestra di rilevamento per Adam», dice serrando le labbra. «Comodo». Il mio tono è sarcastico.

Prendo nota dell'ora del decesso riportata nel rapporto preliminare: tra le undici di sera e mezzanotte e mezza.

Aggrotto la fronte. «Era incinta?», chiedo guardandolo in viso.

Appare visibilmente turbato e abbassa lo sguardo sugli stivali. Quindi struscia un po' i piedi per terra e si riprende con sufficiente rapidità da celare l'irritazione per questa informazione.

«Sì, si stima che fosse intorno alle otto-nove settimane, di conseguenza il laboratorio ha potuto eseguire il test del DNA prenatale e adesso lo Stato della Virginia ha intenzione di accusare Adam di duplice omicidio».

«E cosa dicono i risultati? Il padre è Adam?».

Stevens respira a fondo e annuisce.

Non riesco a credere che Adam abbia messo incinta questa donna. Lo sapeva? Non ha importanza ai fini del caso, perché lo Stato lo userà comunque come movente. Ma è importante per me. Mi nascondeva anche questo?

Lo sceriffo Stevens struscia di nuovo i piedi. «Senta, io vado a sedermi in veranda, se per lei va bene».

Gli dico che non c'è problema. I suoi stivali scricchiolano sulla ghiaia, io alzo lo sguardo dal rapporto mentre lo osservo allontanarsi. Non avevo mai notato che avesse spalle così larghe. Ha davvero un fascino magnetico. Quando raggiunge il portico, si siede sui gradini, poi allunga e piega più volte il ginocchio destro. Deve essere per colpa di qualche vecchia ferita. Mi ci vogliono meno di dieci minuti per leggere tutto, visto che è solo un rapporto preliminare. Da quanto ho capito, Kelly Summers è morta per ferite da taglio. In totale trentasette. Al momento del decesso aveva in circolo GHB e alcol. Il tasso alcolemico rilevato era di 0,19, più del doppio del limite consentito per mettersi alla guida. Aveva lividi sulla schiena, sulla spalla e sull'anca provocati almeno ventiquattro ore prima dell'omicidio. Il tessuto trovato sotto le unghie corrispondeva al DNA di Adam. È stato inoltre prelevato sperma nella vagina, nell'ano e nella bocca della donna, anche questo corrispondente al DNA di Adam. Ma l'informazione più sconcertante è che nella cavità vaginale sono stati rilevati altri due set di DNA.

Chiudo la cartella e mi avvicino a Stevens. È ancora seduto e guarda a sinistra, verso i boschi circostanti, per ammirare il panorama.

«È pronta?» mi chiede, lanciandomi un'occhiata mentre si alza.

«Avete stabilito a chi appartengono gli altri due set di DNA?»

«Scott Summers ha consegnato volontariamente un campione del suo DNA proprio questa mattina. Non abbiamo ancora ricevuto i risultati, ma presumo che uno dei due corrisponda al suo. Il che dimostrerebbe solo che ha fatto sesso con la moglie».

«E l'altro set?»

Scrolla le spalle. «Non ne sono sicuro».

«State indagando? Avete sentito colleghi, amici e familiari? avete controllato i tabulati telefonici della vittima per scoprire se vedeva anche qualcun altro?», piego la testa di lato.

«Stiamo esaminando ogni aspetto della vicenda».

Socchiudo leggermente gli occhi perché non gli credo del tutto. Ha già arrestato Adam, quindi pensa di avere il suo uomo. Caso aperto e subito chiuso.

«Vogliamo andare?», domanda facendo un gesto esplicito con la mano.

Espiro dal naso e inizio a salire i gradini. Inciampo sul secondo e per un soffio non cado a faccia in avanti, ma lo sceriffo Stevens è pronto a prendermi. Una mano sul braccio e l'altra in vita.

«Tutto bene?».

Sposto gli occhi verso di lui e incrociamo lo sguardo per un istante, a pochi centimetri l'una dall'altro, e rispondo di sì. Mi tiene la mano sulla schiena mentre salgo il resto degli scalini, poi la lascia cadere non appena raggiungo il portico.

Sento il ronzio di un motore e mi giro. Un'auto della polizia percorre il lungo vialetto che si snoda attraverso il bosco, le gomme scricchiolano su foglie morte e terra secca. La macchina si ferma accanto al SUV di Stevens, sull'erba, quasi a marcare il territorio. Il vicesceriffo Hudson scende dall'auto. Con la sua uniforme e i suoi occhiali da sole a goccia sembra un'action figure di G.I. Joe.

«Cosa ci fa qui, vicesceriffo?», urla Stevens. Hudson muove qualche passo verso di noi e incrocia le braccia, come se fosse davvero qui per «proteggere e servire».

«Volevo solo vedere se vi fosse bisogno di assistenza». Si guarda intorno con noncuranza, poi riporta l'attenzione sullo sceriffo.

«No, è tutto a posto», taglia corto Stevens con tono sprezzante.

Il vicesceriffo Hudson si toglie gli occhiali da sole e socchiude gli occhi... all'apparenza rivolti a me. O forse allo sceriffo. Non ne sono sicura. «Allora, le dispiace se aspetto qui fuori?»

«Faccia pure», risponde Stevens voltandosi verso di me. Ruota la maniglia della porta d'ingresso, che è stata sigillata con il nastro della scena del crimine.

Mi abbasso di scatto ed entro per prima. All'interno, la casa è immobile e silenziosa, come se non fosse successo nulla. Stevens chiude la porta d'ingresso e mi rimane accanto mentre attraverso l'atrio ed entro nell'ampio open space che compone la zona giorno, la cucina e la sala da pranzo. Sembra tutto in ordine. Faccio due passi per il soggiorno seguita dallo sceriffo. Scrutando tutto l'ambiente, noto il decanter dello scotch lasciato aperto sul mobile bar.

Lo indico. «È stato analizzato?».

Stevens guarda in direzione del dito e si gratta il mento.

«Non che io sappia. Per che cosa andrebbe analizzato?»

«Nell'organismo di Kelly è stato rilevato del GHB. Forse è da lì che è arrivato?».

Annuisce. «Mi assicurerò che venga raccolto e analizzato durante le indagini».

Percorro il corridoio e passo davanti al bagno e alle due camere degli ospiti, prima di raggiungere la camera da letto principale. L'odore di ferro e di decadenza mi colpisce come uno schiaffo in faccia non appena entro. Mi copro il naso, cercando di respirare dalla bocca. Noto che dal pavimento sono stati tagliati e strappati via diversi pezzi di moquette. Il letto è stato svuotato, ma sul lato destro del materasso c'è una grande macchia rosso scuro.

Lo sceriffo Stevens è sempre in piedi dietro di me. Posso sentirne il respiro sul collo. «Anche il materasso costituisce una prova, giusto?»

«Sì, la scientifica ha dovuto aspettare che si asciugasse prima di poterlo avvolgere e rimuovere, ma è stato comunque prelevato un tampone».

Mentre fisso la macchia di sangue, non posso fare a meno di chiedermi se Adam avesse pianificato di lasciarmi. E lo avrebbe fatto se lei fosse stata ancora in vita? Oppure avrebbe continuato ad avere una relazione con Kelly Summers per il resto della nostra vita coniugale? Sapeva che Kelly portava suo figlio in grembo? La rabbia si impossessa di me e fuoriesce sotto forma di lacrime. Non piango quando sono triste. Piango quando sono arrabbiata.

«Si sente bene?», chiede Stevens.

Mi volto un momento e gli dico di sì. Lui vede le lacrime e mi mette subito una mano sulla spalla, stringendola con delicatezza per consolarmi. È inopportuno, ma non glielo dico né me la scrollo di dosso. Forse ho bisogno di un po' conforto, anche solo per un attimo. Mi asciugo le lacrime e gli segnalo che è tutto a posto.

«Pronta?», si sincera, stringendomi ancora una volta la spalla.

Assento e la sua mano scivola via.

Usciamo dalla camera da letto e percorriamo il corridoio, rientrando nella zona giorno principale. Scandaglio la cucina, la zona pranzo, poi di nuovo il soggiorno. Poso gli occhi sulla scrivania di Adam e mi avvicino, passando le mani sul legno di ciliegio. Mi sovviene il giorno in cui ho stupito Adam con questa scrivania. Aveva appena ottenuto il primo contratto per un libro. Ero davvero orgogliosa di lui e non l'avevo mai visto così felice. Il ricordo mi fa sorridere, mi fa tornare alla mente la coppia che eravamo un tempo. Ricordo cosa apprezzavo di quella scrivania, cosa mi aveva spinto a sceglierla. Sfioro la parte superiore con la mano, poi il pannello sul lato destro. Premo un poco. Scatta e si apre uno scomparto nascosto. Dentro ci sono una pistola e una busta di carta da pacchi. Non sussulto alla vista dell'arma. Sapevo che era lì. Adam l'aveva comprata poco dopo l'acquisto di questa casa. Era stata pensata come protezione, una funzione che ha mancato di svolgere. È la busta di carta da pacchi che mi mette a disagio.

«Merda. Non posso certo affermare che l'avremmo trovata», commenta lo sceriffo Stevens.

Prendo la busta, maledicendo il mio momento di nostalgia.

«Aspetti», mi ferma. Tira fuori due paia di guanti e me ne porge uno. Li infilo e prendo la busta, aprendo lentamente il lembo strappato, dal quale faccio scivolare fuori una foto da tredici per diciotto. È un'immagine di Adam e Kelly immersi nell'acqua fino alle ginocchia, nel lago per la precisione. Riconosco il nostro molo sul lato. Le gambe di Kelly sono avvolte attorno alla vita di Adam, le braccia appoggiate sulle spalle di lui. Le mani di mio marito le stringono il sedere, mentre si baciano appassionatamente. Lui indossa dei boxer, lei solo un tanga. Se non sapessi cosa c'è dietro, penserei che sono solo una coppia felice… perché sembrano davvero felici.

Stevens ha un colpo di tosse sgraziato mentre estrae dalla cintura multiuso un sacchetto per riporre le prove. Io sto per rimettere la foto nella busta, ma mi fermo a mezz'aria e la faccio scivolare di nuovo fuori. Qualcuno ha scattato questa immagine e sembra che né Adam né Kelly fossero consapevoli di essere fotografati in quel momento.

La giro e sul retro c'è scritto con un pennarello: FALLA FINITA O LO FARÒ IO. Guardo lo sceriffo, che legge il messaggio e sbarra gli occhi.

Sospira.

«Qualcuno sapeva della loro relazione. Questa è una minaccia», osservo scuotendo la foto. «Chi l'ha inviata potrebbe essere il responsabile dell'omicidio di Kelly».

«Be', è di buon auspicio per Adam».

Rimetto la foto nella busta e la ripongo nel sacchetto delle prove che Stevens tiene aperto.

«La faremo pulire per prendere le impronte digitali», dice.

«E l'analisi della calligrafia?»

«Avremo bisogno di una calligrafia che faccia da riscontro», risponde ponderando la domanda.

«Naturalmente». Sto correndo troppo. Devo rallentare. Un momento, però, se la foto era nascosta nella scrivania di Adam, lui di sicuro lo sapeva. Perché non ne ha mai parlato? Il cellulare dello sceriffo squilla e lui si affretta a rispondere: «Sceriffo Stevens».

Non riesco a sentire la persona all'altro capo della linea, ma è chiaro che è lei a parlare quasi tutto il tempo. La telefonata dura circa un minuto. Poi Stevens armeggia un po' con il telefono, lo batte sul palmo della mano e lo ripone in tasca.

«Era il procuratore dello Stato, Josh Peters», mi riferisce guardandomi.

Inclino la testa in attesa che aggiunga qualcos'altro.

«Forse non dovrei comunicarglielo, ma stamattina Peters ha presentato davanti a un gran giurì un possibile movente a carico di Adam. I giurati hanno emesso un atto formale di imputazione e Adam è stato incriminato per due capi d'accusa per omicidio di primo grado».

«Sul serio? Come mai sono già in questa fase?».

Lo sceriffo alza le spalle. «Non saprei, esattamente. Peters mi ha informato che ha fatto accelerare la procedura e l'ha aggiunta al registro delle cause pendenti ieri sera tardi, quando sono arrivati i risultati del DNA dal laboratorio. Ma al momento Adam è schedato e detenuto in custodia cautelare».

«Devo andare. Devo vedere Adam e spiegargli cosa sta succedendo».

«D'accordo, e… Sarah, spero che il nostro accordo sia sempre valido». Piega la testa.

«Sì, sì, certo», rispondo con un cenno del capo.

Fuori dalla casa il vicesceriffo Hudson è ancora in attesa, appoggiato alla sua auto. Non capisco che intenzioni abbia.

«Ehi!», chiama Hudson, mentre si stacca dalla fiancata del veicolo. «Cosa state combinando, voi due? C'è forse una seconda relazione intima di cui dovrei sapere?». Sogghigna compiaciuto e fa schioccare forte il chewing gum, a sottolineare la sfrontatezza del commento.

«La smetta, Hudson. Le ricordo che la sua presenza qui non era richiesta né obbligata e, nella migliore delle ipotesi, è molto sospetta».

«Anche portare la moglie e l'avvocata del colpevole a fare un sopralluogo sulla scena del crimine è molto sospetto, sceriffo». Hudson solleva il mento.

Stevens stringe gli occhi e serra la bocca, ma non aggiunge altro.

20
Adam Morgan

Sono sdraiato nella brandina in tenuta da carcerato: pantaloni e canottiera di cotone color blu marino. È una cella standard, completa di letto a castello a due posti, gabinetto e lavandino. L'ospedale mi ha dimesso da poco, suppongo su richiesta del dipartimento dello sceriffo perché erano già pronti ad arrestarmi.

Una guardia batte il manganello sulle sbarre e mi comunica che posso uscire e andare in sala ricreativa. Apre la porta e lo seguo per un lungo corridoio fiancheggiato da altre celle. Varcata una pesante porta d'acciaio, entriamo in una grande stanza con una manciata di tavoli e sedie e un televisore all'angolo. Ci sono solo una decina di detenuti. La maggior parte gioca a carte e chiacchiera o guarda la televisione. Un ragazzo è seduto a un tavolo da solo e legge un libro. Mi scrutano quasi tutti mentre muovo qualche passo per la sala, ma non il giovane intento a leggere. Non alza mai lo sguardo. Deve essere un buon libro. Probabilmente non è uno dei miei.

Mi siedo a un tavolo vuoto vicino alla televisione. Non mi preoccupo di presentarmi o di fare amicizia, perché non ho intenzione di rimanere qui a lungo… almeno spero. Sullo schermo compare un'edizione speciale del notiziario, che taglia rapido su una giornalista, in piedi davanti alla mia casa al lago con un microfono in mano. Alle sue spalle sventola il nastro della scena del crimine, sullo sfondo agenti che entrano ed escono dall'edificio. Entrano a mani vuote ed escono con scatole da archivio, presumibilmente piene di roba mia.

«Un brutale omicidio ha scosso la piccola città di Gainesville, in Virginia. Il corpo di Kelly Summers, ventisette anni, una donna del posto, moglie dell'agente capo Scott Summers del dipartimento dello sceriffo di Prince William, è stato rinvenuto ieri mattina presto nella casa che vedete proprio dietro di me. Il cadavere è stato scoperto da una donna delle pulizie. Abbiamo appena saputo che una persona è stata trattenuta in custodia cautelare. I dettagli non sono stati resi noti, ma secondo una nostra fonte, il dipartimento di polizia avrebbe arrestato lo scrittore Adam Morgan, trentaquattro anni. Continueremo a seguire da vicino la vicenda e ad aggiornarvi sugli sviluppi della vicenda. Le nostre più sentite condoglianze ai familiari di Kelly Summers. Amanda Edwards, DCNewsNow, Gainesville».

Mi accascio sul sedile e scuoto la testa. Come è possibile? Non riesco a crederci. Mi sembra di essere impantanato in un incubo da cui non riesco a svegliarmi.

«Morgan», chiama una guardia. «Hai visite».

Spero solo che gli altri detenuti non facciano due più due e non associno il Morgan citato nel notiziario con il nome appena strillato dall'agente. Mi alzo e lo seguo, evitando di guardare gli altri negli occhi. Percorriamo un lungo corridoio, finché l'agente non si ferma davanti a una porta per scansionare il badge. La apre e mi fa cenno di entrare. Sarah è seduta al tavolo della piccola stanza. Alla sua sinistra una pila di cartelle, di fronte a lei un taccuino aperto. La guardia chiude la porta mentre io attraverso la saletta.

«Sono davvero felice che tu sia qui». Vorrei abbracciarla. Vorrei baciarla.

Sarah alza lo sguardo su di me e serra le labbra. Mi aspetto che dica qualcosa sullo stato del mio viso, che è un miscuglio gonfio di colori, invece non lo fa. Capisco l'antifona e mi siedo di fronte a lei. Prende appunti e sfoglia le pagine di una cartella. «Sei stato incriminato da un gran giurì», esordisce.

«Ho saputo».

«Sai cosa significa?».

Mi protendo sulla sedia e scuoto la testa.

«Significa che non ci sarà un'udienza preliminare. Sarai citato in giudizio e, in sostanza, andremo dritti al processo, senza poter presentare le prove. Il che è un grosso svantaggio per te», spiega in un sospiro.

«Mi sento già fortemente svantaggiato. Ma com'è potuto accadere? Sembra tutto troppo veloce».

«Non so come sia successo, e comunque hai ragione, la procedura è stata decisamente rapida. Per portare un caso davanti al gran giurì di solito ci vogliono settimane, se non mesi, ma qualcuno deve aver tirato qualche filo della faccenda, magari il marito di Kelly. È una piccola città e lui è un vicesceriffo con vasto background militare, quindi chissà a chi è legato. Ma è chiaro che qui l'accusa non voleva scoprire le carte e mirava solo evitare l'udienza preliminare. L'incriminazione diretta non è frequente, ma a volte viene utilizzata in casi di traffico di droga per cogliere di sorpresa l'imputato oppure in casi di omicidio molto evidenti, in modo che l'accusa possa fare una dichiarazione convincente di fronte alla difesa e all'opinione pubblica. Questo non significa che abbiano delle valide ragioni».

Accenno ad assentire. La gran parte delle sue parole suonano come una lingua straniera, ma ne capisco il senso. «Allora, cosa facciamo adesso?», le domando mentre mi sporgo in avanti sulla sedia per appoggiare i gomiti sul tavolo.

«Dobbiamo parlare della notte in cui Kelly è stata uccisa», dice Sarah entrando subito nel vivo della questione. Gira i fogli del blocco finché non trova una pagina bianca e poggia la penna sulla carta.

«Cosa vuoi sapere?»

«Tutto». Socchiude gli occhi. So bene che come avvocata deve conoscere ogni aspetto della vicenda, ma come moglie non dovrebbe saperne nulla. Forse vuole solo capire quanto faccio schifo.

«Sei sicura?», chiedo.

Sbatte giù la penna. «Adam, te l'ho detto ieri. Devi essere onesto con me. L'infedeltà non ha importanza, adesso. È chiaro che sei colpevole. Qui si tratta di istruire un caso giudiziario. Dobbiamo dimostrare oltre ogni ragionevole dubbio che non hai ucciso la tua amante, Kelly Summers».

«Okay». Abbasso la testa ed espiro a fondo. «È solo che non voglio ferirti».

«L'hai già fatto». Prende la penna e scrive data e ora in

cima alla pagina. «A che ora è arrivata a casa nostra Kelly Summers?»

«Poco dopo le cinque del pomeriggio».

«Spiegami fin nei particolari cosa è successo dopo il suo arrivo».

Le racconto tutto, che abbiamo bevuto scotch e scopato più volte, quanto sono stato rude e come ho goduto, quanto ha goduto Kelly, che, senza dire una parola, mi ha implorato che non era ancora soddisfatta, che l'ho lasciata lì in piena notte per tornare a casa, e infine del biglietto che le ho scritto.

Sarah non lascia trasparire nulla del sentimento di delusione che le devo suscitare. Non un sussulto, un'occhiataccia o un commento sprezzante mentre le descrivo la vicenda. Si limita ad ascoltare e a prendere appunti rimanendo impassibile. Allora mi domando: le importa qualcosa? Le importa che io l'abbia tradita? Non saprei dirlo.

«A che ora vi siete addormentati?».

Torno con la mente a quella notte per ricordare l'ora esatta, ma non rammento nemmeno di essere andato a dormire o di sentirmi stanco. L'ultima cosa che ricordo è di aver fatto sesso con Kelly. «Non lo so».

«Ossia, non sapresti dire a che ora vi siete addormentati?», chiede diffidente.

«No, siamo praticamente svenuti sul letto».

«Quindi, c'è un lasso di tempo che non riesci a ricordare di quella notte?»

«Credo», rispondo alzando le spalle.

«Credi? Ti accusano di omicidio e tu rispondi "credo"?». Scuote la testa. «Cosa diavolo vuoi che ti dica?»

«Non lo so. Ma non va bene. Il procuratore ti sbranerà per una risposta del genere, e la trasformerà facilmente in "be', se non ricordi, forse non ricordi neanche di averla uccisa". Cioè, devi ricordare. Devi essere sicuro».

«Ricordo di aver sentito sbattere la portiera di un'auto. È quella che mi ha svegliato».

«Sicuro?», chiede con una punta di scetticismo. «Sicuro che non sia stato un ramo caduto per terra o una ghianda andata a finire sul tetto? Nel bosco ci sono suoni di ogni tipo».

«Sì, certo… penso di sì, almeno». Mi sfrego la fronte come se d'un tratto i ricordi smarriti di quella notte potessero farsi chiari.

«Non si pensa. Lo sai», mi rimprovera. «Dunque, tu e Kelly stavate bevendo entrambi scotch?»

«Sì… no».

«Sì o no?»

«Sì, è così, ma poi io sono passato al Pappy Van Winkle, prima di tornare di nuovo allo scotch».

«Okay», prende appunti. «E la foto?»

«Quale foto?», aggrotto la fronte.

«Quella che ho trovato nella tua scrivania».

Sgrano gli occhi. Come ho potuto dimenticarlo? Sono proprio un'idiota.

«Ma come hai fatto a trovarla? Non era sulla scena del crimine?»

«Ho stretto un accordo con lo sceriffo. Ha accettato di lasciar cadere le accuse di reato che sei riuscito ad accumulare a Washington e di accompagnarmi dentro casa. In cambio, non denunceremo Scott Summers per aggressione e percosse». Inarca un sopracciglio.

«Cosa? Voglio che sia denunciato per quello che mi ha fatto. Guarda come mi ha ridotto la faccia!». Spingo il mento in avanti e indico il mio viso, gonfio e pesto.

«È l'accordo migliore che potessimo trovare, Adam, credimi. Soprattutto perché ho trovato quella fotografia e per i reati di cui ti sei macchiato. Inoltre, con ogni probabilità Scott non si beccherebbe più di una tirata d'orecchi. Dichiarerebbero che si tratta di disturbo post-traumatico da stress o di infermità mentale temporanea dovuta alla perdita della moglie, e la giuria si mostrerebbe senza dubbio solidale nei suoi confronti». Sarah mi fissa in attesa di una risposta, così da poter andare avanti.

«Bene», commento sbuffando.

«Allora, quando l'hai ricevuta, la foto?», domanda, e intanto abbassa lo sguardo sul taccuino.

«Qualche settimana fa. L'ho trovata nella cassetta della posta. Era senza francobollo, devono averla portata a mano». Cerco i suoi occhi. «Mi hanno incastrato, vero?».

Fa un respiro profondo. «Non saprei, devi cercare di ricordare ogni dettaglio. Ne va della tua vita. Quella foto è un altro strumento da sfruttare per mettere in dubbio le loro tesi».

Ha ragione. Così non sono di grande aiuto. Devo esaminare tutto con attenzione, come farei nel momento in cui passo a fare l'editing di uno dei miei libri. Dove sono i buchi nella trama? I punti lasciati in sospeso? Chi sta davvero guidando la storia? E perché?

«La polizia può stabilire chi me l'ha inviata?»

«È possibile, ma non sarà facile. La stanno pulendo per rinvenire le impronte digitali».

Sarah apre una cartella e scorre i documenti che vi sono contenuti. «Sono riuscita a ottenere il rapporto preliminare dell'autopsia, grazie al mio piccolo accordo con lo sceriffo. Credo sia stata la ciliegina sulla torta, e il suo modo di assicurarsi che non sporgeremo denuncia».

«Okay. E cosa hanno trovato?»

«Tre set di DNA nell'organismo di Kelly Summers», spiega.

Solo che continuo a non capire. Che cosa significa? Atteggio il viso a un'espressione perplessa e Sarah coglie subito la mia confusione.

«Uno è tuo, uno si presume sia di Scott e il terzo è di uno sconosciuto».

«In che senso?»

«Nel senso che non eri l'unico uomo con cui tradiva il marito. Che non eri così speciale per lei. E che era una puttana». Sarah sembra sorpresa quanto me all'udire le parole che le sono sfuggite dalla bocca.

«Cristo santo, Sarah!»

«Mi dispiace», si scusa mentre abbassa lo sguardo sul rapporto, quasi si vergognasse dello sfogo. «È che… sto ancora elaborando tutta la storia».

«Va bene», spingo la schiena sulla spalliera. Non riesco davvero ad arrabbiarmi con lei dopo quello che le ho fatto.

«Forse è stata aggredita dal terzo uomo?», aggiungo.

«Forse».

«Forse è stato lui a ucciderla». Cerco di dare un senso alla vicenda, ma la verità è che niente di tutto questo ha senso. Come poteva frequentare un altro, Kelly? E perché avrebbe dovuto? Non ero abbastanza per lei?

«Il rapporto preliminare indica l'ora del decesso tra le undici e mezzanotte e trenta. A che ora hai lasciato la casa?», domanda.

«Dopo l'una di notte... il che significa che era morta prima che io uscissi di casa». Sgrano gli occhi, li sento colmarsi di lacrime.

Sarah contrae le labbra. «La giuria avrà difficoltà a credere che tu abbia lasciato la casa senza accorgerti che Kelly era già morta».

«Ma è andata così. Nella stanza era buio pesto. Non ho acceso le luci perché non volevo svegliarla. Ed era completamente avvolta in una coperta».

«Come fai a saperlo, se non potevi vederla?», mi incalza Sarah.

«Le ho appoggiato la mano sopra, ma di fatto era tutto un cumulo. Ho pensato che di notte avesse preso freddo».

«Allora, sei uscito dopo l'una di notte. Sai a che ora ti sei svegliato?».

Non devo nemmeno pensarci, ricordo bene i numeri dell'orologio e di essermi arrabbiato con me stesso per essere praticamente svenuto sul letto. «Mezzanotte e quarantaquattro».

Alza un sopracciglio. «E ne sei sicuro?».

Confermo con convinzione. «Sì, ho guardato la sveglia. Indicava mezzanotte e quarantaquattro».

Sarah annota l'ora nei suoi appunti. «Kelly aveva anche del GHB in corpo e un tasso di alcol nel sangue di 0,19. È ovvio che avevate bevuto parecchio. Per caso hai anche...».

«No, non ho drogato Kelly», interrompo Sarah. «Che cavolo! È questo che pensano?». Abbandono la testa tra le mani.

«Non importa quello che pensano. Importa ciò che possono dimostrare».

«Dove è stato rilevato il GHB? Nel mio sangue, nella saliva, nelle urine o in qualsiasi altra cosa mi abbiano prelevato ieri?»

«Ho posto la stessa domanda allo sceriffo Stevens, ma sembra che non siano riusciti a individuare la tua finestra di rilevamento. Il GHB si metabolizza rapidamente e può essere riscontrato fino a dodici ore dopo essere stato ingerito. Ad ogni modo, stanno testando il decanter dello scotch per verificare anche lì la presenza di GHB», spiega.

«Se il test risultasse positivo, non sarebbe la prova che anche io sono stato drogato?»

«Non necessariamente. L'accusa sosterrà con ogni probabilità che non hai bevuto dal decanter».

«Ma io l'ho fatto!», mi sporgo di nuovo sulla sedia. «Ad ogni modo, Scott potrebbe aver contaminato il decanter e aspettato che svenissimo, dopo di che ha ucciso Kelly mentre io ero ancora sdraiato accanto a lei». Scuoto la testa.

«Ascolta, è una teoria che posso anche esporre al processo come ragionevole dubbio, ma per quanto ne so, non ci sono prove che colleghino Scott all'omicidio di Kelly».

«Ma era un uomo violento. Me lo disse lei stessa e lo confermano tutti i messaggi minacciosi che le ha mandato la notte in cui è stata uccisa. Inoltre, hai visto con i tuoi occhi cosa mi ha fatto». Sposto lo sguardo al piccolo cerotto sulla sua fronte. «E cosa ha fatto a te».

«Vedrò cosa riesco a mettere insieme quando avremo presentato le prove, ma se ha un alibi solido, tutto questo non avrà la minima importanza», chiarisce. «Al momento, sulla scena del crimine abbiamo te, tracce del tuo DNA sparse ovunque sul corpo della vittima, una droga dello stupro e un elevato tasso alcolemico rilevati nel suo organismo. Senza contare che sei stato l'ultimo a vederla viva». Sarah fa scivolare un foglio fuori dalla cartella e me lo mette davanti. «E poi c'è questo».

È il biglietto che ho scritto a Kelly la notte della sua morte. Sono le ultime parole che le ho rivolto, ma non le ha mai lette, perché quando l'ho scritto era già morta.

Lo scorro brevemente.

Kelly,

sei tu quella giusta. Non lo sei da sempre, ma lo sarai per sempre.

Sei le parole della storia che cerco di scrivere da una vita, e stasera ho finalmente deciso come finisce.

Con amore, Adam.

P.S. La donna di servizio arriva alle nove. Per favore, fai in modo di andar via prima.

«E come avevi deciso che sarebbe finita?», Sarah mi fissa, i suoi occhi si fanno lucidi.

Balbetto alla ricerca delle parole giuste. Non voglio rivelargliele, ma so che devo essere sincero su ogni particolare della storia. Solo così potrà aiutarmi.

«Volevo lasciarti e stare con lei».

Abbassa lo sguardo sugli appunti. Il suo labbro freme e una lacrima cade sul foglio, spargendo l'inchiostro nero.

Sarah si affretta ad asciugarlo e scarabocchia l'inchiostro sbaffato.

«Ma poi ho cambiato idea», aggiungo. «Quando mi hai detto che volevi avere un bambino e metter su una famiglia con me, ho deciso che avrei chiuso con Kelly e che mi sarei dedicato completamente a noi».

Sarah alza la testa e indica il biglietto. «La giuria potrebbe leggerlo in due modi: come l'hai appena descritto o attribuendogli un senso più inquietante. Il finale potrebbe essere la sua morte, e il P.S. aggiunto può essere interpretato come il tentativo di mostrare che Kelly era ancora viva quando l'hai scritto. Quanto a me, credo al tuo ragionamento di fondo perché solo un idiota cercherebbe di coprire un omicidio con una lettera d'amore».

Prende il biglietto e lo ripone in una cartella.

«Mi dispiace, Sarah», dico allungando la mano verso la sua. Lei l'allontana e prende a frugare tra le sue carte.

«Kelly era incinta», riprende poco dopo, incrociando il mio sguardo. La sua voce non lascia trasparire un briciolo di emozione.

Apro la bocca mentre tento di capacitarmi di quelle parole.

«Si stima che fosse di circa otto o nove settimane», aggiunge. «E grazie al test del DNA di paternità prenatale, hanno concluso che il padre eri tu, Adam».

Le sue parole sono più dolorose delle botte prese ieri da Scott. Sono come un coltello affondato nel cuore. Cerco di parlare, ma dalla bocca non esce nulla. Mi alzo troppo in fretta. La sedia oscilla all'indietro e va a sbattere sul pavimento. Porto le mani ai lati della testa e la sfrego con forza, vorrei non aver mai sentito queste parole. Mi abbandono a un gemito dolente per il mio bambino mai nato.

«Sapevi che era incinta?», domanda Sarah mentre alza lo sguardo su di me.

Tolgo le mani dalla testa. «Pensi che lo sapessi? No, assolutamente, e nemmeno Kelly poteva saperlo. Cioè, santo Dio, ha bevuto, quella sera. E come puoi pensare che io ne fossi al corrente?». La mia voce suona rabbiosa e so che è male indirizzata. Non sono furioso con Sarah. Sono furioso con me stesso.

Anche i suoi occhi lampeggiano di rabbia. «Come ho potuto pensare che mi amassi o che fossi fedele? Come ho potuto pensare che quando hai detto "lo voglio" lo sentivi davvero? Come ho potuto pensare che io e te avremmo trascorso il resto della nostra vita insieme? Come ho potuto pensare che non stessi mettendo incinta un'altra donna alle mie spalle? Come diavolo ho potuto pensare tutto questo, Adam?». Quando smette di urlare, è quasi in piedi e per un attimo penso che stia per avventarsi su di me, invece non lo fa. Si sistema il blazer e riprende il suo posto.

Resto lì, come pietrificato, e sembro il più grande coglione di tutti i tempi. Ha ragione. Non posso aspettarmi che mi creda dopo quel che ho fatto. Metterà in discussione tutto ciò che dico e si mostrerà scettica al riguardo. Perché non ha più motivo per fidarsi di me. Raccolgo la sedia dal pavimento e mi siedo lentamente. Non so come io e Sarah riusciremo a superare questa situazione. E nel caso, non credo che lo faremo insieme.

«Mi dispiace», dico alla fine, abbassando la testa.

Ma non le accetta, le mie scuse.

«Vediamo cosa riesco a trovare su Scott Summers. Quanto

al terzo set di DNA, ha idea di chi altro stesse frequentando Kelly?», chiede per cambiare argomento e tornare al caso in questione.

«No, non sapevo nemmeno che vedesse qualcun altro». Mi mordicchio un labbro.

«E la foto che ti è stata inviata? Qualcun altro, al di fuori di te e di Kelly, sapeva della vostra relazione?», domanda in tono dubbioso.

«Non credo. Siamo sempre stati attenti a non far trapelare la cosa». Abbasso gli occhi, non riesco più a sostenere lo sguardo.

Sarah tira un sospiro. «Okay, indagherò su entrambe le cose e speriamo che venga fuori qualcosa. Nel frattempo, però, devi impegnarti a chiarire la tua versione dei fatti».

«Non è la mia versione, è la verità», commento sbuffando.

«Sai cosa voglio dire, Adam».

«Allora, cosa faccio adesso?»

«Aspetti di essere citato in giudizio. Dovrebbe essere entro le prossime settantadue ore, comunque io sarò qui per assisterti».

Le tendo la mano e questa volta non tira indietro la sua. Lascia che gliela stringa.

«Grazie, Sarah, per essere rimasta al mio fianco. Mi dispiace per tutto. So che questo non risolve il problema, ma passerò il resto della mia vita ad amarti».

Non dice nulla, in compenso mi stringe la mano, quindi so che una parte di lei mi ama ancora. È a questo che mi aggrapperò. Sarah lascia la mia mano e raccoglie le sue cose. Quando ha finito, si alza e si sofferma.

«A proposito, tua madre è in città».

«Davvero? E come sta?»

«È… tua madre».

Si dirige verso la porta e bussa due volte, segnalando alla guardia che è pronta a uscire. Il suo sguardo cade di nuovo su di me. «Poiché Kelly Summers era incinta, il procuratore dello Stato ti accusa di due omicidi di primo grado. Ti è stato riferito quando sei stato arrestato?»

«Non lo so. Forse. Mi hanno colto alla sprovvista».

Annuisce. «A causa delle prove schiaccianti a tuo carico e del fatto che l'omicidio è stato a dir poco brutale, il procuratore potrebbe chiedere la pena massima prevista per il doppio omicidio di primo grado nello Stato della Virginia». Sarah si sforza di mantenere la voce ferma.

«Ovvero?»

«La pena di morte».

21
Sarah Morgan

Anne entra nel mio ufficio con due caffè americani grandi, uno per mano, e una cartellina infilata sotto il braccio sinistro. Ha i capelli raccolti in uno chignon e indossa un tubino nero. Mi somiglia ogni giorno di più. Chiude la porta con un colpo dell'anca, poi si siede di fronte a me, mi porge un caffè e appoggia la cartellina sulle ginocchia.

Speravo di venire in ufficio già ieri, dopo l'incontro con Adam, ma non ho potuto. Non ho detto nulla ad Anne di quanto ho appreso e non credo che la notizia sia ancora arrivata in ufficio. Il cognome Morgan è abbastanza comune e Adam non viene insieme a me a un evento di lavoro o a una festa da chissà quanto tempo. Non parlo della mia vita privata con nessuno, tranne con Anne, e al momento sono decisamente felice di aver tenuto separate la sfera lavorativa e quella familiare.

«Come sta Eleanor?», chiede Anne nel tentativo di alleggerire l'atmosfera. Non si rende conto di quanto si siano fatte serie le cose da ieri.

«Non la nominare nemmeno. È come il fantasma Bloody Mary: se ne pronunci il nome, prima o poi arriva». Sogghigno e assaggio il mio caffè.

Anne ride. «Allora, com'è andata ieri con lo sceriffo?». Si china in avanti per offrirmi tutta la sua attenzione.

«Bene, direi. Mi ha dato il rapporto preliminare dell'autopsia e i risultati del DNA. Hanno trovato tre diversi set di DNA nell'organismo di Kelly».

«Tre?», chiede alzando tre dita.

Le faccio cenno di sì e i suoi occhi si dilatano. «Uno appartiene a Adam, uno presumibilmente al marito e il terzo è ignoto».

«Cioè, andava a letto con tre uomini?»

«Sembra di sì».

«Dio mio… Quindi lo sconosciuto potrebbe essere l'autore dell'omicidio?»

«È esattamente quello che ha detto Adam. Ma ritiene che possa essere stato anche il marito, Scott, che quanto pare è un violento», spiego.

«Il che è un bene, non per Kelly, ma per il caso. Più elementi da mettere in evidenza».

«Sì, ma secondo l'autopsia, l'ora del decesso di Kelly è stata tra le undici e mezzanotte e mezza. Adam sostiene di essere rimasto praticamente svenuto fino a mezzanotte e quarantaquattro, e di aver lasciato la casa solo dopo l'una di notte. Non so proprio come riuscirò a sollevare il ragionevole dubbio con questa cronologia degli eventi». Scuoto la testa.

«Com'è possibile? Come ha fatto a non accorgersi che era morta oppure a non svegliarsi mentre veniva uccisa?»

«Esatto. Nell'organismo di Kelly è stato rilevato del GHB, ma non hanno fatto in tempo a testare Adam per vedere se anche lui fosse stato drogato. Stanno analizzando un decanter di scotch da cui i due avrebbero bevuto, ma l'accusa potrebbe sempre sostenere che Adam non abbia bevuto». Prendo una penna dalla scrivania e la tamburello sulla mano.

Anne tira un sospiro pesante. «Sembra un caso impossibile».

«Per questo hanno già incriminato Adam e lo accusano di due omicidi di primo grado».

Anne corruga la fronte. «Due?»

«Kelly era incinta».

Rimane a bocca aperta. «Cosa?».

Annuisco più volte. «Tra le otto e le nove settimane, e Adam è il padre, o meglio era il padre».

«Porca troia. Mi dispiace tanto, Sarah».

Contraggo le labbra.

«Lui lo sapeva?»

«Dice di no. C'è anche una foto che qualcuno ha inviato a Adam qualche settimana fa. È stata scattata a lui e a Kelly all'insaputa di entrambi, ma sul retro riportava una minaccia. "Falla finita o lo farò io". Quindi qualcuno sapeva della loro relazione e di certo non ne era felice». Metto la punta della penna in bocca e la mastico per un attimo.

Anne deglutisce a fatica, porta il caffè alle labbra e ne prende un lungo sorso.

«Questo potrebbe contribuire al ragionevole dubbio, anche se non si sa chi l'ha inviata», prosegue.

«È quello che ho pensato. Non ho nient'altro fino alla presentazione delle prove, quindi il marito violento, il DNA sconosciuto e la minaccia sono le mie uniche possibilità, al momento». Tiro un sospiro pesante e getto la penna sulla scrivania.

Anne prende la cartella che ha poggiato sulle ginocchia e me la mette davanti. «Magari questo può esserti d'aiuto. Sono arrivati i rapporti che hai richiesto sul conto di Kelly e Scott. Ora, io non sono Sarah Morgan quando si tratta di lavoro investigativo, ma ho trovato qualcosa che sembra molto strano».

Alzo un sopracciglio e apro la cartella. «Che cosa?»

«In primo luogo, Kelly Summers non era il suo vero nome. Si chiamava Jenna Way».

«E perché il cambio di nome?». Sfoglio le pagine del rapporto, notando che Scott aveva un solido background militare prima di diventare un agente di polizia.

«Prima di Scott era già stata sposata, e il primo marito è stato assassinato».

«Cosa? Come? Da chi?»

«È stato pugnalato, e Kelly, o meglio Jenna, è stata accusata del suo omicidio. Ma le accuse a suo carico sono state ritirate a metà processo». Inarca un sopracciglio.

«Davvero insolito. Come è successo?»

«A quanto pare, sono sparite delle prove fondamentali e l'accusa è stata costretta a lasciar perdere, ma indovina un po' chi era uno degli agenti che si occupava del caso?»

«Chi?»

«Scott Summers».

22
Adam Morgan

La guardia apre la porta e come entro nella stanzetta, sento il corpo travolto dalle braccia di mia madre. Porta il suo profumo abituale e indossa un abito nero, quasi si fosse vestita per il mio funerale. La guardia le specifica che ha dieci minuti di tempo, quindi chiude la porta.

«Tesoro», mi saluta, baciandomi le guance. «Cosa ti hanno fatto?». Mi esamina il viso, tocca qui e lì e preme con delicatezza per assicurarsi che io stia guarendo correttamente. Non è un medico, ma ne ha visti così tanti da esser convinta di sapere cosa sta facendo.

«Non è niente, mamma». La tiro verso di me per abbracciarla, e in modo che smetta di provare a ricompormi il viso. La accompagno al tavolo e mi siedo di fronte a lei. Mi prende le mani, le stringe e mi fissa.

«Hai un aspetto orribile», inizia.

Scrollo il capo. «Grazie, mamma».

«Voglio dire, sei sempre il ragazzo più bello del mondo, ma hai una faccia terrificante».

«Non fa così male come sembra».

Apre la bocca, la richiude, infine la riapre, come nel tentativo di trovare le parole giuste.

«Cosa, mamma?».

Non dice nulla e continua a fissarmi.

«Stai cercando di capire se sono stato io, vero?»

«No». La risposta è risoluta.

«No?», sollevo la testa.

«Sei mio figlio. So che non sei stato tu». Mi stringe le mani. «E ti porterò via da questo posto».

«Mamma, avevo una storia con Kelly. Hanno trovato il suo

corpo nel mio letto e il mio DNA era ovunque». Scuoto la testa. Dirlo ad alta voce mi fa capire quanto sono nei guai.

«Avere un'amante non è un crimine», ribatte.

«Mamma! Cosa c'entra l'amante? Non hai sentito che prove hanno? Inoltre, Kelly è morta quando io ero ancora lì». Sospiro.

«Non fa niente, ti troverò il miglior avvocato difensore sulla piazza».

«Ne ho già uno».

«Chi?»

«Sarah».

Mia madre non l'ha mai vista di buon occhio. Qualunque cosa Sarah facesse, non sarebbe mai stata all'altezza delle aspettative di successo di mia madre. E ciascuna di loro ha una sua idea di successo.

«Sarah?», tira su il mento. «Ma se è lei che ti ha messo in questo casino!». Ritiro di scatto le mani. «Cosa? Come?»

«Be', intanto se si fosse concentrata più di te che sulla carriera, non saresti andato a cercare altrove. E poi, ha privato te della paternità e me della possibilità di diventare nonna». Incrocia le braccia.

«Non è vero, non era ancora pronta a mettere su famiglia. Sai bene cosa ha passato». Socchiudo gli occhi.

Come può dire certe cose sul conto di mia moglie? Sarah ha già sofferto abbastanza e non ha bisogno di certi commenti da parte di mia madre.

«Sì, sì, sì. Tutti hanno una storia dolorosa alle spalle, Adam».

«Basta, mamma!» Alzo la voce più di quanto abbia mai fatto con lei in precedenza. Ma non batte ciglio. Non un sussulto. Potrei letteralmente lanciare questo tavolo dall'altra parte della stanza e tirarle un pugno in bocca, ma mi guarderebbe ancora come se fossi la ragione per cui il sole sorge ogni mattina.

«Amore mio. La prigione ti ha già reso suscettibile». Allunga la mano sul tavolo e mi accarezza la guancia. «Ti porterò un po' di quel tè alla menta che ti piace tanto. Ti aiutava a calmarti da bambino», dice sorridendo.

Faccio un paio di respiri profondi.

La guardia apre la porta e penso che il tempo a nostra disposizione sia finito, ma poi entra Sarah. Mia madre allunga il collo per guardare.

«Eleanor. Adam», dice Sarah.

«Ciao, Sarah». Il saluto di mia madre è freddo, come al solito.

«Adam non può ricevere visite fino all'udienza preliminare», spiega Sarah, lo sguardo su mia madre. «Come hai fatto a entrare?».

La mamma sorride. «Ho i miei metodi».

«Cinque minuti», sollecita la guardia, prima di chiudere la porta.

«Cosa ci fai qui?», sposto gli occhi su mia moglie. «Qualche buona notizia?».

Sarah muove un paio di passi nella stanza. «Sono qui per informarti che l'udienza preliminare è stata fissata per domani». Guarda negli occhi sia me sia mia madre. «Ma torno domattina per parlarne con te. Volevo solo... volevo solo avvisarti».

«Che cosa significa?», le chiedo.

«Ti verrà chiesto di patteggiare».

«È ridicolo, Sarah». Mia madre si alza dalla sedia. «Devi sistemarla, questa cosa», le intima puntandole un dito contro.

«Sto seguendo l'iter legale, Eleanor. Non c'è molto che possiamo fare al momento, non prima di andare a processo».

«Ma non si dovrebbe nemmeno arrivare al processo, non sono stato io!». Gli occhi mi si riempiono di lacrime, la voce mi trema per la consapevolezza che tutto questo sta accadendo davvero e che non posso farci un bel niente.

«Lo so, amore mio», mi consola mia madre in un abbraccio. «Ti prenderò il miglior avvocato che posso permettermi e poi ci lasceremo tutto alle spalle».

Sarah sospira. «Vado», taglia corto, intanto che si volta.

La guardia apre la porta e si mette sull'attenti come un soldato. «Eleanor, il tempo è scaduto», avverte.

Mia madre mi abbraccia ancor più forte e sussurra: «Torno domani, piccolo mio».

«Non chiamarmi così, mamma. Sono in prigione», le dico staccandomi dall'abbraccio.

Sarah scansa la guardia per uscire dalla stanza.

«Sarah, aspetta! Voglio offrirti la cena. Sai, per discutere i prossimi passi», urla mia madre.

Mia moglie si ferma e si volta di nuovo. «Ho molto lavoro da fare e…».

La mamma alza la mano come a bloccarla all'istante. «Le tue scuse non funzionano con me. Andiamo».

23

Sarah Morgan

Io ed Eleanor siamo sedute una di fronte all'altra al The Modern. Ha scelto lei il ristorante, che propone un menù degustazione. Sono sicura che sarà ottimo, ma è solo un altro esempio del suo bisogno di tenere tutto sotto controllo.

«Da dove cominciamo, Sarah?», chiede subito.

«Noi?», ribatto con tono diffidente. «Non cominciamo da nessuna parte. Non sei un'avvocata e neppure una poliziotta, dunque non puoi legalmente andare in cerca di prove per aiutare Adam. Devi solo lasciarmi fare il mio lavoro». Glielo dico chiaro e tondo. Speriamo che colga l'allusione e rinunci all'idea di una nostra collaborazione per salvare il suo bambino.

«E ti aspetti forse che io lo faccia?». Solleva il mento.

«Fare cosa, Eleanor?»

«Lasciare tutto nelle tue mani. Ossia, come posso essere certa che tu svolga un ottimo lavoro?». Mentre parla scorre il menu delle bevande, come se stessimo chiacchierando del tempo o di altre cose banali.

«Prego?».

Alza lo sguardo, incrociando il mio. «Credo che anche tu debba riconoscere di avere qualche colpa in questa storia».

«Scusa, cosa?», inarco la testa.

«I mariti non tradiscono le mogli affettuose».

«Non ci posso credere». Batto le palpebre più volte e scrollo il capo incredula.

Ma lei prosegue. «Adam ha sempre voluto essere padre, e io nonna, ma tu ci hai negato questa gioia. Non mi sorprende che adesso Adam si trovi in questa situazione».

Vorrei solo sporgermi sul tavolo e strapparle quella sua faccia piena di botox.

«Posso capire che tu abbia avuto un'educazione difficile, tra la morte di tuo padre e la tossicodipendenza di tua madre, ma non è un qualcosa a cui ci si può aggrappare per sempre». Arriva la cameriera ed Eleanor si interrompe all'istante. «Due Manhattan», ordina, prima di richiudere il menu delle bevande e porgerlo alla cameriera.

Ho una mezza idea di andarmene via di corsa, ma so che questo non farebbe altro che ritardare la conversazione. Eleanor deve sempre avere l'ultima parola, quindi prima gliela lascio, prima si toglie dai piedi.

«No, per me un Tito's soda con lime», dico. «Doppio, per favore». La cameriera annuisce.

«Ci porti comunque i due Manhattan», aggiunge Eleanor. «Me ne servono due».

Visto? Deve sempre avere l'ultima parola.

«Ora, cosa stavo dicendo?», continua.

Stringo così forte le mani sotto il tavolo che affondo le unghie nei palmi.

L'umidità e il calore mi fanno capire che ho bucato la pelle.

«Ah, sì... Anch'io ho perso delle persone care. Mio marito è morto, ma questo non mi impedisce di vivere la mia vita». Eleanor ciondola la testa mentre parla, quasi stesse facendo una sorta di discorso motivazionale, ma l'unica cosa che mi motiva a fare è rovesciare il tavolo.

Rilasso le mani e le guardo per un attimo. Su ogni palmo ci sono piccole ferite sanguinanti. Prendo il tovagliolo di stoffa piegato sul tavolo e me lo poso in grembo. Poi lo arrotolo, lo stringo e lo torco sotto il tavolo, immaginando che sia lo stupido collo di Eleanor. Lei continua a parlare di come sia colpa mia, a dire che faccio di tutto per non prestarle attenzione.

La cameriera torna con i nostri ordini, un vodka soda e due Manhattan. Non appena si allontana dal tavolo, lo bevo quasi tutto e provo immediatamente un senso di sollievo.

«...e la dipendenza è chiaramente una caratteristica della tua famiglia, Sarah. Tu, per esempio, sei dipendente dal lavoro. Sia chiaro, cerco solo di dare una mano e di fare in modo che Adam abbia la miglior difesa possibile». Beve un sorso del suo Manhattan lentamente, mentre mi scruta da sopra il bordo del bicchiere.

«Ha già la miglior difesa possibile, e potrebbe essere di buon auspicio per Adam il fatto che la moglie, con la quale è sposato da dieci anni, non solo lo sostenga, ma lo difenda in tutta questa storia».

«È il minimo che tu possa fare, Sarah».

«Sì, credo che tu abbia ragione», commento con un sorriso tirato. Faccio un cenno alla cameriera, dall'altra parte del ristorante, e sollevo il bicchiere. Mi fa cenno di sì.

«Ora, sei sicura di essere in grado di gestire questa situazione?». Tenta di alzare un sopracciglio, ma il suo volto congelato non riesce a ubbidire al comando.

«Sono sicura».

«Immagino che per una volta la tua dipendenza dal lavoro ti porterà dei benefici», mi indirizza un sorrisetto.

Gli occhi quasi mi schizzano fuori dalle orbite. «Immagino di sì».

«Uff... Avrei voluto che tu avessi prestato più attenzione a mio figlio e che avessi tenuto fede ai tuoi doveri di moglie. Allora Adam non si troverebbe a vivere quest'incubo. Che tristezza», scuote la testa.

Continuerà a parlare per tutta la sera, se non le dico quello che vuole sentire. Faccio un respiro profondo.

«Hai ragione, Eleanor. Avrei dovuto essere una moglie migliore per Adam. Ti prometto che d'ora in poi lo sarò e mi accerterò che Adam abbia la giustizia che merita», dichiaro con un cenno deciso.

La cameriera poggia sul tavolo il primo piatto e il mio secondo vodka soda. Illustra la pietanza e poi se ne va.

Mia suocera prende la forchetta e mi sorride dall'altra parte del tavolo. «Sapevo che l'avresti vista a modo mio, Sarah. E adesso buon appetito».

24
Adam Morgan

Ancora una volta, mi ritrovo in una branda di metallo con un materasso che, giuro, è spesso quanto un pezzo di cartone. Ho passato trentaquattro delle ultime quarantadue ore sdraiato in questo letto a pensare a come ci sono arrivato. Non capisco in che modo sono passato da avere una relazione extraconiugale a essere accusato dell'omicidio della mia amante.

Sarah non prova più nulla per me, ma non posso biasimarla. Anche se per miracolo riuscisse a farmi uscire da questa situazione, non avremo mai più quello che c'era prima, se mai ci fosse qualcosa. Ero solo un porto sicuro, un corpo caldo dal quale tornare? No, sono certo che fino a un certo punto mi ha amato, ma se adesso guardo Sarah… non rimane più nessun sentimento. Cioè, sentimenti ce ne sono ancora, ma solo di odio, rabbia, tristezza, rimpianto. D'altra parte, ieri sera è venuta qui da me solo per dirmi dell'udienza preliminare. Non era obbligata a farlo, o forse sì. Non conosco molto bene i doveri degli avvocati. Chissà come è andata la cena con mia madre. Temo non molto bene. Mamma è così esigente.

Una guardia batte il manganello sulle sbarre della cella. «Morgan, hai visite», mi avverte mentre apre la porta.

Suppongo si tratti di mia madre o di Sarah. Sono le uniche due persone al mondo che verrebbero a trovarmi. Mi alzo e seguo l'agente, che poco dopo si ferma per passare il badge allo scanner. Apre un'altra porta e mi dice di entrare. C'è un uomo grande e grosso, capelli biondi a spazzola, seduto sulla sedia. Mi dà le spalle. Un nuovo avvocato, penso. Forse Sarah ha deciso che ne aveva abbastanza e mia madre ha preso un altro legale. Entro nella stanza. La guardia chiude la porta, giro intorno al tavolo e mi siedo di fronte all'uomo. Finalmente lo guardo e in un attimo mi ritrovo in piedi schiacciato contro il muro. È Scott Summers.

«Tranquillo, sono qui solo per parlare». Alza le mani per dimostrarmi di non essere una minaccia… adesso, forse. Ha una voce profonda e roca. Finora non l'avevo ancora sentito parlare. L'ultima volta che ci siamo incontrati erano i suoi pugni a parlare per lui. Guardo la porta chiusa a chiave e poi la sedia posizionata dall'altra parte del tavolo per decidere cosa fare. È ovvio, Scott ha chiesto un favore, ha fatto un patto con la guardia per venirmi a dire quello che deve. Con ogni probabilità non uscirò di qui finché non avrà finito. Prendo la sedia con cautela.

Magari Scott farà un passo falso e rivelerà qualcosa che sarà d'aiuto per il mio caso. Ad ogni modo, cosa ho da perdere? La vita? A questo punto, non la considererei una gran perdita.

«Come dicevo, sono qui solo per parlare». Si china in avanti e appoggia i gomiti sul tavolo, le mani strette.

«Riguardo a cosa?», domando. «Oppure sei qui per pestarmi di nuovo?».

Abbassa lo sguardo e si sfrega le mani. «Voglio sapere cosa è successo. Voglio sapere quello che sai». Solleva la testa e incrocia il mio sguardo. Ha occhi iniettati di sangue, occhiaie e barba incolta. È evidente che si è trascurato di recente.

«Ho riportato ogni cosa alla polizia. È tutto nelle mie dichiarazioni e so che puoi benissimo accedervi. Quindi, perché sei qui?»

«Lo so, e le ho lette, ma non capisco», mi spiega.

«Cosa vuol dire che non capisci?»

«Hai dichiarato a Hudson che ero violento con Kelly. Perché l'avresti detto?», socchiude gli occhi.

«Perché è quanto mi aveva riferito Kelly».

Scrolla la testa. «Non è vero. Niente di tutto questo è vero. Non l'ho mai toccata». Batte un pugno sul tavolo, il che non è di grande utilità per il suo caso.

«Ho visto i lividi di Kelly. Poco più di due settimane fa, si presentò a casa mia con un occhio nero, il naso insanguinato e il labbro spaccato. Disse che eri stato tu a ridurla in quello stato. Quindi, non stare lì a negare. Hai paura che que to rovini la tua immagine di bravo ragazzo? Magari così indagheranno te invece che me. So che l'hai uccisa tu». Stringo la mascella a tal punto che mi fanno male i denti.

«No, non sono stato io. Io amavo Kelly. Non le avrei mai fatto del male. E quello… quello è stato un incidente. L'ho colpita in faccia con il gomito mentre applicavo il cartongesso. Non mi ero accorto che era proprio dietro di me. Tu, invece, mi stai dicendo che venne a casa tua e ti disse che l'avevo colpita di proposito?». È incazzato, ma c'è anche tristezza nei suoi occhi. O è un attore incredibile, oppure dice la verità.

«Sì, mi raccontò tutto, disse che le facevi del male da anni. Perché avrebbe dovuto mentire?», lo guardo di sbieco.

«Non lo so. Forse per suscitare compassione. Forse per attirare l'attenzione. Ma fece la stessa cosa con me quando ero un agente ad Appleton, nel Wisconsin. Mi disse che suo marito era violento, che voleva andarsene via, ma che non poteva. E non volle sporgere denuncia alla polizia. Poi abbiamo iniziato a frequentarci. Un anno dopo suo marito fu assassinato e lei mi chiese di nuovo aiuto. Ora inizio a pensare che forse non era un uomo violento». Scuote la testa e si sfrega la fronte.

«Kelly mi parlò del primo marito. Diceva che tu la tenevi in pugno, che avevi raccolto prove compromettenti e che avresti potuto farne uso in qualsiasi momento. Per questo non poteva lasciarti».

«Raccolsi quelle prove perché credevo che fosse innocente, ma poi non ne ho più parlato. Quando venimmo via dal Wisconsin, ci lasciammo quel capitolo della nostra vita alle spalle». Mi guarda dritto negli occhi. Vuole che gli creda, ma non so se stia dicendo la verità.

«E i messaggi che le hai inviato la notte del suo assassinio? Erano una palese minaccia!».

«Sì, li ho mandati, e me ne pento». Gli occhi di Scott si fanno lucidi. «Ero ubriaco e avevo scoperto che mentiva, forse mi tradiva, cosa che poi si è rivelata vera. Quella notte rimasi tutto il tempo con il vicesceriffo Hudson, e dopo essere andati fuori a bere, mi fermai a dormire da lui».

«Mi sembra un po' troppo comodo», osservo scuotendo la testa.

«Già, e anche la tua storia, che eri sdraiato a letto accanto a lei quando è stata brutalmente uccisa, e poi te ne sei andato senza nemmeno accorgerti che era morta». Stringe i pugni e socchiude gli occhi.

«So che quella è l'impressione dominante, ma non ho ucciso Kelly. L'amavo, e so che non vuoi sentirtelo dire in quanto marito, ma l'amavo davvero e non le avrei mai fatto del male. Non importa se non mi credi, ma è la verità».

La porta si apre ed entrano Sarah, la sua assistente Anne e un uomo che indossa un gessato. Mi ci vuole un attimo per riconoscerlo. È Matthew, il migliore amico di Sarah dai tempi della facoltà di Legge. Non lo vedo da anni, ma Sarah è sempre rimasta in contatto con lui tramite messaggi, chiamate ed e-mail. Qualche volta è anche andata a trovarlo a New York. Dall'espressione del viso, capisco che Sarah sta per esplodere.

«Perché diavolo stai parlando con il mio cliente?», grida rivolta a Scott. Lui si alza dalla sedia.

«Me ne stavo giusto andando», risponde, e sporge le mani in avanti a mettere in chiaro di essere innocuo.

Scott cerca di passarle accanto, ma lei blocca l'uscita con la sua corporatura piccola ed esile. Poi protende il mento verso di lui.

«Non sei al di sopra della legge, Summers», urla rabbiosa.

«Nemmeno tuo marito», risponde l'agente lanciandomi un rapido sguardo. «Piantatela», sollecita la guardia con fermezza. «Andiamo, Scott».

«Chi l'ha fatto entrare qui dentro?» chiede Sarah, fissando adirata sia la guardia sia Scott.

«Non importa, perché me ne vado», dice Scott.

Sarah non accenna a farsi da parte, e Scott è costretto a mettersi di fianco per oltrepassarla. Mia moglie sposta su di me il suo sguardo di morte. E altrettanto fanno i suoi tirapiedi. Anne è a tutti gli effetti una marionetta di Sarah, fa e dice tutto quello che le viene detto. Mi ha sempre irritato questo loro rapporto, perché Anne idolatra Sarah. Quanto a Matthew, è la spalla di mia moglie, è come se Robin fosse tornato al fianco di Batman.

«Stai forse cercando di perdere la causa?». Sarah incrocia

le braccia. È chiaramente una domanda retorica, quindi non replico.

«Che cosa voleva?»

«Niente. Solo sapere perché nella mia dichiarazione ho riferito che era un uomo violento. Gli ho risposto che è quanto mi riferì Kelly, ma lui ha ovviamente negato».

«Sa molto di rivendicazione del proprio ego», commenta Matthew, appoggiato al muro come se fosse di guardia.

«Cos'è che ti porta qui, Matthew?» gli chiedo. Il mio tono non è affatto amichevole, perché so di non essergli mai piaciuto.

«Sono in città per lavoro, ma forse il momento non è dei migliori, tenendo conto che...», si guarda attorno con aria disgustata.

«Il tempismo non è mai stato il tuo forte», insisto.

«Evidentemente nemmeno il tuo», ironizza Matthew.

Sarah e Anne frattanto si siedono al tavolo.

«Piantala, Adam. Matthew ci sta dando una mano, quindi mostra un po' di rispetto».

Aspiro a denti stretti e non dico nulla.

«Sapevi che Kelly Summers si chiamava Jenna Way, prima di cambiare nome?». Sarah inarca un sopracciglio.

«Sì, me lo disse poco più di due settimane fa».

«Ma tu hai deciso di omettere questa informazione, vero?»

«Kelly me ne mise a parte in confidenza».

«In confidenza? È morta, e tu sei accusato del suo omicidio. Non voglio più saperne di segreti sul suo conto». È infastidita e arrabbiata. Si percepisce nella voce.

Anne incrocia le braccia. Matthew scuote la testa. Vorrei solo che non fossero qui. Non ho bisogno di un giudizio supplementare. Il mio e quello di Sarah sono più che sufficienti.

«Ma Kelly mi disse che non era stata lei a uccidere il primo marito», spiego.

«Questo è quello che dicono tutti gli assassini», ribatte Anne.

Matthew sorride. «Non è quello che hai detto anche tu, Adam?».

Sarah gli lancia un'occhiata da sopra la spalla. Non riesco

a vederla in faccia, ma Matthew aggiunge: «Okay, okay, la smetto», quindi capisco che mia moglie sta prendendo le mie difese.

Sarah mi guarda di nuovo.

«L'udienza preliminare è tra un'ora», interviene Anne. Poi tira fuori dalla borsa un paio di pantaloni, una camicia button-down, una cravatta, un paio di scarpe eleganti e mi porge il tutto.

«Dovrai dichiararti colpevole delle accuse a tuo carico, ovvero due capi d'imputazione per omicidio di primo grado», chiarisce Sarah. Ha il viso tirato, ma le sfugge una lacrima, che asciuga rapida prima che la diga si apra. Allora prende un po' d'aria e riesce a chiuderla, la diga... forse per sempre.

Annuisco perché sapevo già che sarebbe successo.

«Se ti dichiari non colpevole, il procuratore dello Stato chiederà la pena di morte. Se invece ti dichiari colpevole, ti offrono venticinque anni senza possibilità di libertà vigilata. Direi che è una buona offerta, considerando le prove schiaccianti a tuo carico. Dunque, cosa hai intenzione di dichiarare, Adam?».

Contraggo la fronte ed espiro bruscamente dal naso. Bella offerta, cazzo. Non sono stato io e non dirò mai di essere colpevole, qualunque accordo mi propongano. Non voglio scontare la pena per un crimine che non ho commesso.

«Non colpevole, naturalmente!».

25

Sarah Morgan

Abbiamo quaranta minuti prima che inizi l'udienza di Adam, così io, Anne e Matthew ci dirigiamo verso una piccola caffetteria dall'altra parte della strada.

Matthew si siede accanto a me, mentre Anne ordina da bere al barista.

«Pensi sia una buona idea che si dichiari non colpevole, soprattutto con la pena di morte in ballo?», chiede Matthew.

«In base alle prove, probabilmente no. Gli ho detto che era una buona offerta, ma la decisione spetta a lui, e io non sono tenuta a influenzarlo».

Anne porta tre caffè freddi al tavolo e li posa davanti a noi prima di sedersi.

«Ma è tuo marito», aggiunge lui.

«Lo so, ma prima di tutto è un mio cliente».

Matthew ne conviene e decide di sorvolare sull'argomento, poi prende a bere con calma il caffè. Non capisce che devo fare tutto come da manuale, e che Adam sia mio marito non cambia certo le cose.

«È fortunato ad avere te come legale, considerando che ha portato avanti una relazione extraconiugale per più di un anno e mezzo», commenta Anne con una punta di insolenza.

«Già, se fosse per la madre di Adam, sarei io sotto processo». Scuoto la testa. «A suo giudizio, è tutta colpa mia».

Matthew fa quasi cadere il caffè. «Sul serio?».

Anne sbarra gli occhi. «L'ha detto davvero?»

«Sì, sostiene che devo assumermi le mie responsabilità, perché un uomo non tradisce una moglie affettuosa».

«Che stronza...», impreca Anne, che porta subito una mano alla bocca con fare pudico.

«Sono d'accordo», commenta Matthew, sorridendo. «E si ferma in città?»

«Immagino di sì. Tratta questo processo come se Adam fosse uno dei protagonisti di *Hamilton*, piuttosto che l'imputato in un caso di doppio omicidio».

«Farò del mio meglio per tenertela fuori dai piedi», mi consola Anne con un cenno del capo.

«Sarà un lavoro a tempo pieno», ribatto.

«Allora, qual è il piano per la tua difesa, ammesso che il tribunale ti consenta di rappresentare Adam?», chiede Matthew.

Anne tira fuori un taccuino, pronta a prendere appunti.

«Intanto vediamo quali prove presenta l'accusa. Non mi aspetto un granché, tenendo conto che i risultati della scientifica, che collegano Adam al crimine, sono piuttosto solidi. Ma devo sollevare il ragionevole dubbio che sia stato Adam, e l'unica prova forense che può tornarmi d'aiuto in questo senso è il terzo set di DNA, quello dello sconosciuto. Quindi, dovrò basarmi sulle prove indiziarie. Il passato oscuro e contorto di Kelly e l'accusa di aver ucciso il primo marito. Le accuse di abusi contro Scott. Il biglietto di minacce ricevuto da Adam due settimane prima dell'omicidio. E qualsiasi altra cosa riesca a trovare parlando con amici, familiari e colleghi. Kelly vedeva un altro uomo, quindi devo scoprire chi fosse, perché potrebbe sapere qualcosa».

Matthew approva. «E l'arma del delitto?»

«Non credo che l'abbiano trovata. Ma secondo il referto dell'autopsia, si tratterebbe di un grosso coltello multiuso con lama da ventidue centimetri».

«Vuoi sentire qualche testimone dopo la raccolta delle prove?», domanda Anne.

«Sì, devo parlare con lo sceriffo Stevens, con Scott Summers, con il vicesceriffo Hudson, e poi cerchiamo un parente del primo marito, qualcuno in cattivi rapporti con Kelly. I colleghi di lavoro, una persona che sappia chi frequentava. Vediamo se aveva degli amici. Avrò anche bisogno dei suoi tabulati telefonici. Potrebbero esserci d'aiuto per capire a chi appartiene il terzo set di DNA». Prendo un sorso di caffè, mentre Anne trascrive tutte le mie indicazioni.

«Io posso occuparmi dei tabulati telefonici. Ho amicizie ai piani alti senz'altro disposte a scendere in basso… per me», sorride Matthew.

Accenno anch'io un sorriso e annuisco.

«Non c'è problema. Adesso, però, devo andare di corsa a una riunione», aggiunge alzandosi dalla sedia. «Mandami i numeri di telefono». Poi allarga le braccia e mi stringe a sé.

«Grazie, Matthew».

«Farei qualsiasi cosa per te, Sarah». Mi bacia entrambe le guance, saluta ed esce dal bar.

Do un'occhiata all'orologio, poi ad Anne. «Credo sia ora di andare».

26
Adam Morgan

Aspetto fuori dall'aula del tribunale ammanettato, indosso gli abiti che mi ha consegnato Sarah. Ho accanto una guardia, è lì per assicurarsi che non fugga, come se avessi un posto dove fuggire. Sì, Sarah ha detto che il patteggiamento offerto dal procuratore era un buon accordo, ma io ho intenzione di dichiararmi non colpevole, perché non sono stato io. In alcuni casi il fatto di non aver commesso il crimine non è sufficiente per essere dichiarati innocenti, e penso che potrei rientrare in uno di quelli. Le prove forensi a mio carico sono schiaccianti. Lo so bene. E lo sa Sarah. Lo sanno tutti. Avrò davvero bisogno di un miracolo per uscirne.

Mia madre varca le porte del tribunale; è vestita di bianco, come se fosse il mio angelo custode. Si toglie gli occhiali firmati e li ripone nella borsa.

Si ferma davanti a me: «Sei perfetto, tesoro». Poi mi stampa un bacio su entrambe le guance.

Fa un passo indietro e mi guarda dall'alto verso il basso, per esaminarmi a fondo. Quando nota le manette al polso, socchiude gli occhi. «Queste sono necessarie?», lancia un'occhiataccia alla guardia.

«Si dichiarerà colpevole di duplice omicidio… quindi direi di sì», risponde la guardia.

«È mai possibile pensare che un uomo così bello e affascinante possa esser colpevole di qualcosa?». La mamma mi scosta delicatamente i capelli dalla fronte.

La guardia scuote la testa e l'avverte: «Niente contatti, signora».

Lei lo gela con lo sguardo, quindi si volta verso l'ingresso. «Dove sono Sarah e la sua tenera assistente?»

«Sono andate a prendere un caffè».
«Cedere ai propri vizi a discapito del benessere di mio figlio? Non mi sembra un team di difesa così forte». Solleva il mento e lascia andare un suono tipo *bah*.
«Mamma, basta così».
Fa un gesto di disapprovazione con la mano. «Era solo per dire».
Sarah e Anne entrano in tribunale fianco a fianco, entrambe con un caffè freddo in mano. Già, un caffè sarebbe perfetto in questo momento, ma se devo esprimere un desiderio, forse un bicchiere di scotch sarebbe molto meglio. Chissà dov'è andato a finire Matthew. Appare sempre all'improvviso e poi svanisce. Sarah indossa uno dei suoi magnetici tailleur standard, color grigio chiaro. Anne è vestita in modo simile, ma il suo completo costerà un decimo di quello di Sarah.
«Eccoti qui, Sarah», dice la mamma. «Mi chiedevo giusto quando ti saresti decisa a difendere mio figlio».
«L'udienza non è ancora iniziata, Eleanor», ribatte Sarah, che poi le dà le spalle per girarsi verso di me. «Ecco come si svolgerà. Ti leggeranno le accuse per accertarsi che tu abbia compreso. Tu ti dichiarerai colpevole e io chiederò che ti rilascino su cauzione. Il giudice lo concederà oppure lo negherà, quindi fisserà la data del processo. Chiaro?»
«Sì, ma quante possibilità ho di ottenere la cauzione?»
«Direi buone. Non hai precedenti penali e finora hai collaborato. Per contro, probabilmente il procuratore dello Stato sosterrà che nel tuo caso c'è il pericolo di fuga, a causa delle tue risorse economiche, della gravità delle accuse a tuo carico e del fatto che chiede la pena di morte».
«Perché mai qualcuno dovrebbe volere mio figlio dietro le sbarre?», si intromette Eleanor.
Sarah la ignora e si dedica al suo caffè. Il suo sguardo incrocia il mio, alza la tazza per offrirmelo. Io tiro su le mani ammanettate e scrollo le spalle. Lei, invece, mi avvicina la cannuccia alle labbra e ne bevo un sorso. È meglio di qualsiasi altra cosa abbia bevuto in carcere. Le sorrido dolcemente e ho l'impressione che lei faccia altrettanto. Forse mi ama ancora.
«Grazie».

Mi fa un cenno con il capo.

Finalmente ho ben chiare in mente le informazioni che mi ha appena dato. «Aspetta, se mi negano la cauzione devo rimanere in prigione per tutto il processo?», chiedo, conoscendo già la risposta. Vorrei poter parlare con Sarah come marito e moglie, non come avvocata e cliente.

«Esatto». Ho l'impressione che sia pallida.

«Ridicolo. È meglio che te ne occupi tu, Sarah». La mamma picchia il tacco sul pavimento.

«Tutto bene, Sarah?», domando.

Ha un conato di vomito, passa il caffè ad Anne, corre verso un bidone dell'immondizia nell'atrio e rimette. Anne si precipita accanto a lei. Sarah scuote la testa e va dritta verso il bagno.

«Torna subito», dice Anne avvicinandosi a noi.

«Sì, ma sta bene? Che cos'ha?», chiedo.

«Non credo riesca a gestire questo caso. Dovremo iniziare a guardarci intorno», mi sussurra mamma all'orecchio.

«Sono sicura che sta benissimo», risponde Anne.

27
Sarah Morgan

Prendo la trousse del trucco dalla borsa, metto il fondotinta sul viso, sciacquo la bocca con un po' di collutorio, sistemo i capelli e applico di nuovo il lucidalabbra. Ora mi sento bene, ma non so cosa mi sia successo: forse lo stress di questo caso, il caffè a stomaco vuoto, il sonno insufficiente oppure Eleanor.

Mando un veloce messaggio ad Anne:

Sto bene. Torno tra qualche minuto.

Guardandomi allo specchio, ritrovo la donna che devo essere. È forte. Determinata. E mi aiuterà a superare questa prova.

Recuperata la borsa, esco dal bagno e vado a sbattere dritta contro il procuratore della Virginia, Josh Peters. Il suo caffè si rovescia addosso a tutti e due.

«Mi scusi, Sarah», dice Peters.

«No, scusi lei, Josh».

«Aspetti un attimo qui».

Si infila nel bagno degli uomini e ne esce un istante dopo con in mano un fascio di salviettine. Me ne passa metà, così entrambi possiamo tamponare e asciugare il caffè. Ha la camicia bianca macchiata, ma l'abito scuro sembra pulito. Mentre ci sistemiamo, lo osservo. Ha quasi trent'anni ed è troppo qualificato per il lavoro che svolge. Avrebbe potuto dedicarsi al diritto aziendale oppure alla difesa, ma la sua moralità lo ha trattenuto nel settore pubblico.

Peters pulisce anche il caffè caduto sul pavimento, poi raccoglie la carta sporca e getta tutto in un cestino vicino.

«Ascolti, siamo su fronti opposti, ma volevo farle sapere che mi dispiace per quello che sta passando. Ciò nonostante, continuerò a fare il mio lavoro come sempre». È impeccabile, con una postura perfetta, la sua persona non lascia trasparire nemmeno un accenno della solidarietà che cerca di manifestare.

«Non mi aspetterei niente di meno da lei, procuratore Peters. Ha intenzione di opporsi al fatto che io rappresenti mio marito?», chiedo, inclinando la testa.

L'obiezione potrebbe venire dallo Stato della Virginia. Peters potrebbe sostenere che vi sia conflitto di interessi, che il ruolo di legale di mio marito darebbe a Adam l'opportunità di fare appello sulla base di una rappresentanza inadeguata dovuta proprio a tale conflitto.

«Ci ho pensato, ma lei non è indiziata né testimone del crimine, quindi non ho motivi per farlo. C'è sempre il tema del conflitto di interessi. Tuttavia, Adam è un uomo intelligente e nel pieno possesso delle sue facoltà mentali, e lei ha un curriculum impeccabile come avvocata penalista, quindi sulla carta ha a disposizione la rappresentanza migliore. Ma sarà davvero in grado di impedire alle sue emozioni di interferire con il processo?»

«Lo chiederebbe a un uomo?», alzo il sopracciglio.

Fa un sospiro e scuote la testa.

«Sì, sono capace di separare lavoro ed emozioni, Peters».

«Allora non ho obiezioni, ma la terrò d'occhio, e se riscontro qualcosa che sia fuori luogo nella sua rappresentanza, lo segnalerò al giudice».

«Bene, non ho obiezioni al riguardo», concludo.

«D'accordo, allora. È pronta?»

«In realtà, vorrei parlare con lei del patteggiamento».

«Ma certo». Allarga un po' le gambe. La postura aperta dovrebbe segnalare l'atteggiamento accogliente in attesa di ascoltare la mia proposta. Devo dargliene atto: è inappuntabile fin nei minimi dettagli.

«Possiamo togliere la pena di morte in cambio di vent'anni per una dichiarazione di non colpevolezza? Sa bene quanto me che le giurie hanno difficoltà a ottenere una condanna quando c'è di mezzo la pena di morte, e poi c'è la questione del terzo DNA sconosciuto». Protendo le mani con i palmi rivolti verso l'alto, come se gli offrissi un qualcosa di fisico.

«La scientifica ha raccolto prove schiaccianti contro Adam,

con o senza quel DNA. E lei lo sa bene, Sarah». Incrocia nuovamente le braccia e torna in posizione di chiusura, come a dire: *tempo degli accordi scaduto.*

«Sì, lo so, ma alla giuria non piacerà sapere della presenza del terzo DNA. È una questione che rimane in sospeso e li porterà a porsi molte domande sul conto di Kelly, nessuna delle quali buona».

Peters sospira. «Bene. Allora facciamo così. Se si dichiara colpevole, ridurrò la pena da venticinque a vent'anni senza condizionale. Ma l'offerta scade tra cinque minuti».

«Vado a parlare con il mio cliente. Grazie».

Adam è ancora in attesa davanti all'aula, la guardia a pochi metri da lui. Eleanor è al suo fianco e blatera con il figlio. Un quadretto che non porterà nulla di buono. Anne è seduta su una panca lì accanto, da sola e si guarda intorno senza meta.

«Ehi», interrompo Eleanor e Adam.

Anne si alza veloce e ci raggiunge.

«Ti senti bene, adesso?», chiedono all'unisono Anne e Adam.

«Sì, tutto bene», rispondo.

«Forse dovremmo chiedere a qualcuno di sostituirti», riflette Eleanor, fissandomi con attenzione.

«Ho già detto che sto bene e, tra l'altro, ho rinegoziato il patteggiamento».

«In che senso?», chiede Adam.

«Il procuratore Peters ti offre vent'anni senza condizionale se ti dichiari colpevole. Mi sembra una proposta ottima, considerando la situazione in cui ti trovi. Non posso dirti cosa dichiarare, ma devo quanto meno presentarti le prospettive».

Adam corruga le sopracciglia e strizza gli occhi per un istante. Sperava in un miracolo, ma vent'anni sono davvero tanti da passare dietro le sbarre. Quando uscirà, avrà quasi cinquant'anni. Ma è sempre meglio dell'alternativa, qualora fosse dichiarato colpevole.

«È un accordo terribile, Sarah. Mio figlio è innocente. Vent'anni? Sarò morta quando uscirà». Eleanor batte forte un piede sul pavimento.

Non resta che sperare.

Adam guarda verso di me. «Cosa suggerisci?»

«Come tua avvocata, direi di accettare l'accordo».

«E come moglie?».

Non dovrei parlargli in qualità di moglie. Mi guardo attorno per assicurarmi che Peters non sia a portata d'orecchio e sussurro: «Come moglie, ti direi di combattere con tutte le tue forze».

«Bene, allora digli niente accordi». La voce è colma di entusiasmo, del tutto ingiustificato, visto quello che sta affrontando.

Concordo e lui ricambia il sorriso. C'è un barlume di speranza nei suoi occhi.

Il procuratore si avvicina e saluta tutti, poi si rivolge a me. «Allora, cosa ha deciso?»

«Il cliente ha scelto di rifiutare l'accordo».

«State commettendo un errore. Mio figlio è innocente». Eleanor incrocia le braccia.

«Prendo nota, Sarah». Peters fa un cenno di assenso, si allontana e procede verso l'aula.

Entriamo in fila anche noi e ci sediamo a un tavolo sul lato sinistro della sala. Eleanor prende posto in prima fila, tra i banchi. Spero che tenga la bocca chiusa durante l'udienza. O meglio, spero che non lo faccia. Magari il giudice potrebbe farmi un favore e accusarla di oltraggio alla corte.

«Tutti in piedi! La Corte è riunita. Presiede l'onorevole giudice Dionne», annuncia l'ufficiale giudiziario.

Il giudice Dionne, un uomo anziano, capelli bianchi e radi, esce dal suo ufficio e prende posto al banco. Sfoglia un paio di carte sulla scrivania, ha gli occhiali in bilico sul naso. Solleva la testa e li spinge più dietro.

«Il popolo dello Stato della Virginia contro Adam Morgan. Gli avvocati sono pregati di dichiarare la loro comparizione», sollecita il giudice.

«Il procuratore di Stato Josh Peters in rappresentanza del popolo dello Stato della Virginia, Vostro Onore».

«Sarah Morgan in rappresentanza di Adam Morgan, Vostro Onore».

Il giudice sgrana gli occhi all'udire Morgan e Morgan. In un attimo ha già fatto due più due. «Interessante. Procuratore

Peters, qualche obiezione circa la scelta del rappresentante dell'imputato?»

«No, Vostro Onore. Ma vorrei poter sollevare la questione in qualsiasi momento del processo, qualora si verificasse un conflitto di interessi», risponde Peters.

«Va bene. L'imputato dichiari nome e cognome per la corte».

«Adam Francis Morgan, Vostro Onore».

«È soddisfatto della sua rappresentanza legale, Mr Morgan?»

«Sì, Vostro Onore».

«Bene, procuratore Peters, potrebbe indicare le accuse mosse all'imputato in questo caso?», domanda il giudice Dionne.

«Sì, Vostro Onore. Lo Stato della Virginia imputa a Adam Morgan due capi d'accusa per omicidio di primo grado nei confronti di Kelly Summers e del figlio mai nato della stessa Summers».

«Prima di ascoltare la sua dichiarazione, Mr Morgan, devo accertarmi che lei comprenda i suoi diritti costituzionali e legali. Ha diritto di essere rappresentato da un difensore incaricato in questa udienza preliminare, che vedo ha già scelto. Ha diritto a un processo rapido…». Il giudice Dionne prosegue senza sosta. L'ho già sentita migliaia di volte, questa tiritera, ma per Adam è la prima. Ascolta con attenzione, senza mai perdere il contatto visivo con il giudice. Non mi rendo conto di essermi distratta, finché il giudice non termina con: «Ha compreso questi diritti?»

«Sì, Vostro Onore».

«Mrs Morgan, ritiene di aver avuto tempo a sufficienza per discutere il caso con il suo cliente? Avete esaminato i suoi diritti, la difesa da adottare e le possibili conseguenze del patteggiamento? È convinta che il suo cliente abbia compreso tutte queste cose?», chiede il giudice Dionne.

«Sì, Vostro Onore».

«Mr Morgan, è pronto per la sua dichiarazione?»

«Sì, Vostro Onore».

«Mr Morgan, lei è accusato di due omicidi di primo grado. Qual è la sua dichiarazione di fronte a tale accusa?».

Adam assume una posizione più corretta. «Non colpevole, Vostro Onore», risponde con tutta la sicurezza del mondo.

«La Corte accoglie la dichiarazione di non colpevolezza dell'imputato. Poiché mi risulta che si tratti di un caso di alto profilo, la selezione della giuria inizierà immediatamente. L'accordo sulla presentazione delle prove sarà firmato da entrambe le parti oggi. Ci sono obiezioni?».

Io e Peters rispondiamo entrambi: «No, Vostro Onore».

«Il processo avrà inizio lunedì 2 novembre. Obiezioni?».

Ancora una volta rispondiamo: «No, Vostro Onore». È un lasso di tempo piuttosto stretto, ma è chiaro che qualcuno sta influenzando queste decisioni e mira a far passare rapidamente la questione in tribunale. Il che, tuttavia, potrebbe anche essere vantaggioso per noi.

«La cauzione è fissata a due milioni di dollari».

«Vostro Onore, lo Stato suggerisce che Adam Morgan venga trattenuto senza cauzione», dice il procuratore Peters.

«Vostro Onore, è ridicolo», ribatto.

«Adam Morgan rischia la pena di morte e ha i mezzi per sottrarsi alla legge, quindi si profila un evidente pericolo di fuga, Vostro Onore».

«Il mio cliente non ha mai avuto problemi con la legge, nemmeno una multa per eccesso di velocità, ed è stato pienamente collaborativo durante l'intero processo. Inoltre, qualora non abbia notato le ferite sul suo viso, sono state provocate durante la detenzione da parte di un agente dello sceriffo, sposato con la vittima, Vostro Onore».

Il giudice guarda Adam con un sopracciglio alzato. «La Corte si pronuncia a favore della difesa. La cauzione è fissata a due milioni di dollari e Adam Morgan sarà agli arresti domiciliari per tutta la durata del processo», stabilisce il giudice Dionne.

«Grazie, Vostro Onore», annuisco.

Il giudice Dionne batte il martelletto e ci congeda.

«E adesso che cosa succede?». Adam si volta verso di me.

«Raccolgo subito i soldi e pago la cauzione. Fatto questo, ti verrà applicata una cavigliera elettronica e sarai rimesso in libertà. Dovrai rimanere nella casa al lago per tutto il processo. Lo sceriffo Stevens mi ha comunicato che ieri sera hanno finito di esaminare la scena del crimine, ed è di nuovo accessibile. Potrai uscire solo per le udienze stabilite dal tribunale. Se violerai i termini della cauzione, ti risbatteranno in prigione. Chiaro?»

«Sì».

«Allora, pago la cauzione e inizio a cercare prove utili. Ci risentiamo non appena ti sei sistemato», ricapitolo.

Adam annuisce. «Grazie, Sarah».

Mentre una guardia lo accompagna fuori dalla stanza, io e Anne raccogliamo le nostre cose. Quando passo davanti a Eleanor, lei fa cenno di sì con il capo e mi offre un sorriso soddisfatto. È la prima volta che ne ricevo uno da mia suocera. Gliene restituisco uno piuttosto tirato.

Lo sceriffo Stevens attende fuori dall'aula, ha in mano un paio di cartelle piene di documenti.

«Sarah», mi chiama, e intanto fa del suo meglio per metter su un'espressione stile James Dean in *Gioventù bruciata*.

«Sceriffo Stevens, questa è la mia assistente, Anne. Anne, lo sceriffo Stevens». Si stringono la mano e si scambiano i saluti.

«Volevo informarla che sono arrivati i risultati del test sul decanter. In effetti, conteneva GHB».

«E gli altri due set di DNA?»

«Uno appartiene a Scott Summers, come si presumeva. L'altro l'abbiamo passato al CODIS, il database del DNA, e non corrisponde».

«Quindi, tutto ciò che sappiamo è che il terzo uomo non è un criminale, o almeno uno già noto alla legge».

Conferma e contrae le labbra. «Ne ho consegnato una copia a Peters, e qui c'è anche la sua. Sono i tabulati telefonici di Kelly». Stevens mi porge le cartelle. «Siamo riusciti a trovare anche messaggi che risalgono a tre mesi fa».

Anne prende le cartelle e le ripone nella sua borsa.

«Ha trovato qualcosa di insolito?», chiedo.

«I messaggi ricevuti da un contatto non salvato nel cellulare della vittima sembrano essere dell'altra persona che frequentava, ma il numero del telefono non è registrato», spiega.

«Come un telefono usa e getta?»

«Esatto. Chiunque sia, non voleva si sapesse che era in contatto con Kelly. Magari è lui il colpevole o forse è sposato», ipotizza.

«È possibile scoprire qualcos'altro su quel numero?»

«Esaminando i testi con più attenzione si potrebbe avere qualche indizio sul suo conto; tuttavia, dal momento che Adam è stato citato in giudizio, per noi il caso è chiuso e da ora in avanti tutte le prove passeranno attraverso il procuratore».

«E Scott? Avete indagato su di lui?»

«L'abbiamo fatto. Ha un alibi per la notte dell'omicidio di Kelly».

«E quale sarebbe l'alibi?»

«Il vicesceriffo Marcus Hudson», risponde Stevens.

«Erano entrambi in servizio quella sera?». Picchietto il piede, seccata per le informazioni che ricevo.

«No, sono amici e sono usciti insieme».

«Ottimo...», commento in tono sarcastico. «E la foto con il biglietto minatorio?»

«Abbiamo preso le impronte digitali e trasmesso anche quelle al CODIS. Non ci sono riscontri, quindi, come per il terzo set di DNA, la persona che lo ha inviato non è un criminale condannato in precedenza».

La borsa di Anne cade a terra con un tonfo sonoro, ne fuoriesce quasi tutto. Lei si china rapida e la recupera: «Mi dispiace».

«Tutte queste informazioni le otterrà formalmente in fase di raccolta delle prove. Una volta pagata la cauzione, accompagnerò Adam nella vostra casa di Stony Brooks. Forse ci vedremo lì», conclude con un cenno del capo, prima di allontanarsi.

Il saluto mi sembra strano. D'altra parte, trovo strano tutto ciò che riguarda Stevens, per esempio che mi abbia consegnato personalmente questi documenti. È chiaro che deve avere qualche tornaconto. Solo che non so quale sia.

28
Adam Morgan

Lo sceriffo Stevens mi accompagna alla casa al lago con il SUV della polizia, e mi spiega che posso allontanarmi di soli venti metri circa in tutte le direzioni. Sarah ha impiegato un giorno per pagare la cauzione e mi domando se non l'abbia fatto di proposito, per costringermi a trascorrere un'altra notte in prigione. D'altra parte, è stata lei a farmi uscire su cauzione. Sfruttare le mie ferite è stata una mossa brillante. Mia madre accosta e parcheggia la Cadillac noleggiata nel vialetto. Mi ha seguito da vicino per tutto il tempo, passando con il rosso e fermandosi solo agli stop, come se fosse coinvolta in un inseguimento ad alta velocità.

«Adesso le mettiamo una cavigliera elettronica e installiamo il trasmettitore all'interno», spiega Stevens, che ci precede in casa.

Sistema una scatola nera in salotto, al centro dell'abitazione, e mi invita ad accomodarmi sul divano.

La mamma si guarda intorno, poi sposta gli occhi su di me con aria accigliata, mentre tiro su la gamba dei pantaloni in modo che Stevens fissi la cavigliera.

«Hai del vino, Adam?», chiede la mamma.

«Ce n'è un po' in cucina». Fa come se fosse a casa sua: si versa un grosso bicchiere di vino rosso e prende a rovistare nelle credenze e nel frigorifero. Sento il coltello battere sul tagliere, sta preparando qualcosa.

«Allora, è impermeabile. Può farsi tranquillamente la doccia. Se la toglie, veniamo a saperlo. Stessa cosa se si allontana dall'edificio. Ha una bella casa, quindi non sarà così dura rimanere qui dentro», spiega Stevens mentre si alza.

Abbasso la gamba dei pantaloni e sospiro. «C'è qualcos'altro che dovrei sapere?»

«No, è piuttosto semplice, come un collare elettrico per cani, quelli con la scossa. Solo che nel suo caso la scossa elettrica sarà tornare dritto in prigione», mette in chiaro scuotendo la testa.

«D'accordo. Sono sorpreso che la casa non sia stata messa a soqquadro dai suoi ragazzi durante la perquisizione», osservo, notando quanto sia ordinata.

«Be', lo era eccome», commenta Stevens, e intanto si guarda intorno.

«Stamattina ho fatto venire un'impresa di pulizie a sistemare tutto», urla la mamma dalla cucina.

La cosa non mi sorprende.

«Ecco spiegato il mistero», dice lo sceriffo. «A proposito, Kelly ha mai parlato dell'altro tipo che frequentava?». Contrae le labbra.

«No, non sapevo nemmeno che ci fosse qualcun altro».

Fa una sorta di *bah* e si strofina il mento. Lancio un'occhiata a mia madre, intenta a riempirsi il bicchiere di vino.

«Non le è mai sfuggito il nome di un altro uomo o cose del genere?», insiste.

Lo fisso negli occhi. «No, come dicevo, non ero a conoscenza che vedesse un'altra persona».

«Ecco uno spuntino, tesoro». Mia madre posa sul tavolino un piatto con formaggio, salamini e cracker.

«Grazie, mamma».

«Si serva pure, sceriffo», aggiunge lei.

Stevens esita, ma poi si china, prende due salamini e se ne mette uno in bocca.

«Allora, quando troverete il vero criminale, sceriffo?». La mamma beve un sorso di vino in attesa della risposta.

Lui tossicchia, imbarazzato.

Sento la porta d'ingresso aprirsi e chiudersi, un paio di tacchi rumoreggiano sul parquet. So che è Sarah, non ho bisogno di guardare.

«Sceriffo», esclama, chiaramente sorpresa di vederlo.

Stevens assente con il capo e mette in bocca il secondo salamino. Quando fa per inghiottire, inizia a tossire come se il cibo gli fosse andato di traverso.

«Le prendo un po' d'acqua», dice Sarah, entrando in cucina per riempire un bicchiere al lavandino.

«C'è anche una bottiglia di vino aperta», strilla la mamma.

Lo sceriffo segue Sarah in cucina e prende il bicchiere dalle sue mani, vuotandolo d'un fiato.

C'è qualcosa di strano. Perché lo sceriffo si sente così a suo agio in casa mia? Ha finito di bere, ma continua a indugiare. Sarah gliene offre ancora e lui accetta. Lei riempie di nuovo il bicchiere e glielo porge. Lo guardo mentre la osserva. I suoi occhi la scrutano da cima a fondo. Mi sembra tutto un po' perverso, così mi alzo, vado in cucina e mi metto accanto a lui.

«Posso avere anch'io un po' d'acqua?», chiedo.

Lo sguardo che Sarah mi indirizza potrebbe tradursi in *vattelo a prendere da solo, stronzo*. Però non lo dice. Invece, prende un bicchiere dalla credenza, fa scorrere l'acqua per un attimo, poi lo riempie e me lo porge. Ne bevo un sorso, mi ha dato l'acqua calda.

Sarah torna ai dettagli dell'indagine: «Ieri sera ho ricevuto le prove raccolte e ho visto che lei ha già sentito diversi testimoni, colleghi di Kelly, e che ha avuto un altro colloquio con Scott».

«Esatto, è il mio lavoro», chiarisce Stevens.

«Però non c'è nulla sul primo marito», puntualizza Sarah in tono pignolo.

«Non era pertinente all'indagine».

«In che senso? È stata accusata di aver ucciso il primo marito, e il caso è stato abbandonato prima del processo perché sono scomparse le prove!».

«Ha ucciso il primo marito?», urla la mamma dal divano. «E se ipoteticamente Adam avesse davvero ucciso Kelly? Sarebbe un crimine? Tipo doppia incriminazione o qualcosa del genere?». Il vino le sta dando alla testa.

«Sì, Eleanor». Sarah sgrana gli occhi. «Uccidere qualcuno è un crimine».

La mamma ha il singhiozzo. «Qualcuno deve iniziare a fare le domande che contano qui».

«È meglio che vada», dice lo sceriffo Stevens. «Non occorre che mi accompagniate». Se ne va piuttosto in fretta, la porta d'ingresso si apre e si chiude un attimo dopo che è uscito dalla cucina.

Io e Sarah rimaniamo lì, ai lati opposti della cucina, e ci fissiamo. Lei cerca di interpretare me e io faccio altrettanto con lei. Cosa sta succedendo allo sceriffo Stevens? Gli occhi di Sarah guardano in lontananza, senza fissarsi su nulla, e d'un tratto deve già andar via.

«Non puoi restare?».

Risponde di no ed esce di casa senza aggiungere altro.

29
Sarah Morgan

Ho trascorso la giornata in tribunale per la selezione della giuria e procede tutto abbastanza bene, ma c'è ancora molto lavoro da fare. Parcheggio l'auto fuori dal Seth's Coffee e osservo i clienti che entrano ed escono. Qualcuno qui dentro deve aver visto Kelly con un uomo diverso da Adam o da suo marito Scott. Devo sapere a chi appartiene il terzo set di DNA. Non mi piacciono le questioni in sospeso. Deve essere una persona che ha un motivo per voler rimanere nascosto. Altrimenti perché avrebbe usato un telefono usa e getta?

Il caffè rimarrà aperto ancora un'altra ora, quindi devo fare in fretta. Entro nel locale e osservo l'ambiente circostante, facendo attenzione a non perdermi niente e nessuno. È piccolo, pieno di mobili e arredi scompagnati. Non c'è nulla che sia abbinato, ma in qualche modo ha una bella atmosfera. Tavoli di legno disposti a casaccio, sedie di tutti i colori e materiali: plastica, legno, metallo.

Un uomo di mezza età siede su un divano arancione all'angolo. Il suo sguardo vaga per il bar, dal suo portatile agli altri clienti e infine a me. C'è una donna seduta a un tavolo da sola e legge un libro. L'unica barista presente è appoggiata al bancone e giocherella con le unghie. È giovane, con riccioli scuri e grandi occhi marroni. Direi che ha più o meno l'età di Kelly. Magari erano amiche.

Quando si accorge di me, si raddrizza e mi saluta. Il suo cartellino recita il nome *Brenda*.

«Cosa posso portarti?», mi chiede.

«Un caffè nero piccolo, per favore». Tiro fuori il portafoglio.

La donna batte un paio di tasti sul registratore di cassa e io le do qualche dollaro.

«Grazie. Arriva subito», dice in un sorriso.

«Brenda, vero?»

«Sì».

«Senti, non sono qui per un semplice caffè».

Socchiude gli occhi. «Sei qui per Kelly?».

Confermo, un po' sorpresa che abbia già capito.

«È già venuto un giornalista che mi ha rivolto qualche domanda su di lei. Per quale giornale lavori?».

Sul momento penso di correggerla, ma poi decido che forse otterrò informazioni migliori se dico di essere una giornalista, piuttosto che l'avvocata dell'uomo accusato di aver ucciso la sua collega, e forse amica.

«Lavoro per il "Gainesville Times". Sono Tara Smith». Le porgo la mano e lei me la stringe. «Hai un momento per parlare?»

«Devo iniziare a pulire tra quindici minuti… quindi sì, se facciamo in fretta».

«Ma certo», rispondo.

«Vengo al tuo tavolo con il caffè».

Annuisco e scelgo un tavolo vicino alla finestra, lontano da tutti. Brenda, la barista, mi raggiunge di lì a poco con due tazze di caffè e si siede di fronte a me. «Cosa vorresti sapere?».

Quasi tutte le persone con cui mi trovo a parlare sono criminali o testimoni, e non così disponibili. Mi prende un po' alla sprovvista, ma d'altra parte è convinta che io sia un giornalista. Tiro fuori un blocco ordinario di carta e una penna.

«La conoscevi bene, Kelly?»

«Lavoravamo insieme da due anni, quindi da quel punto di vista direi di sì, ma non sapevo molto della sua vita privata», risponde mentre sorseggia il caffè.

«Aveva degli amici?».

Brenda alza le spalle. «Credo che per lo più che se ne stesse per conto suo. Però era bello lavorare con lei».

«L'hai mai vista con un altro uomo?»

«Sì, di tanto in tanto veniva il marito, e poi quell'Adam di cui hanno parlato i notiziari. Era un cliente abituale e ho sempre pensato che lui e Kelly fossero un po' troppo amici. E forse avevo ragione».

«Bene… Qualcun altro?»

«Non proprio», risponde.

«Ti ha mai detto qualcosa su Scott o Adam?»

«Del marito non ha mai parlato, in compenso cercava sempre di aspettare Adam perché diceva che era suo cliente abituale».

«E ne aveva molti, di clienti abituali?»

«C'era anche un altro ragazzo. Adesso è qualche giorno che non lo vedo, ma se Kelly era di turno, lui era qui», racconta con nonchalance bevendo un altro sorso.

«Quest'altro ragazzo parlava spesso con Kelly?»

«In realtà no, soprattutto perché lei non voleva mai servirlo. Anzi, mi chiedeva sempre di prendere il suo tavolo. Diceva che le metteva i brividi perché la fissava sempre, ed eravamo quasi certe che conoscesse a memoria i suoi orari di lavoro perché, se Kelly era di turno, lui era qui».

«Sai come si chiama?»

«Jesse Hook», risponde.

«Benissimo. Mi sei stata di grande aiuto», concludo, intanto che raccolgo le mie cose.

«Ti serve il mio cognome per l'articolo?»

«Sì, certo».

«Sono Brenda Johnson». Mi alzo e la saluto.

«Se hai bisogno di altre informazioni per l'articolo, sai dove trovarmi», alza la voce mentre esco dal caffè.

Chi sei, Jesse Hook? È tuo il terzo set di DNA*? Cosa sai e cosa hai visto?*

Invio un messaggio ad Anne.

Ehi, dovresti farmi un controllo su un certo Jesse Hook. Credo sia nella contea di Prince William.

Premo invio e ricevo immediatamente un'emoji con il pollice in su da Anne.

30
Adam Morgan

Mi sento ancora a disagio per il comportamento di Sarah e dello sceriffo Stevens ieri sera. Lui è scappato via in fretta e furia, poi lei ha fatto lo stesso. Che cosa dovevano fare di tanto urgente? Vedersi da qualche parte? Devo smetterla di pensare queste cose. Mi dà il voltastomaco. Mi ha consumato i pensieri finché non mi sono addormentato e poi mi ha consumato anche i sogni. Ho sognato che Sarah e lo sceriffo Stevens avevano una relazione, che lui se la scopava nel retro della sua auto di pattuglia. No, Sarah non l'avrebbe mai fatto. Non è quel tipo di donna, anche se poi ripenso alla prima volta che l'ho vista, quando ci siamo conosciuti in quel vecchio e squallido scantinato del college. Si annoiava, sebbene fosse nel mezzo di una festa scatenata, e non mostrava quasi il minimo interesse per me… finché non l'ho accompagnata al suo dormitorio, dove si è trasformata in un'altra persona. O forse era così già prima. Lo rivoglio indietro, tutto quello, solo che adesso lei è come un'estranea e sono sicuro che direbbe lo stesso di me.

Mi alzo dal divano e stringo la vestaglia a quadri che indosso sopra un paio di pantaloni del pigiama e una maglietta bianca. Non ricordo nemmeno di essermelo messo, il pigiama. Per un attimo mi domando se sia stata mamma a cambiarmi, poi alzo gli occhi al cielo sapendo che con ogni probabilità l'ha fatto eccome. D'un tratto l'odore di pancetta mi invade il naso. Mia madre è davanti al lavello della cucina e sta caricando la lavastoviglie.

«Amore, sei sveglio? Sul bancone c'è un piatto con bacon, uova, toast e frittelle di patate, la tua colazione preferita». Sorride e indica il piatto.

Mi precipito in cucina, affondo la forchetta nel cibo e inizio a mangiare a quattro ganasce.

«Vado a fare un po' di shopping e devo anche trovare un albergo nelle vicinanze». Chiude la lavastoviglie, poi sciacqua e si asciuga le mani. «Mi piacerebbe restare qui con te, ma il letto degli ospiti non è all'altezza dei miei standard e credo proprio che oggi dovrò andare da un chiropratico per questo motivo». Si sfrega la schiena e mi poggia davanti una tazza di caffè.

«Questi processi possono andare avanti per molto tempo». Mangio un boccone di pane tostato. «Puoi anche tornare nel Connecticut, mamma».

«Sciocchezze. Sei mio figlio e questo processo dovrebbe essere rapido perché sei innocente. Faremo in modo che Sarah lo porti a termine quanto prima», dichiara con decisione. «E hai diritto a un processo rapido. È stato lo stesso giudice a dirlo».

Prende la borsa e indossa i tacchi. «Chiamami se hai bisogno di qualcosa. Torno un po' più tardi stasera», dice, prima di darmi un bacio sulla guancia. «Ti voglio bene, cucciolo».

«Anch'io ti voglio bene, mamma».

Il colpo alla porta d'ingresso mi spaventa e scendo subito giù dal divano. Sono a casa da solo da ore e ho fatto avanti e indietro tra lettura e televisione.

«Arrivo», grido.

Dallo spioncino della porta vedo una donna minuta con capelli rosso fuoco e occhi nocciola. Dalla spalla le pende una borsa a tracolla. Non la conosco, ma risolvo comunque di aprire. Probabilmente è la solitudine che inizio a sentire che mi induce a questa decisione.

«Posso aiutarla?»

«Salve, lei è Adam Morgan?»

«Dipende da chi me lo chiede», rispondo, consapevole che non mi interessa sapere chi è che me lo domanda. In questo momento parlerei con chiunque, chiunque sia disposto ad ascoltarmi.

«Sono Rebecca Sanford, giornalista del "Prince William Times"».

«Mi dispiace, la mia avvocata non vuole che parli con i giornalisti». Faccio per sbatterle la porta in faccia.

Lei la blocca con il piede. «Sì, lo so. Guardi, Mr Morgan, sono solo una sua grande fan e vorrei conoscere la sua versione della storia».

«Ha letto i miei libri?».

Mi fa cenno di sì. «In realtà ho seguito il corso di scrittura creativa che ha tenuto al college statale più di un anno fa».

Dopo che avevamo acquistato questa casa, mi fu proposto di tenere un corso di scrittura presso il college locale. Stavo per rifiutare, ma poi ho considerato che un po' d'ammirazione da parte dei miei futuri studenti era proprio quello di cui avevo bisogno. Ho anche pensato che potesse essere un buon ripiego per la mia carriera, ma alla fine ho insegnato solo per un semestre. Ho capito di averla troppo idealizzata, quell'opportunità, perché in fin dei conti disprezzavo la maggior parte dei miei studenti e il loro scarso interesse. Inoltre, spesso i loro racconti erano terribili e leggerli era una gran seccatura.

«In effetti mi sembrava un volto familiare», le dico, giusto perché fare un piacere a una dei miei lettori.

Sorride. «Le sono davvero grata di aver accettato, e vorrei esserle d'aiuto, tenendo conto quanto mi sia stato d'aiuto lei».

Inclino la testa. «Se è diventata una giornalista, il mio corso deve averle fatto bene».

«È così», mi assicura.

Forse in un'altra situazione non l'avrei fatto, ad ogni modo la invito a entrare. Magari perché mi sento solo, so di aver bisogno di aiuto o perché sono lusingato.

Si siede al tavolo della cucina e tira fuori il portatile. «Okay, da quanto vi frequentavate lei e Kelly Summers?», va dritta al sodo.

«Vuole delle informazioni da me?».

Rebecca risponde di sì.

«Allora ho bisogno di qualcosa in cambio».

Deglutisce a fatica. «Tipo cosa?»

«Niente di illegale, mi occorre il suo aiuto per trovare persone del passato di Kelly. Lei è un giornalista, quindi dovrebbe essere il suo forte».

«Per quale motivo le serve?», corruga la fronte.

«Perché Kelly venne accusata di aver ucciso il primo marito, ma non fu mai incriminata, visto che il caso fu archiviato prima del processo a causa della scomparsa delle prove». Non la aggiorno sulla questione di Scott, perché sta già indagando Sarah e non posso dare l'impressione di sparare a zero su chiunque.

Rebecca sgrana gli occhi e striscia le dita sulla tastiera. «Se le cose stanno così, come mai nessun giornale ne ha parlato?»

«Perché poi ha cambiato nome, si è sposata e si è trasferita dall'altra parte del paese. C'è tanto di documentazione cartacea. Credo di essere stato incastrato, e ho la sensazione che si tratti di qualcuno del passato di Kelly».

Rebecca riflette sulle mie parole. «Ma chi avrebbe voluto fare del male a Kelly o...?»

«Jenna Way, così si chiamava. A mio giudizio, si tratta di un familiare o di un amico del primo marito. Kelly è stata uccisa con la stessa modalità con cui lei aveva eliminato il marito. È una sorta di giustizia poetica per la persona che l'ha fatto».

«E l'attuale marito, Scott? Ho sentito dire in città di presunti abusi». Questa informazione mi rende felice.

«Sospetto anche di lui, ma adesso vorrei che si concentrasse sul passato di Kelly».

«Capito», approva Rebecca. «E il terzo set di DNA rilevato nel suo organismo?».

Aggrotto la fronte. «È di dominio pubblico?»

«Non ancora, ma ho le mie fonti», sorride timidamente.

«Comunque, non so a chi appartenga». Le racconto anche della fotografia con la minaccia.

«Qualcuno sapeva di voi due?»

«In teoria Scott e forse anche il suo amico, il vicesceriffo Hudson, che guarda caso è il suo alibi per la notte dell'omicidio di Kelly».

«Allora, di cosa ha bisogno in particolare?», torna a chiedermi.

«Be', a causa di questa», tiro su la gamba dei pantaloni per mostrare la cavigliera elettronica, «non posso allontanarmi da casa, il che rende difficile indagare sul mio caso».

«E la sua avvocata?»

«Intende mia moglie? Fa quel che può. Ma qui c'è in gioco la mia vita e non ho intenzione di restare seduto a farmela portare via. Non senza aver fatto di tutto per scoprire la verità».

«Capisco. Ecco cosa voglio: un'intervista esclusiva e duemila dollari per il disturbo». Allunga la mano per concludere l'accordo.

In tutta onestà, non credevo che avrebbe avuto le palle di chiedermi dei soldi.

«Bene», convengo, stringendole la mano. Del resto, la gente non si fa esattamente la fila per aiutarmi, quindi prendo quel che posso.

Rebecca sorride e deduco che è soddisfatta di sé.

«Ora, vorrei che lei scoprisse il nome del primo marito, poi che rintracciasse tutti gli amici o i parenti con cui era in confidenza. Mi serviranno i numeri di telefono e una relazione sul passato di ciascuno. Che ne dice?»

«Non dovrebbe essere un problema. Ha detto che si chiamava Jenna Way, vero?»

«Sì, e viveva nel Wisconsin», confermo.

«Capito. Dovrei riuscire a far tutto in tempi abbastanza brevi. Le chiederei dove possiamo incontrarci la prossima volta, ma conosco già la risposta».

«A presto, allora».

«Vorrei i contanti in anticipo», aggiunge.

La fisso con uno sguardo diffidente, ma poi acconsento. Mi avvicino a un armadietto e prendo un vecchio barattolo del caffè, conto mille dollari e glieli porgo. «La metà adesso, il resto quando mi porta quanto richiesto».

«Nasconderli nel barattolo del caffè... scontatissimo». Prende i soldi e li infila nella borsa prima di uscire.

Spero solo che non si sia fatta pagare e che magari non abbia la minima intenzione di aiutarmi, ma non ho molte alternative, quindi devo correre qualche rischio finché posso.

31
Sarah Morgan

Non appena entro nel mio ufficio, vengo subito intercettata da Anne.

«Sarah, Kent vuole vederti. Dice che è urgente». C'è una sfumatura di preoccupazione nella sua voce.

«Ti ha detto perché?»

«No».

«Bene, ecco qui. Tieni la mia borsa e prendi le telefonate finché non torno, per favore».

Kent è il mio capo, l'altro socio dello studio. Il Williamson di Williamson & Morgan. Di tanto in tanto gli piace ricordarmi che viene prima di me. Io sono l'astro nascente del foro, ma lui lavora in questo campo da decenni e vanta contatti che posso solo sognare. Ora, ho cercato di tenere tutto nascosto, ma so che la notizia è trapelata, visto che sono nel bel mezzo della selezione della giuria. Ho presentato una richiesta di ferie, ma non è mai stata accettata né rifiutata, quindi immagino che sapesse di cosa mi stavo occupando e mi ha permesso di lavorare al mio caso anche se non sto generando ore fatturabili. Ad ogni modo, le mie sono sempre più alte di quelle di chiunque altro qui dentro. Potrei prendermi sei mesi di pausa e rimarrei comunque la più pagata dello studio.

Raggiungo la scrivania di Nicole, la sua segretaria, che mi accoglie con un «ti sta aspettando». L'ufficio di Kent è l'unico dello studio che fa impallidire il mio. Ha fatto rivestire le pareti con pannelli di mogano e alle spalle della scrivania fa bella mostra di sé una grande testa di cinghiale, un trofeo di una recente battuta di caccia in Texas. Vi ha preso parte con i suoi amici lobbisti del petrolio per assicurare loro che, nonostante io abbia difeso il senatore McCallan, fosse ancora dalla loro parte. Inutile dire che non sono stata invitata. Sulla parete dietro di me, invece, spiccano foto che lo ritraggono con tutti i politici più importanti degli ultimi vent'anni.

Non ama lasciare il suo ufficio, ecco perché vi ha fatto sistemare anche un tavolo da riunioni per dodici persone, piuttosto essenziale, nei limiti del possibile. Niente telefono da conference call, niente schermo piatto per computer: tiene le sue riunioni in stile vecchia scuola. Se la questione non può essere risolta con carta, penna e una lingua affilata, allora non vale la pena lasciarsi coinvolgere.

«Volevi vedermi, Kent?»

«Sì, Sarah, prego, accomodati». Indica una sedia di fronte alla sua scrivania.

«Che succede?», chiedo con il tono disinvolto che lui detesta.

«Sì, be', di recente il tuo atteggiamento e le tue prestazioni qui dentro sono stati... incostanti, per usare un eufemismo. C'è per caso qualcosa che vuoi dirmi?».

So che ne è già al corrente, ma vuole sentirlo da me.

«Ho preso in carico il caso di mio marito, di cui sei sicuramente a conoscenza».

«Lo sono, ma mi sorprende che tu non me ne abbia parlato prima, soprattutto perché questo non genera ore di lavoro fatturabili, e poi immagino ti stia causando un senso di angoscia tremendo».

«È un caso di alto profilo, che comunque genera pubblicità per lo studio».

«I casi pro bono a scopo promozionale devono essere approvati da me, quindi credo che tu abbia affrontato la questione in modo tutt'altro che professionale».

«Non era mia intenzione...».

«Qui non contano le tue intenzioni». Fa una pausa e si alza per spostarsi davanti alla scrivania, sedendosi sul bordo. «Ascolta, Sarah, non sono certo qui per rimproverarti. So che ti trovi in una situazione difficile e comprendo perché tu abbia accettato questo incarico, ma vorrei che comunicassi di più con me, perché se io non so cosa fa la mia socia, diamo dello studio un'immagine di debolezza, e non credere che gli altri non se ne siano accorti».

«Hai ragione, Kent. Mi dispiace. Avrei dovuto dirtelo. È solo che… mi vergognavo. È imbarazzante». Chino il mento.

«Capisco. E come darti torto? Di certo, non io. Accidenti, non riesco nemmeno a immaginarlo». Scuote la testa, mi domando solo se stia pensando alle indiscrezioni sul suo conto. Ho sentito voci su lui e la sua segretaria… o dovrei dire segretarie, visto che ne ha avute molte. «Consentirò che la farsa prosegua, perché so che nulla di ciò che dico ti fermerà, ma, ascoltami bene, devi porre fine a tutto questo, e farlo in fretta. Per te. Per me. Per lo studio. Al momento ti esonero da qualsiasi nuovo caso, ma provvedi quanto prima».

«Grazie. Apprezzo la tua comprensione», dico.

«Oh, non mi ringraziare. Vedi, dato che non stai fatturando, la tua parte di partecipazione agli utili è sospesa fino alla conclusione del caso…».

«Kent, non puoi…».

«Farlo? Sì che posso».

Gli lancio uno sguardo furente, ma decido di non discutere oltre. Quando ha preso una decisione, non c'è verso di fargli cambiare idea. Mi alzo e mi dirigo verso la porta.

«Ah, Sarah, un'ultima cosa».

«Sì, Kent?»

«La tua segretaria, Pam».

«È Anne».

«Sì, sì, Anne. Non è il tuo braccio destro, pronto a seguirti come un cagnolino in ogni tuo impegno. È pagata per essere una risorsa dello studio, non solo tua».

«L'ultima volta ho controllato, le pago io metà dello stipendio…».

«Sì, e io le pago l'altra metà, non dimenticarlo». Lui torna alla sua sedia, io esco infuriata dal suo ufficio.

«Buona giornata, Sarah», cinguetta la segretaria mentre le passo davanti alla scrivania.

«Vaffanculo, Nicole», la insulto senza voltarmi.

Quando mi avvista, Anne mi segue nel mio ufficio. «Di cosa si trattava?»

«Niente», rispondo con gli occhi fissi al computer.

«È così grave?»

«Senti, portami un caffè», sbuffo. Di solito non sono così brusca con lei, ma sono arrabbiata. Mi fa cenno di sì e sparisce veloce.

Chiudo lo sportello della mia Range Rover, metto a tracolla le sporte della spesa e prendo in mano lo scatolone stracolmo. Sono rimasta in ufficio tutto il giorno, come un'impiegata a ore, solo per accertarmi che la mia presenza nello studio fosse notata. Non ho nemmeno pranzato e ho detto ad Anne di rimanere a disposizione di qualsiasi avvocato avesse bisogno del suo aiuto. Come mai i colleghi sono arrivati a mettermi in discussione? Mi sono impegnata più di tutti gli altri legali qui dentro e credo di essermi guadagnata il diritto di andare e venire a piacimento. È buio e mentre cammino tengo d'occhio i piedi per non inciampare in qualche sasso del vialetto. I miei tacchi risuonano su ogni gradino del portico. Quando arrivo alla porta, sono quasi sul punto di bussare, ma poi cambio subito idea ed entro direttamente.

«Ehi?», urla Adam in tono nervoso. «Chi è?».

Non rispondo. Lo trovo seduto sul divano del soggiorno, in tuta e maglietta bianca, a bere un bicchiere di scotch. Non ha fatto nemmeno lo sforzo di radersi o pettinarsi.

«Sarah? Cosa ci fai qui?».

Appoggio la scatola e le sporte sull'isola. «Ti ho portato delle provviste».

«Ah, sì?». Il suo volto si rilassa, si alza dal divano e avanza lento verso la cucina, sebbene continui a tenersi a distanza da me.

«Dov'è tua madre?»

«È andata in albergo».

«Credevo che avrebbe preso il letto tutto per lei, qui dentro», lo punzecchio.

«Oh, smettila», ride. «Non è poi così male».

Accenno anche io a un sorriso.

«Vuoi bere qualcosa?»

«Perché no?».

Versa un bicchiere di Laphroaig 10 Years al mobile bar, torna sul lato opposto dell'isola e me lo mette di fronte.

«Ho pensato che avresti avuto bisogno di qualcosa, così

ho preso bistecche, scotch, bagel, salmone affumicato, formaggio spalmabile, uova, verdure, noci macadamia e gelato», elenco mentre tiro fuori ogni cosa.

«Non dovevi».

Lo guardo. C'è un sorriso sul suo volto e speranza negli occhi. «Lo so». Beve un sorso di scotch. «Grazie».

«Ho preso anche del materiale per scrivere: carta, inchiostro per la stampante, penne a sfera e un po' di cancelleria». Disfo l'altra borsa.

«Non c'era davvero bisogno». Dà un'occhiata alla spesa e mi accorgo che ha gli occhi lucidi.

«Lo so», ripeto. Porto il bicchiere alle labbra e bevo un sorso.

Restiamo in silenzio. Non so cosa dirgli e sono sicura che è così anche per lui. Se penso che un tempo eravamo ciascuno l'amore della vita dell'altro, uniti da un legame unico, e ora c'è un abisso tra noi. Ed è così profondo, così ampio, che è difficile anche solo parlarsi.

«Cosa c'è lì dentro?», indica la scatola.

La spingo verso di lui. «So che vuoi renderti utile, così ho chiesto ad Anne di fare delle copie delle prove raccolte dall'accusa. È tutto lì dentro, così puoi esaminarle anche tu».

Posa lo sguardo sulla scatola, poi su di me.

«Sto facendo tutto il possibile per vincere questo caso», aggiungo.

«Lo so, Sarah. Mi fido di te».

Gli faccio un gesto di assenso e accenno a sorridere. «Ottimo. Adesso devo andare, ma fammi sapere se scopri qualcosa o se hai bisogno di altro. La selezione della giuria dovrebbe concludersi a breve, e sta procedendo bene». Poso il bicchiere di scotch e mi volto verso la porta d'ingresso.

«Sarah», dice con voce pacata, quasi un sussurro.

Mi fermo e mi giro. «Sì».

«Grazie di tutto», gli trema la voce. «Non c'era davvero bisogno di fare tutto questo».

Il mio labbro inizia a fremere. Chiudo gli occhi per un istante e quando li riapro sono umidi. «No, tu… Be'… devo andare».

Prima che io possa allontanarmi d'un altro passo, si avvicina e mi avvolge in un abbraccio. Vorrei fermarlo. Vorrei dirgli di no. Non merita di potermi abbracciare, ma alla fine non mi oppongo. Lo lascio fare. Ne ha bisogno. Mi dà un bacio in testa e mi stringe forte. Mi ripete non so quante volte che mi ama. Alzo gli occhi su di lui: ho le guance bagnate e il cuore mi batte.

Mi attira a sé per un bacio e lo bacio anche io. Apriamo e chiudiamo la bocca nello stesso momento. Sento le sue mani percorrermi tutto il corpo, poi mi solleva. Gli avvolgo le gambe attorno alla vita. Mi porta sull'isola e mi fa sdraiare, le sue labbra non lasciano mai le mie. Le sposta sul collo, sulla clavicola, cercando di baciare ogni mia parte.

«Ti amo, Sarah», mi sussurra all'orecchio.

«Lo so», rispondo.

Ha le labbra morbide e calde. Continua a toccarmi dappertutto, mi toglie la giacca del tailleur, mi palpa il seno, la gonna si solleva. Ho il respiro affannoso, la sua lingua, le sue labbra, mi segnano il collo.

Si slaccia i pantaloni e mi avvicina al bordo del bancone. Mi tira ancora un po' su la gonna e mi allarga le gambe scostando le mutandine.

D'un tratto, però, lo fermo, lo respingo, perché non se lo merita. Non mi merita. Chiudo le gambe di scatto, scivolo giù dal bancone e mi ricompongo.

Sbarra gli occhi e schiude la bocca, quasi stesse per protestare.

Gli premo una mano sul petto. «Non posso».

Mi allontano, esco di casa in tutta fretta e salgo sull'auto. Grida il mio nome, ma non può venirmi dietro, perché è in trappola: un muro invisibile gli impedisce di inseguirmi.

32
Adam Morgan

Sarah se n'è andata più di un'ora fa e mi ci sono voluti quindici minuti buoni per togliermi il suo ricordo dal cazzo. È stato bello starle di nuovo vicino. Come se ci fosse una possibilità di riconciliazione, solo che poi se n'è andata all'improvviso. Se ne va sempre all'improvviso. Così, eccomi qui, seduto sul divano a gustare il secondo bicchiere di scotch e a mangiare una bistecca con le mani. Mamma ha chiamato per sapere come sto. Voleva passare per cena, ma a quanto pare aveva preso un appuntamento dal massaggiatore. Ho la sensazione che abbia in mente qualcosa. Non rifiuterebbe mai una cena con me, il suo unico figlio.

Squilla il telefono. O è Sarah o è la mamma. Sono le uniche persone che mi chiamano in questi giorni. Mi sposto verso il cordless sul tavolino ma il numero è privato e sono costretto a rispondere per scoprire di chi si tratta, come in un giallo. «Pronto!».

«Adam?»

«Sì, chi è?»

«Sono io, Daniel. Come diavolo stai?».

Ah, il buon vecchio Daniel. È il mio agente letterario ed è con me fin dal primissimo giorno. All'inizio ero solo una scommessa. Poi sono diventato una merce preziosa e altri agenti hanno cercato di portarmi con loro, ma alla fine sono rimasto con Daniel. Adesso, invece, è lui che resta con me… per il momento.

«Ehi, ciao, Daniel. Bene, bene. Sì, sto bene, e tu?», lo saluto tentando di sorvolare sulle accuse di omicidio e gli arresti domiciliari.

«Lascia perdere me. Cos'è questa storia che ho sentito, che sei sotto processo per omicidio?».

Avrei dovuto immaginare che sapesse già tutto.

«Sì, purtroppo è vero, ma non sono stato io, è tutto…».

«Fantastico!».

«Cosa? No, Daniel, ho detto che è vero. Sono sotto processo per omicidio».

«Sì, ho capito, amico mio, ed è la notizia migliore che sento da secoli».

«Cosa? Perché?». Premo il telefono contro l'orecchio per accertarmi di aver sentito bene.

«Pensaci, Adam. Un omicidio. E sei uno scrittore. Metti insieme i due elementi e cosa abbiamo? Un racconto-verità come non si era mai visto prima».

«Ma, Daniel, io non ho fatto…».

«Potrebbe essere il tuo *A sangue freddo*, se non meglio, perché non dovresti intervistare l'assassino… visto che sei tu!».

«Daniel, porca puttana, non ho ucciso…», digrigno i denti.

«Già me lo immagino: eventi stampa dalla cella, autografi durante gli orari di visita. Hmm, dovrò capire come diavolo fare il tour promozionale, ma già solo avere la stampa sarebbe grandioso…».

«Daniel! Non sono stato io, okay? Ascoltami, cazzo!».

«Cavolo, tranquillo. So che non sei stato tu. Ossia, sarai anche un rompipalle, ma certo non un assassino! Accidenti, non faresti del male a una mosca. Ma, a prescindere da come andrà a finire, la gente non deve saperlo per forza. Per come la vedo io, se l'avessi uccisa tu…».

«Cosa che non ho fatto», ribadisco.

Anche in un momento come questo la sua mente è sempre orientata ai soldi. Questo lo rende un ottimo agente, ma anche una persona di merda. «Guarda, Daniel, non mi interessa essere un aspirante assassino, visto che non ho fatto nulla».

«Senti, sappiamo tutti e due che sono anni che hai bisogno di una scintilla, ma adesso siamo direttamente al boom! E capita nel momento perfetto. Dico solo di non ignorarlo. Se vuoi mandarmi qualche pagina, la leggo volentieri. Se no, be'… puoi sempre tornare a lavorare sul «prossimo grande romanzo americano» di cui sento parlare da anni. Sta a te».

«Sì, certo. Forse».

«Questo è lo spirito giusto. Tieni duro, ragazzo. Presto ce ne andiamo a pranzo insieme». La linea si interrompe.

Metto giù il telefono e mi lascio affondare di nuovo sul divano, mentre porto lo scotch alle labbra. No, non sbaglia. Questa è una grande storia, ed è la *mia* storia da raccontare. So di non essere stato io, ma posso sempre scoprire chi è il colpevole. Ho un intero giallo-verità da raccontare al mondo. Perfetto per la lista dei bestseller del «New York Times». Ma come potrei intitolarlo?

A Sangue Caldo… Non sono stato io.

Merda, sono arrugginito. Prendo il portatile e inizio a scrivere tutto quello che è successo, a partire dall'inizio.

33
Sarah Morgan

È una settimana che non vedo Adam. Ho pensato che fosse meglio stargli lontano e concentrarmi sul caso, soprattutto dopo che la storia è uscita a livello nazionale. I giornalisti hanno preso a chiamare in ufficio senza posa. L'unico a esserne contento è Kent, perché sono anni che lo studio non riceve questo tipo di attenzioni. Ma continua, in ogni caso, a non pagarmi la partecipazione agli utili. Come già detto, quando ha preso una decisione, non c'è verso di fargli cambiare idea. Personalmente, non mi piace questa attenzione extra, ma per fortuna la giuria è stata nominata prima che il caso diventasse un autentico spettacolo mediatico.

Su Internet circolano già mille teorie in proposito. Ho chiesto ad Anne di setacciare i forum e i commenti per capire quale sia l'orientamento del pubblico. La gran parte della gente pensa che sia stato Adam a uccidere Kelly. Ma secondo una discreta quantità di persone, l'assassino sarebbe Scott, l'uomo sconosciuto, un collega, qualcuno della sua vita nel Wisconsin oppure un altro agente di polizia. C'è persino chi crede che sia stato il fantasma del primo marito. Insomma, ognuno ha la propria opinione.

La porta del mio ufficio si apre di scatto, sussulto e vedo Anne precipitarsi dentro, in mano due frullati e un sacchetto di carta marrone. Posa tutto sulla scrivania in fretta e furia.

«Cosa? Cosa c'è?», chiedo.

Sgrana gli occhi. «Bob ti sta cercando».

«E...?»

«È incazzato».

Bob appare all'ingresso, ha un bell'abito sartoriale e il volto accigliato. «I tuoi giornalisti non si limitano a intasarci le linee telefoniche, ma adesso sono anche qui fuori», esordisce. Muove due ampi passi nel mio ufficio ed è subito di fronte alla mia scrivania. Anne si fa rapida da un canto.

«Non sono i miei giornalisti, Bob». Sposto qualche foglio qui e lì e gli presto a stento attenzione.

«Sono qui per il caso che hai scelto di assumere».

«Kent ha approvato».

Anne dà un colpo di tosse imbarazzante, quasi l'avesse trattenuto a lungo per non far rumore.

«È successo prima o dopo che il tuo caso diventasse una pagliacciata mediatica?», agita in aria le braccia.

«Tutta la pubblicità è buona pubblicità, Bob», commento scrollando le spalle.

«Io non la vedo così». Si guarda attorno per tutto l'ufficio. «Cavolo, farò davvero un figurone qui dentro, quando Kent si sveglierà e ti prenderà a calci in culo».

«A dire il vero, non fai una bella figura nemmeno nel tuo ufficio».

«Attenta, Sarah. Ti tengo d'occhio», conclude, prima di voltarsi per uscire. Gli lascio l'ultima parola perché non ha nient'altro.

«Come mai gli rode tanto il culo?», ironizza Anne. Apre il sacchetto di carta e tira fuori una scatola di cioccolatini, pacchetti di patatine e un paio di panini.

«Probabilmente sarà il suo ego», rispondo, notando che c'è un biglietto attaccato alla scatola di cioccolatini. «Che cos'è?»

«Lo hanno lasciato alla reception».

Prendo il biglietto e lo leggo.

Non è lontanamente paragonabile a studiare per l'esame di abilitazione forense, ma so in che modo riesci a gestire lo stress.
Cioccolato! Ti voglio bene, Matthew.

Sorrido al ricordo di quando io e Matthew facevamo scorpacciate di cioccolato durante le nostre sessioni di studio. Apro la scatola, scelgo un cioccolatino e lo metto in bocca.

«Ne vuoi uno?»

«Ovvio». Anne ne prende uno e lo addenta. «Da parte di chi è?»

«Matthew».

«Ha decisamente un debole per te», alza un sopracciglio.

«È gay».

«Magari è bisex», commenta Anne con la bocca piena di cioccolato.

«Non credo».

«A proposito, finalmente sono arrivati i risultati sul conto di quel Jesse Hook». Mi porge una cartella e inizio a sfogliarla.

«Punti salienti?»

«Trentadue anni, vive da solo a Gainesville, ha abbandonato la scuola superiore e non ha veri e propri trascorsi lavorativi. Secondo la sua pagina Facebook, sembra sia uno scrittore e pittore freelance. Non ha famiglia in zona e non è ben chiaro come sia arrivato a vivere da queste parti. Non è mai stato sposato e non ha figli. Nel complesso, è una specie di eremita inquietante, ecco perché ci è voluto tanto tempo per trovare qualcosa su di lui... perché non c'era molto da trovare».

«Numero di telefono registrato?»

«Sì. È nella prima pagina e corrisponde a un messaggio e a una decina di chiamate perse nella cronologia del cellulare di Kelly. Le ha mandato un messaggio di scuse la sera dell'omicidio e le chiamate effettuate fino un paio di giorni prima sono state sporadiche».

«Potrebbe essere il nostro uomo», rifletto ad alta voce.

«Già, vale la pena indagare».

«Tornerò a Brentsville per vedere se riesco a incontrare lo sceriffo Stevens. Forse posso convincerlo a portare Jesse in centrale per interrogarlo».

«Buona idea. Io continuo a setacciare le prove raccolte».

Il mio telefono vibra, sullo schermo appare un messaggio di Eleanor.

Sono stata fuori città, ma torno stasera. Nulla che ti riguardi.

Levo gli occhi al cielo. Se non mi riguarda, allora perché mi ha mandato un messaggio? L'ho praticamente evitata nell'ultima settimana, non ho davvero bisogno che mi aggiorni sui suoi spostamenti.

34
Adam Morgan

Finalmente ho avuto notizie di Rebecca. Pensavo che avesse preso i miei soldi e fosse scappata, ma ieri sera mi ha chiamato per dirmi che sarebbe passata nel pomeriggio. Non vedo Sarah da una settimana e presumo mi stia evitando, dopo quello che è successo tra noi di recente. Oppure è per via della pressione dei media. Ho visto i giornalisti avvicinarsi di soppiatto al vialetto per riprendere la casa o girare un servizio. Vorrei urlargli di andar via, ma so che non sarebbe bene per la mia immagine, già danneggiata, così me ne rimango tranquillo e tengo le tende tirate. Non ho visto nessuno, in quest'ultimo periodo, a parte la mamma, che veniva a fare colazione e a cenare. Stamattina però non si è fatta vedere, ecco perché sto mangiando una banana e un pezzo di toast al burro di arachidi sul divano. Due giorni fa mi ha detto che sarebbe stata fuori città per un po', ma non ha spiegato perché. Non capisco cosa vi sia di più importante di me, suo figlio, in questo momento.

Poiché il nostro materasso king size è stato sequestrato dalla polizia, ho deciso di ordinarne uno nuovo online. Mamma aveva ragione sul letto degli ospiti, anzi su entrambi. Sono davvero scomodissimi. Ho scelto il materasso più costoso, le lenzuola con il filato più soffice, i cuscini e il coprimaterasso più morbidi. Non li userò molto se verrò condannato, ma nel frattempo sarà come dormire su una nuvola.

Il telefono squilla e mi chino a rispondere. Non faccio nemmeno in tempo a dire «pronto», che la persona dall'altra parte sta già parlando.

«Adam! Sono Daniel. Ottime notizie! Ho diverse offerte per il tuo libro-verità».

«Hai già proposto il libro? Non ho nemmeno accettato di scriverlo».

«Adam, io e te siamo la stessa cosa. Amiamo entrambi il denaro. Non essere stupido. Questa è l'occasione della vita. Sto parlando di cifre a sette zeri, contratti cinematografici, merchandising e tutto il resto».

I miei occhi si illuminano, pensando ai soldi, alla fama, al potere. Sento un sorriso crescermi in volto man mano che sogno a occhi aperti come potrebbe trasformarsi la mia vita. Ma non riesco a impedire che la risposta mi esca dalla bocca.

«Bene. Ma scriverò solo la verità, niente cazzate tipo "l'assassino sono io"».

«Perfetto. Di questi tempi la gente adora il genere *true crime*. Sto già organizzando un'asta per i diritti, per cui mettiti a scrivere e ci sentiamo più avanti, amico mio».

Sento il click della chiamata conclusa e metto giù il ricevitore. Per un attimo rimango lì sul divano come stordito. Finalmente si stanno per realizzare tutti i miei sogni. Mi siedo alla scrivania, pronto a riversare pagine e pagine sul computer. Questa storia mi renderà famoso. Faccio scrocchiare le nocche e apro un file Word vuoto. Digito: *Adam Morgan: come ho scoperto il vero assassino.*

Bussano alla porta e il suono mi riporta alla realtà. È Rebecca. Adesso è su di lei che devo concentrarmi. Non posso permettere che qualcosa mi impedisca di scoprire la verità. Questo libro non significherà nulla se finirò a marcire in galera o, peggio ancora, mi daranno la pena di morte. Chiudo il portatile e mi precipito ad aprire. Rebecca entra prima che la inviti ad accomodarsi. Ha i capelli folti e ricci sotto il cappello e le guance d'un rosso rosato.

«Pensavo che mi avesse abbandonato», la saluto, mentre si toglie cappello e soprabito ed entra in soggiorno.

«No, se vengo ingaggiata per un lavoro, lo porto sempre a termine». Siede sul divano e tira fuori una pila sottile di cartelle.

Mi sistemo accanto a lei: «Cosa ha scoperto?»

«Un bel po' di cose. Allora, il primo marito di Kelly o Jenna si chiamava Greg, erano sposati da un anno e mezzo. Sai già dell'omicidio, delle prove smarrite e che Scott Summers l'ha aiutata a farla franca. Dopo l'archiviazione del caso, i due hanno lasciato il Wisconsin e sono finiti qui, nella contea di Prince William».

«Nuove informazioni? Tipo la famiglia o qualcosa del genere?»

«Ci sto arrivando. I genitori sono ancora vivi, ma non ho trovato molto su di loro. Il padre lavora nel settore immobiliare e la madre fa volontariato. Non sembrano persone che potrebbero avere a che fare con questa storia. Inoltre, hanno più sessant'anni. Sarebbe piuttosto singolare». Si volta a guardarmi.

Già, i genitori sessantenni sembrano assassini piuttosto improbabili. Voglio dire, non ce la vedo mia madre coinvolta in un omicidio feroce. D'altra parte, Harold Shipman, alias il Dottor Morte, ha ucciso anche quando aveva già superato i cinquant'anni, e quella coppia del Missouri con l'hobby di ammazzare vagabondi era sulla settantina. Insomma, l'età non li esclude completamente. Se non salta fuori nient'altro, le chiederò di verificare dove si trovassero quando Kelly è stata uccisa. Ne convengo e le faccio segno di proseguire.

«Greg aveva un fratello. Si chiama Nicholas Miller e credo che viva in questa zona».

I miei occhi si illuminano. Dev'essere lui. Chi altro avrebbe voluto uccidere Kelly?

«Dove vive? Dove lavora? Troviamolo».

«Vede, il fatto è questo. Ho chiamato la casa e ho parlato con la madre. La conversazione avuta con lei è anche il motivo per cui penso che i genitori non abbiano nulla a che fare con tutto questo. Aveva un tono amichevole e gentile. Potrei anche chiamarla regolarmente, considerando quanto sia idiota la mia, di madre».

«Okay, arrivi al punto, Rebecca. Dei suoi problemi familiari parleremo quando avrò risolto questa situazione».

«Mi scusi. Ad ogni modo, ho chiesto di Nicholas e la madre mi ha riferito che è andato a trovarli un paio di settimane fa, ma che poi è tornato nel Maryland».

«Maryland. Non la Virginia», rifletto.

«Esatto, però è lì vicino. Ci sono tante città e paesi che si possono raggiungere in meno di due ore da qui. Dunque, avrebbe potuto farlo benissimo».

«Possiamo rintracciarlo?»

«Sto ancora cercando. Non ho individuato un Nicholas Miller, in compenso ne ho trovati altri con lo stesso cognome. Volevo iniziare da lì per vedere se qualcuno dovesse conoscerlo. È un nome abbastanza comune, ma potrei sempre essere fortunata», mi spiega.

«Quanto comune?»

«Ho una lista di duecentoquindici persone con lo stesso cognome nel raggio di due ore e, visto che nel frattempo lei non ha nulla da fare, ho pensato che potrebbe aiutarmi con metà dell'elenco». Mi porge diverse pagine colme di nomi, indirizzi e numeri di telefono.

«È molto più della metà», osservo mentre do una scorsa ai fogli. Saranno quasi duecento nomi.

«Giusto. Di alcuni non ho trovato il numero di telefono, quindi dovrò andarli a cercare a casa. Comunque, non mi lamenterei se fossi in lei. La sua vita è letteralmente a rischio», mi ricorda.

«Lo so», commento amareggiato.

«Ottimo. Allora, lei si metta al lavoro su questi e io sarò di ritorno quando ne avrò altri. Mi chiami pure se dovesse trovare qualcosa», aggiunge. Annota il suo numero di cellulare su un pezzo di carta e me lo passa.

«Anche lei, mi raccomando».

Accenna a un sì, poi raccoglie le sue cose e va via.

Fisso le pagine. Uno di questi numeri potrebbe essere il mio biglietto vincente, la mia lotteria personale. Prendo il telefono e inizio a digitare.

35
Sarah Morgan

Vado direttamente alla stazione di polizia per incrociare Stevens prima che esca per la sua giornata di lavoro. Ho bisogno del suo aiuto per trovare Jesse Hook.

«Dovrei vedere lo sceriffo Stevens», spiego alla donna seduta alla reception. Ha un aspetto spento e stanco. *Smunta*, è forse la parola che la descrive meglio.

«Lei è?»

«Sarah Morgan».

«Mi dispiace, adesso è occupato. Può tornare più tardi, però».

«No, guardi, ho fatto più di un'ora di macchina per venire qui. Ho bisogno di vederlo subito!».

La donna fa un'espressione seccata, ma quando sta per dirmi di nuovo di no, decido di oltrepassare la sua scrivania e dirigermi verso l'ufficio di Stevens. Spalanco la porta e la mia visita inaspettata lo fa trasalire, intento com'è a mangiare un panino alla scrivania. Mi guarda e lascia cadere il cibo. «Accidenti, Marge!».

La receptionist compare alle mie spalle. «Mi dispiace, signore. Mi è passata davanti. Questa strega petulante», mi insulta tentando di afferrarmi il braccio. Le do una gomitata nello stomaco e il dolore la costringe a portarsi di scatto le mani all'addome.

«Sono davvero felice che abbia trovato il modo per ricevermi, sceriffo». Sorrido.

Stevens caccia via Marge, accettando la sconfitta. «Di cosa ha bisogno, Mrs Morgan?», chiede nel reclinarsi sulla spalliera della sedia.

«Del suo aiuto».

«Le ho già detto che non posso dedicare altre ore di lavoro a questo caso. Le accuse sono già state depositate».

«Allora, magari dovrò decidermi a presentare anche le *altre* accuse». Socchiudo gli occhi.

Si protende di nuovo. «Avevamo stretto un patto».

«Non mi interessa perché lei non hai fatto il suo cazzo di lavoro».

«Non osi mettere in dubbio la mia indagine». Mi punta contro un dito. «Ho preso l'assassino di Kelly. Non è colpa mia se è suo marito». Piega la testa di lato.

«Stronzo», commento scrollando il capo.

Stevens alza le spalle. «C'è altro?»

«Lo sa che Kelly aveva uno stalker, vero?».

Strizza gli occhi.

«No, ovvio che non lo sa». Estraggo una cartella dalla borsa e gliela lancio sulla scrivania, ma lui non la prende. «Si chiama Jesse Hook. Potrebbe essere suo il terzo set di DNA. O magari sa chi è l'altro tipo. Forse ha visto qualcosa, li ha visti insieme».

Sul momento Stevens esita e si piega in avanti sulla sedia, poi apre la cartella. L'informazione ha destato il suo interesse.

«Una collega di Kelly mi ha riferito che era ossessionato da lei. Aveva persino memorizzato i suoi orari di lavoro. Probabilmente sapeva sempre dove fosse Kelly in un determinato momento. Quindi, o è stato lui oppure sa chi è stato».

Lo sceriffo non parla. Riflette su tutto ciò di cui l'ho appena messo a parte. Sfoglia la cartella finché non arriva a un ritaglio di giornale con una foto di Jesse, di quando aveva partecipato a una mostra d'arte. Ha capelli castani arruffati e sguardo freddo. Nella foto non sorride, ma sembra soddisfatto di sé.

«L'ho già visto in giro, questo ragazzo», osserva Stevens.

«E...?»

«Vedrò di approfondire la cosa». Chiude la cartella e me la restituisce. «Vorrei essere presente quando verrà interrogato».

«Sarah, lei non è un membro di questo dipartimento di polizia».

«Non mi interessa. Quanto tempo ci vorrà per prenderlo?».

Si sfrega la fronte infastidito. «Allora, si decide a togliersi dai piedi?»

«Ma certo».

«Bene, vedrò di farlo rintracciare e portare qui nelle prossime ore». «Perfetto. Sarò in sala d'attesa. Mi mandi un messaggio quando arriva».

Esco dall'ufficio, tiro fuori il cellulare e scrivo subito ad Anne.

L'abbiamo in pugno.

36
Adam Morgan

Sono quasi alla metà dell'elenco ma non è andata per niente bene. Nessuno ha mai sentito parlare di Nicholas Miller. Decido di fare una pausa dalle chiamate a freddo e mi servo un doppio scotch al mobile bar. Lo butto giù d'un fiato e me ne verso un altro prima di accendere il camino.

Mi siedo sul divano a gustarlo lentamente. Forse più bevo adagio, più il tempo scorrerà adagio.

Affondare nella depressione è uno dei miei pochi passatempi al momento. È questo il mio destino? Faccio un solo errore e la mia vita è finita. È giusto, forse? È giusto tutto questo? Mi merito molte cose, ma la prigione o la pena di morte non sono certo tra queste.

Dopo che lo scotch si è fatto strada nel mio sangue, provo a chiamare Rebecca, ma c'è la segreteria telefonica e, anche se lasciare un vocale non è il massimo di questi tempi, lo faccio lo stesso. «Ehi, Rebecca, sono io, Adam. Sono quasi a metà strada, ma finora non ho ottenuto nulla. Speravo che tu avessi avuto più fortuna. Adesso sto facendo una pausa, ma ricomincio a breve. Se vuoi venire a cena da me, sei la benvenuta. Ho un paio di bistecche nel freezer. Comunque, ci sentiamo più tardi». Riaggancio il telefono. L'invito a cena era frutto dello scotch.

Compongo un altro numero. Squilla più volte e poi parte la segreteria. «Ciao, Sarah. Sono io… Adam. Ti ho pensato, sai? Mi manchi. Per favore, chiamami. Ti amo…». Mi interrompo e metto giù il telefono.

Non capisco perché le pesi tanto rispondere alle mie chiamate. Almeno starà lavorando al mio caso? O è tutto nelle mani mie e di Rebecca? Non ho nemmeno toccato la scatola delle prove che mi ha lasciato Sarah. Forse è perché continuo a pensare che il colpevole sia un personaggio del passato di Kelly. Se qualcuno uccidesse la persona che amo, non mi limiterei a lasciar correre. Avrei sempre la vendetta in mente, anche se dovesse servirmi tutta la vita per portarla a termine.

D'altra parte, potrebbe essere stato anche Scott. E poi c'è quella foto. Chi sapeva di me e di Kelly? Lo stesso Scott? O qualcuno vicino a lui?

Sento aprire e chiudere la porta d'ingresso. Tacchi che battono sul pavimento. Entra la mamma, indossa un lungo abito nero e scarpe con i tacchi. Posa due sacchetti della spesa sull'isola della cucina e inizia a disfarli.

«Dove sei stata?», chiedo.

«Mi sto occupando di alcune cose. E tu, cos'hai combinato?».

Raccolgo le pagine con i numeri di telefono e le metto a faccia in giù sulla scrivania, in modo che non le veda. Non ho voglia di essere tartassato da un milione di domande al riguardo.

«Stavo lavorando un po'», rispondo, e vado ad accoglierla in cucina. «E questo, cos'è?»

«Ti ho preso qualcosina da mangiare: snack da pranzo, bastoncini di formaggio, caramelle gommose e yogurt. Tutti gli snack che adoravi da bambino». Mi sorride.

«Grazie. Oggi ho ricevuto qualche buona notizia».

Si ferma e mi fissa. Le si illuminano gli occhi. «Ritirano le accuse? Hanno trovato il vero assassino?». Si mette quasi a saltellare.

«No, mamma. Il mio agente sta lavorando a un contratto per un mio libro».

Il suo entusiasmo si affievolisce e tira un sospiro profondo. Apre un pacchetto di bastoncini di formaggio e me ne porge uno.

Invece di sbucciarlo, mi limito a dare un morso all'estremità. «È un libro-verità. È una cosa grossa, mamma. Daniel parla di cifre a sette zeri e di un contratto cinematografico».

«È fantastico, tesoro. Sono orgoglioso di te, e anche tuo padre lo sarebbe».

Non ne sono molto sicuro, date le circostanze. Do un altro morso al formaggio.

«Sono andata a parlare con alcuni avvocati».

«Perché?», chiedo stupito. Quindi è lì che è stata.

«Per esser certa che tu abbia la migliore difesa possibile e, a quanto sembra, tutti gli avvocati con cui ho parlato concordano sul fatto che Sarah sia più che qualificata. Non ne sono del tutto convinta. Magari ha a che fare con questa moda di rivendicare i diritti delle donne», ironizza.

«Smettila, mamma».

«Però sono sorpresa. Pensavo che gli avvocati fossero solo dei cacciatori di moribondi assetati di denaro. Ad ogni modo, nessuno è interessato ad accettare il tuo caso. Dicono che è una battaglia persa in partenza… ma è solo perché non conoscono mio figlio». Mi dà un pizzicotto affettuoso sulla guancia.

«Molto rassicurante», commento con fare sarcastico.

«So che sei innocente, cucciolo mio, e gli innocenti non vanno in prigione».

«Non è neanche lontanamente vero. Non a caso, c'è un'organizzazione non-profit che aiuta a scagionare chi è stato condannato ingiustamente».

«Be', tu non sarai una di quelle persone, quindi non c'è da preoccuparsi. Farò in modo che Sarah risolva tutta questa faccenda quanto prima». Apre un pacchetto di caramelle e me lo passa. «Oggi ho fatto un salto giusto per portarti queste cose, perché poi devo lasciare la città. Ho un impegno al quale non posso sottrarmi, ma domani torno».

«Te ne vai di nuovo, mamma?»

«Sì, tesoro. Vorrei rimanere con te, ma devo andare».

Mi dà un bacio sulla guancia e mentre si allontana urla: «Mamma ti vuole bene».

Metto in bocca una caramella e do un morso. Il succo aspro e dolce fuoriesce e mi risveglia tutte le papille gustative. Proprio come lo ricordavo da piccolo. Mi ficco il resto in bocca, torno in soggiorno e prendo l'elenco dei numeri di telefono. Devo arrivare alla fine della lista. Gli innocenti ci vanno eccome in prigione, e io non posso essere uno di loro.

37
Sarah Morgan

Mi accingo a dare un morso a un panino stantio preso a un distributore automatico, quando lo sceriffo Stevens mi avvisa con un colpetto sulla spalla: «Siamo pronti per lei, Sarah». Sono passate più di due ore e cominciavo già a pensare che non sarebbe più venuto. Per altro è tornato a chiamarmi «Sarah», con ogni probabilità per mostrarsi gentile. Non riesco a capirlo, quell'uomo, ma ho l'impressione che mi stia nascondendo qualcosa o non mi stia dicendo tutta la verità. Getto il panino in un cestino e attraversiamo un lungo corridoio.

«Mentre intervisto Jesse Hook, lei potrà stare in sala osservazione».

Apre la porta di una piccola stanza e mi fa cenno di entrare. C'è un'ampia finestra che dà sulla sala degli interrogatori, la stessa in cui Scott ha aggredito Adam, la stessa in cui Adam mi ha raccontato la sua infedeltà e le sue tante bugie. Sulla sedia dove prima era seduto Adam, adesso c'è Jesse Hook. Lo riconosco dalla foto, anche se è stata scattata anni fa. Ora ha la barba, ma è ancora magro e allampanato. Indossa una felpa oversize con cappuccio e un paio di jeans sporchi. Sembra spaventato.

È questo che risalta a prima vista.

Sa chi è il colpevole? Andava a letto con Kelly? Oppure ha visto qualcosa? D'altra parte, sembra un tipo nervoso e a volte i nervi vengono interpretati come paura. Lo sceriffo Stevens chiude la porta della mia saletta. Mi accomodo e di lì a un attimo arriva Jesse.

Noto che gli occhi di Jesse si dilatano. Si sente a disagio e si muove scomposto sulla sedia. Sposto lo sguardo al suo petto, che si alza e abbassa in modo marcato a causa della respirazione profonda. Si guarda attorno. Lo sceriffo preme il tasto per la registrazione, all'estremità del tavolo, e si siede di fronte a Jesse. È calmo e composto, eppure inizia a sudare. Guarda ovunque per la stanza, tranne Stevens. Lo sorprendo persino a fissare il falso specchio e ho l'impressione che scruti direttamente verso di me, quasi cercasse di dire qualcosa a chi sta dall'altra parte.

«Jesse, vorrei parlare della tua relazione con Kelly Summers», inizia lo sceriffo, sedendosi comodo. «Che tipo di rapporto avevate?»

«Era un'amica».

«È così?». Stevens piega la testa di lato. «Perché ho sentito dire che si trattava di un'amicizia a senso unico».

«Cosa intende dire?». Jesse corruga la fronte.

«A quanto pare, Kelly non era a suo agio con la tua presenza. Si spinse anche a chiedere a una collega che fosse lei a servirti al posto suo, quando andavi al locale. Come mai, secondo te?».

Jesse soffia fuori una grossa boccata d'aria, il suo volto si fa rosso intenso. «Non ci credo. Kelly mi diede persino il suo numero di telefono. Perché l'avrebbe fatto se si sentiva a disagio?».

«Sì, abbiamo riscontrato che la sera in cui è stata uccisa le inviasti un messaggio che diceva «mi dispiace». Di cosa ti scusavi, in particolare?»

«Non rispondeva alle mie chiamate, così ho pensato che fosse arrabbiata con me per qualcosa».

«Non sa di rapporto di amicizia», lo incalza Stevens.

Jesse scrolla le spalle. «Sì, be', non si era comportata molto bene con me».

Abbassa per un attimo lo sguardo sulle ginocchia, quindi incrocia quello di Stevens. «D'altra parte, non ero il suo unico amico. L'ho vista anche con quell'Adam dei notiziari e poi con un poliziotto».

Lo sceriffo Stevens si tende in avanti sulla sedia e poggia i gomiti sul tavolo. «Intende suo marito, l'agente capo Summers? È con lui che ha visto Kelly?». La stanza è silenziosa, mentre i due si fissano. Jesse non si muove.

Il mio telefono vibra più e più volte, così mi vedo costretta a prenderlo dalla borsa. Ho quattro messaggi di Anne.

Oggi Adam ha ricevuto a casa una donna dai capelli rossi. Non so chi sia, ma lo scoprirò.

Adam ha speso 10.000 dollari in un negozio di materassi e lenzuola.

Sembra sia una giornalista.

Nelle ultime ventiquattr'ore Adam ha fatto centoquaranta telefonate, tutte a numeri diversi.

Non ho il tempo per rispondere, e mi concentro di nuovo sullo sceriffo Stevens e Jesse Hook. Sembra che lo stato d'animo generale sia mutato intanto che leggevo i messaggi di Anne. Non saprei in che direzione, ma è senz'altro così.

«Hai mai visto Scott Summers fare del male a Kelly?».

Jesse si sofferma, si guarda attorno, quindi torna ad ascoltare lo sceriffo. «No, però mi disse che era un uomo violento».

La porta della mia stanza si apre, ciò che mi distrae dall'interrogatorio. È il vicesceriffo Hudson, che incede con aria compiaciuta.

«A cosa devo il piacere, vicesceriffo?», riporto l'attenzione alla finestra di osservazione.

«Sono qui solo per tenere d'occhio la situazione».

«Lo sceriffo ne è al corrente?», chiedo lanciandogli un'occhiata.

«Non ho idea di cosa sappia».

«Questo cosa vorrebbe dire?», inclino la testa.

«E chi lo sa?», alza le spalle. «Ma spero proprio di scoprirlo».

Torno a guardare l'interrogatorio e vedo che lo sceriffo Stevens fa per andarsene. Hudson esce senza aggiungere altro e chiude la porta. Qualche istante dopo, la porta si apre di nuovo ed entra Stevens.

«Adesso cosa succede?», domando alzandomi.

«Ha acconsentito al prelievo del suo DNA, così possiamo confrontarlo con il set ignoto».

«Che opinione si è fatto di Jesse?».

Stevens incrocia le braccia. «Credo che non sappia nulla.

A mio giudizio, si è solo preso una bella cotta per Kelly, tutto qui. Magari ha frainteso l'affabilità di Kelly per qualcos'altro. E considerato che ha accettato spontaneamente di darci il suo DNA, sono sicuro che non ci sarà corrispondenza».

«Quanto manca ai risultati del test?»

«Chiederò di accelerare la procedura, quindi non più di quarantotto ore».

«Mi avviserà?».

Sospira. «Credo di non avere scelta. Altrimenti lei si presenterà di nuovo qui a minacciarmi. E dubito che riuscirei a sopportarlo ancora a lungo». Piega la testa di lato e socchiude gli occhi.

Mi dà l'impressione che adesso sia lui a minacciare me. O è stanco di me, oppure è stanco delle mie domande. E se è la seconda opzione, mi chiedo come mai.

38
Adam Morgan

Lo scotch mi ha rubato parte dei ricordi, così spero di non aver ottenuto informazioni importanti dalle telefonate già fatte perché, se così fosse, non sarei sicuro di ricordarle. Ho deciso di iniziare dall'ultimo numero che rammento di aver digitato.

Un panino e delle patatine fritte mi hanno fatto bene, e anche una bella dormita. Inizio a sentirmi di nuovo me stesso, e con questo intendo disperato e depresso. Rischio la pena di morte, quindi non c'è molto altro che io possa provare. Per il momento, almeno, reggo bene lo scotch.

Prendo il telefono e comincio a comporre un numero. Il telefono squilla più volte e, proprio mentre parte la segreteria, la porta di casa si apre con un colpo secco.

«Adam!», non ho nemmeno bisogno di vederla per sapere che è lei. Potrei riconoscere quella voce delusa ovunque e in qualsiasi momento.

Riaggancio rapido il telefono e cerco di mostrarmi disinvolto sul divano. Sarah piomba in salotto con gli occhi sgranati, infuriati.

Magnifico. Cosa avrò combinato questa volta? Non può essere peggio di una relazione extraconiugale e di ritrovarmi sotto processo per l'omicidio della mia amante. «Ehi, amore», la saluto con una vena di sarcasmo.

Dallo sguardo che rivela, deduco che ormai non mi considera altro che un mero problema, un altro stupido cliente del quale occuparsi. Che fine ha fatto la mia Sarah di una settimana fa? Quella che ha ricambiato il mio bacio. Quell'amore sembra essere svanito, e non posso biasimarla. Basta darmi uno sguardo: una barba trasandata e incolta si è ormai stabilita sul mio viso malconcio. E chissà che borse gonfie avrò sotto gli occhi iniettati di sangue.

«Non dirmi "Ehi, amore".» Cos'è la storia della tipa con i capelli rossi, delle telefonate e dei diecimila dollari che hai speso?», picchia duro strizzando gli occhi. Forse le importa ancora di me, se per prima cosa mi ha chiesto della rossa. È gelosa? Non la vedevo gelosa da un bel po' di tempo. Forse l'amore non è svanito del tutto.

«Posso spiegarti tutto», mi difendo portando avanti le mani.

«Allora spiegami».

«Okay, la rossa si chiama Rebecca. È una giornalista…».

«Una giornalista? Ossia, stai parlando con una giornalista? Ti è giunta voce che sei sotto processo per omicidio?»

«Lo capisco più di chiunque altro». Digrigno i denti. Questo è esattamente il mio problema con Sarah. Mi tratta come se fossi un'idiota. Cosa si aspetta che le risponda? *Sì, grazie per avermelo ricordato. L'avevo completamente dimenticato.*

«Lo capisci sul serio?». Domanda palesemente retorica.

«Mi sta dando una mano».

«È una giornalista. Per lei sei solo una storia. Non sai nemmeno chi sia».

«Io e Rebecca abbiamo un accordo. Le concederò un'intervista esclusiva in cambio dell'aiuto nella mia indagine».

«La *mia* indagine»? E cosa diavolo vorrebbe dire? C'è una sola indagine in corso, in questo momento, ed è quella su Jesse Hook». Tira un sospiro di esasperazione, il viso le si arrossa.

«Chi è Jesse Hook?»

«Esatto. Non hai idea di cosa stia succedendo attorno al tuo caso».

«Questo perché non me lo dici. Sono rinchiuso qui dentro e non posso uscire. Se non mi dici niente, non so niente, e se non so niente, mi do da fare da solo per cercare informazioni». Stavolta sono io che la fisso adirato.

Mi rivolge un'occhiata torva, ma poi raccoglie la scatola dal pavimento e la getta sul tavolino. «È su questo che dovresti concentrarti».

«Chi sarebbe questo Jesse Hook?»

«È un ragazzo che era ossessionato da Kelly. La sera in cui è stata uccisa le ha mandato un messaggio che diceva "mi dispiace", il che è alquanto strano. Inoltre, secondo la collega di lavoro, la stava perseguitando».

«Quindi, sapeva che era qui la notte in cui è stata uccisa?».

Sarah annuisce. «Esatto».

«Dunque, doveva sapere di me e di Kelly».

«Sì, da quel che sembra. Lo sceriffo Stevens lo ha interrogato un'ora fa e al momento stanno confrontando il suo DNA con il set dello sconosciuto. Anche se dovesse corrispondere, Hook rimane fortemente indiziato».

Mi accarezzo il mento con la mano e vi picchietto le dita. «Quindi si tratta di Scott, Jesse o di qualcuno del passato di Kelly».

«In che senso "il passato di Kelly"?»

«È quello che dovrebbe aiutarmi a capire Rebecca. Sta indagando sulla famiglia del primo marito di Kelly». Mi alzo in piedi e mi servo un bicchiere di scotch.

Sarah sospira, poi chiede: «È per questo che fai così tante telefonate?»

«Sì», rispondo tornando al mio posto. «So che siete impegnati con la selezione della giuria, la preparazione del processo e la ricerca di altre piste, quindi cerco solo di fare tutto ciò che mi è possibile, così da poter presentare diverse teorie alla giuria. Non posso starmene qui senza far nulla». Bevo un sorso di scotch.

«Bene, chiama pure tutti i numeri che vuoi, non mi interessa. Ma fai attenzione a non dire a nessuno il tuo nome. L'ultima cosa di cui abbiamo bisogno è che la notizia venga fuori sui media, magari che si dica che stai molestando la gente. E quando chiami usi il *69?»

«Sì», mento.

Merda, me ne sono dimenticato. E a qualcuno ho anche detto che mi chiamo Adam, sebbene non abbia rivelato il mio cognome.

Mi guarda di sbieco e studia il mio viso. So che non mi crede, e a ragione. «Per che cosa hai speso diecimila dollari?», chiede.

«Cosa te ne importa? Erano i miei soldi, un anticipo sul libro», dico con fare sprezzante.

Sarah scuote il capo e si avvia verso la porta d'ingresso.

Un momento, come faceva a sapere di Rebecca, delle telefonate e dei soldi spesi? Mi sta tenendo d'occhio, o per lo meno ha qualcuno che lo fa per conto suo. Ma per quale motivo? Cosa pensa che stia facendo?

Prima di andarsene, si blocca e si volta. «A proposito, se finisci in prigione, dovrò restituirlo, quell'anticipo. Quindi, per favore, smetti di spendere i *miei* soldi, stronzo».

«Pensavo fossero i nostri soldi, Sarah. Siamo sposati. Ricordi?»

«Oh, sì, eravamo sposati quando immergevi le palle nel corpo di Kelly?». Mi fissa con un'espressione di odio.

Distolgo lo sguardo. Mi ha fregato.

«In ogni caso, non dovrai più preoccuparti dei tuoi soldi. Scriverò un libro-verità e c'è già una battaglia di offerte per aggiudicarsi i diritti». Sogghigno.

Dischiude la bocca dallo stupore.

«Dimmi che non è vero. Sai come lo riporteranno sui media? Diranno che cerchi di trarre il tuo tornaconto. Verrai ritratto come un mostro assoluto. Io mi sto facendo il culo per il tuo caso e lo studio non mi paga nemmeno». Scrolla il capo. «Adam, a questo punto puoi anche dichiararti colpevole e accettare il patteggiamento, giacché stai distruggendo il tuo caso».

Deglutisco a forza e mi rendo conto che potrebbe avere ragione.

Sarah gira i tacchi ed esce di casa senza aggiungere altro.

39
Sarah Morgan

Torno in città in preda alla rabbia, gli occhi puntati sul cono di luce dei miei fari.

Chiamo Anne con il comando vocale del veicolo. Risponde al primo squillo, come sempre. «Ehi, com'è andata con Adam?»

«Non benissimo. Pare che stia scrivendo un libro-verità e che il suo agente abbia già messo i diritti all'asta».

«Un libro-verità? Ma è idiota?».

Suono il clacson a un minivan che procede troppo lentamente, sterzo sull'altra corsia e sfreccio via. Respiro a fondo tentando di ricordare a me stessa che andrà tutto bene.

««Proprio così. E collabora con quella giornalista di cui mi hai parlato per la *sua* indagine. Per cortesia, cerca di far staccare telefono e Internet nella casa al lago. Non voglio più che parli della faccenda con l'agente o che chiami persone a caso da ubriaco».

«D'accordo. C'è altro?»

«Sì, organizza un incontro con Bob per domani».

«Per cosa?»

«Ha detto che mi avrebbe tenuto d'occhio, perciò ho pensato che dovremmo fare una verifica insieme».

Anne ride: «Ci penso io».

«Buona notte».

«Anche a te, Sarah».

Chiudo la telefonata e il mio telefono vibra immediatamente. Guardo veloce. È un messaggio di Matthew.

Cena stasera? Diciamo 20:30 al Capital Grille?

Un cameriere dall'abbigliamento formale mi accompagna attraverso il ristorante fino al tavolo dove siede Matthew. C'è una bottiglia di champagne già aperta sistemata nel secchiello del ghiaccio. Matthew indossa uno splendido abito su misura. Quando mi riconosce, si alza per darmi un abbraccio e un bacio su entrambe le guance.

«Scusa il ritardo. Stavo tornando da Gainesville. Ho avuto da fare con le pagliacciate di Adam». Mi siedo.

«Nessun problema. Che cosa sta combinando?». Versa una flûte di champagne e me la offre. La prendo e la bevo d'un fiato.

«Si ubriaca e compone numeri a caso. Sta scrivendo un libro-verità e lavora alla sua indagine con una giornalista».

«Non è cambiato molto, allora». Matthew ride e assapora il suo champagne. Io me ne servo un altro. «E questo cosa vorrebbe dire?»

«Be', Adam ha sempre avuto un'attitudine al dramma».

«Del resto, è uno scrittore». Apro il menu e lo sfoglio, anche se poi ordino sempre la stessa cosa: costata di manzo con osso ai porcini essiccati e aceto balsamico invecchiato di quindici anni.

«Come sta Eleanor?»

«In realtà non l'ho vista molto quest'ultima settimana».

«Un'autentica benedizione». Matthew sorride e leva in alto il bicchiere. «Brindiamo, allora».

Accenno a un sorriso, faccio tintinnare il mio bicchiere contro il suo e beviamo entrambi.

Matthew si sofferma un istante e mi guarda con gli occhi appena socchiusi. «Sai? Non riesco ancora a capire come mai tu abbia deciso di difendere Adam in questa storia».

«Perché è mio marito», rispondo in un sospiro. «E nonostante quello che mi ha fatto passare, in fondo lo amo ancora».

«Davvero?»

«Be', molto, molto in fondo al momento». Sogghigno.

«Sei la donna più forte che conosca».

«Ma tu pensi che io sia pazza a occuparmi di questa cosa?».

Chiude il menu. «Sinceramente?»

«Certo».

«Sì. Non avresti dovuto accettare il suo caso, e non credo che tu stia giudicando i fatti nel modo migliore, probabilmente a causa di quanto lo senti al livello personale. Sono consapevole che Adam è un uomo di merda, ma merita una difesa adeguata».

Chiudo il menu di scatto. «E quali sarebbero i fatti che non giudico nel modo migliore?»

«Non prendere d'acido con me. È una mia prerogativa», schiocca le dita.

«E tu non fare il tenero con me».

Si schiarisce la gola. «Come stavo dicendo, stai portando avanti il processo troppo rapidamente o comunque non stai presentando mozioni adeguate per avere più tempo per le indagini. Per quale motivo?».

Sbuffo spazientita. Doveva essere una cena piacevole. Perché adesso mette in dubbio le mie intenzioni? «Adam ed Eleanor vogliono un processo rapido, è un loro diritto».

«Ma dovresti consigliarli diversamente», mi fissa perplesso.

«Anche il mio capo vuole che questo caso sia chiuso in fretta. E finché ci lavoro non mi paga la partecipazione agli utili», sussurro.

«Non è una buona scusa, Sarah. Trovagli un altro avvocato».

«Lo sai che sono l'unica che può vincere questo caso!», alzo la voce senza volerlo.

Matthew si reclina sullo schienale. «Stai tranquilla».

«Scusa». Bevo un sorso d'acqua. «È che non capisco perché tu metta in dubbio le mie decisioni. Dovresti essere mio amico».

«Lo sono, è proprio per questo che non sono convinto di quel che fai. Sei coinvolta sul piano personale, e non voglio che questo offuschi la tua capacità di giudizio. Sei un'avvocata di prim'ordine. Ora, dammi solo una buona motivazione legale per non rallentare il processo». Incrocia le braccia e scuote la testa.

Lancio un'occhiata al ristorante e poso di nuovo lo sguardo su Matthew. «Be', il passato contorto di Kelly è già trapelato sui media, ma se riusciamo a portare il caso davanti a una giuria finché queste informazioni sono ancora fresche nella mente della gente, avremo un aiuto più per il ragionevole dubbio».

Matthew si mostra d'accordo.

«Non sappiamo a chi appartenga il terzo set di DNA e, in un certo senso, non saperlo può tornarci utile, perché se lo sapessimo e quell'uomo avesse un alibi solido, non avrebbe la minima rilevanza ai fini del caso. D'altro canto, anche saperlo potrebbe esserci d'aiuto. È una sorta di testa o croce».

Matthew concorda di nuovo.

«Lo stesso vale per chi ha inviato la foto e la minaccia allegata. Un individuo non può avere un alibi se non sappiamo chi sia».

Mi rivolge un sorriso. «Bene, non volevo sapere altro. A quanto pare, il tuo giudizio è più chiaro di quanto pensassi. Ora mangiamo, però», conclude Matthew mentre il cameriere si avvicina al tavolo.

È tardi quando arrivo a casa dopo la cena con Matthew. Metto in frigo la scatola degli avanzi e apro la bottiglia di vino che ho preso al ritorno. Mi verso un bicchiere e vado in camera da letto portando con me la bottiglia. Ho in programma di trascorrere il resto della serata a rivedere le mie strategie e a gustare del vino. Ma a un certo punto mi assopisco.

È molto più tardi quando sento qualcuno salire le scale. Da quando è iniziato questo calvario, ho un desiderio struggente di… qualcosa. Sento la pressione dell'aria cambiare leggermente e capisco di non essere più l'unica persona nella stanza. Fisso il soffitto, ma senza luce comincia a trasformarsi in nuvole blu e nere, un vortice indefinito. Inizio a sollevarmi dal letto, la camera diventa calda e mi sembra più familiare di quanto sia mai stata. Sento degli occhi fissi su di me, come se fossi una preda nell'oscurità, ma non ho paura, al contrario. Indosso mutandine e reggiseno di pizzo, un taglio di carne guarnito a dovere per l'esposizione.

Il materasso si muove, sento un respiro caldo su di me. Mani morbide mi scivolano sullo stomaco, poi mi afferrano il seno, iniziano a massaggiarlo. Sento il respiro accelerare. Lo voglio. Ne ho bisogno. Qualcosa di dolciastro e attaccaticcio si accumula nelle mie mutandine. La sensazione di sfregamento cresce ancora, mentre inizio a gemere, poi qualcosa mi entra dentro. Ogni mio desiderio viene esaudito, come se i pensieri che avevo in testa fossero stati proiettati sul muro e decifrati. Quando raggiungo l'orgasmo, mi sento esausta come non mi capitava da giorni. Il sonno mi coglie veloce, mi abbandono sul letto inseguendo un nuovo senso di desiderio.

L'indomani mattina, quando mi sveglio, accanto a me nel letto c'è un vuoto. Non vedo l'ora che arrivi il giorno in cui quel vuoto verrà colmato per sempre. Ho deciso che, a prescindere dall'esito del processo, quando tutto sarà finito divorzierò da Adam.

Il cellulare vibra, controllo di cosa si tratta. È un messaggio di Anne, dice che Bob ha spostato il nostro incontro alle otto e mezza del mattino.

Le rispondo che ci sarò.

Cerca solo di provocarmi, perché io ho fatto lo stesso organizzando questo incontro. Mi preparo e muovo il culo per arrivare in fretta in ufficio. Di solito sono lì molto prima delle otto, ma con la mia visita notturna, la giornata ha avuto un inizio ritardato. Non appena si aprono le porte dell'ascensore, Anne è lì a porgermi una tazza di caffè. Ha un aspetto luminoso e allegro.

«Giorno, Sarah. Bob è già nel tuo ufficio», mi informa con uno sguardo di commiserazione.

Guardo l'orologio.

«Come mai? Non sono nemmeno le otto e un quarto».

«Non saprei. Ho tentato di farlo attendere, ma ha insistito. Mi spiace». «Non è colpa tua. Prendi le telefonate, mentre me la sbrigo con lui».

Al rumore della porta che si apre, Bob si volta e distoglie lo sguardo dalla mia finestra. «Grazie per aver accettato».

«Sei quindici minuti in anticipo». Poggio la borsa sulla scrivania e lo aggiro per raggiungere la mia poltrona. «Cosa vuoi?». Mi siedo e inizio a riordinare le mie carte.

«Voglio parlare», risponde passando sull'altro lato della scrivania per accomodarsi.

«Di cosa?»

«Voglio sapere cosa sta succedendo con il caso di tuo marito».
«Lo stiamo seguendo». Bevo un sorso di caffè.
«Posso esserti d'aiuto?»
«Non ho bisogno del tuo aiuto, e comunque perché mai vorresti aiutarmi?»
«Perché voglio che sia chiuso e che sia tutto in ordine, e ho paura che non lo sia».
«Me ne sto occupando io».
«Davvero? Perché ho visto qualcosa al riguardo sul "Times", voci secondo le quali tuo marito starebbe scrivendo un libro-verità...».
Tiro un sospiro pesante: «Sono sicura che si tratti solo di voci, ma se vuoi davvero aiutarmi, vorrei che tu...».
Vengo interrotto a metà frase dallo squillo del suo cellulare. Alza il dito e lo sfila dalla tasca. Guarda lo schermo con un'espressione strana, incuriosita, poi risponde alla chiamata.
«Bob Miller», dice nell'altoparlante. Rimane in silenzio per qualche istante. «Numero sbagliato». Riaggancia il telefono.
«Un giornalista?», domando.
«Qualcosa del genere». Fa una pausa. «Ora, cosa stavi dicendo?»
«Visto che conosci i giornalisti della zona, vorrei che interferissi con il lavoro di Rebecca Sanford».
«Come mai?»
«È andata da Adam e lo ha convinto a fare cose che potrebbero mettere a rischio il caso, come telefonare a persone a caso. Puoi occupartene tu?»
«Se posso occuparmene io? Carino da parte tua, Sarah. Consideralo già fatto». Si alza dalla sedia. «Se hai bisogno di me, sono qui», conclude uscendo dal mio ufficio.
Anne entra proprio mentre se ne va Bob. «Come è andata?»
«Oh, il solito Bob con il suo atteggiamento pieno di sé».
«Già, immagino. A proposito, ha appena chiamato la compagnia telefonica, ha confermato che nella casa al lago verranno disattivati telefono e Internet».
«Ottimo. Una cosa in meno di cui devo preoccuparmi», osservo scorrendo una manciata di fogli.

Anne sente squillare il telefono sulla sua scrivania e si precipita a rispondere. Di lì a poco, mi avvisa all'interfono: «Lo sceriffo Stevens è sulla linea uno».

«Passamelo, per favore». Sento il click del telefono.

«Cosa posso fare per lei, sceriffo?»

«La chiamo solo per avvisarla che sono arrivati i risultati del DNA di Jesse. Non è compatibile».

«Grazie per avermi informata», dico nel riagganciare il telefono.

Se non è Jesse, allora chi è? Forse questo terzo set di DNA non ha nulla a che fare con il caso; o forse sì. Ma voglio saperlo.

40
Adam Morgan

Ho passato quasi tutta la notte a digitare numeri, ma ero così ubriaco che molti ho dovuto chiamarli di nuovo. Che diavolo mi succede? Non riesco a trattenermi. Rebecca dovrebbe passare da me stamattina, o così dovrebbe aver detto ieri sera. Ma potrei sbagliarmi. Ad ogni modo, mi restano solo cinque telefonate da fare, ed è meglio che concluda prima che arrivi.

Appena sveglio, ho fatto la doccia per la prima volta dopo giorni, ho spuntato la barba (che ho deciso di tenere) e ho indossato abiti grosso modo presentabili.

Compongo il primo numero e mi risponde la segreteria telefonica di una donna che dice di chiamarsi Gretchen. Cancello il numero dalla lista. Gretchen non sembra un nome da assassina. Dà più l'idea di una donna che vive con una decina di gatti e passa il tempo libero lavorando a maglia e ritagliando coupon della spesa.

Telefono al secondo numero e risponde una donna. Non sa di cosa sto parlando. Elimino il nome dall'elenco.

Compongo il terzo numero e risponde un uomo. Anche lui non ha idea di chi stia cercando. È un po' scortese e alla fine riaggancia.

Il quarto numero è di un uomo anziano che ha difficoltà a parlare. Dà l'impressione di esser stato sottoposto a laringectomia. Riattacco rapido quando inizia a raccontarmi la sua vita. È vecchio e solo, e ho la sensazione che siamo entrambi nella stessa barca: non abbiamo abbastanza tempo a disposizione.

Al quinto e ultimo numero risponde, quasi al primo squillo, una voce maschile. Lo fa così velocemente che mi sfugge il suo nome. Ma non posso esserne sicuro. Aggiunge anche qualcos'altro, ma non lo ascolto e prendo subito a spiegare.

«Buongiorno, sto cercando Nicholas Miller. È il fratello di Greg Miller e cognato di Jenna Way. Mi chiamo Adam. Ho bisogno di parlare con Nicholas. È una questione di vita o di morte», spiego. È la mia ultima chiamata. Spero solo che questo tipo lo conosca. Altrimenti vuol dire che Rebecca non ha preso tutti i nomi, oppure io ho fatto un disastro quando mi sono messo a telefonare da ubriaco.

«Ha sbagliato numero», taglia corto in tono brusco prima di mettere giù.

Sbatto il telefono. «CAZZO!», lo sbatto una seconda volta e do un pugno sul tavolino.

Devo contattare Rebecca. Ho bisogno che venga qui. Non posso farcela da solo. È la mia ultima speranza. Prendo di nuovo il telefono e avvicino il ricevitore all'orecchio, ma non si sente nessun segnale. La linea è morta. Tocco più volte il tasto sulla base dell'apparecchio per avere il segnale, ma niente. Merda, devo averlo rotto io, questo aggeggio. Mi reclino sul divano e affondo il viso tra le mani, tirando la pelle in basso. Non può essere vero. Non può essere la mia vita.

Bussano alla porta. Mi alzo di scatto e corro ad aprire. Oh, grazie a Dio. È Rebecca, non potrei essere più felice di vederla. Le do un abbraccio, e in effetti è imbarazzante, ma non importa. Lei rimane piuttosto fredda, allora mi allontano un poco.

«Ma che le prende?». Mi passa davanti e lancia la borsa sul divano prima di afferrare la mia tazza di caffè per berne un sorso.

«La prego, mi dica che ha trovato qualcosa».

«Forse». Si siede.

«Che vuol dire "forse"?». Cammino avanti e indietro per il soggiorno in attesa della risposta. È tutto quel che voglio.

Non ho più tempo a disposizione. Ho rotto il telefono. Non posso lasciare questa casa dimenticata da Dio e tra meno di due settimane avrà inizio il mio processo. Rebecca beve ancora qualche sorso del mio caffè, poi posa la tazza. Prende un fascio di cartelle dalla borsa, ne separa tre e le getta sul tavolino.

«Questi tre hanno il legame più stretto con la vita passata di Kelly e vivono tutti a meno di 250 chilometri da Prince

William. Ogni cartella contiene biografia, foto e relazione sui loro trascorsi. Due hanno precedenti penali, uno no. È tutto ciò che sono riuscita a ottenere, ma è un buon inizio».

Apro la prima cartella. È una donna di mezza età di nome Cheryl. Vive a un'ora e mezza a sud da qui. Due figli. Diverse multe per eccesso di velocità e un'accusa di disturbo della quiete pubblica. Ha uno sguardo torvo, labbra sottili e naso a punta.

«Questa è Cheryl, la cugina di Greg», spiega Rebecca.

«Cosa ne pensi?»

«È una parente e vive abbastanza vicino per essere in grado di commettere l'omicidio, ma non credo che lei e Greg avessero un rapporto stretto. Da quel che risulta Cheryl ha già abbastanza problemi per conto suo».

Mi accontento della spiegazione di Rebecca, chiudo la cartella e apro la successiva. C'è la foto di un uomo di mezza età, occhi scuri e capelli castano scuro ben curati. Il mio primo pensiero è: *Questo tizio dev'essere un vero stronzo*. Si chiama Nicholas Robert Miller. Non ha precedenti penali, ma ha un aspetto familiare.

«Qual è la storia di questo tipo?»

«È il fratello di Greg. Vive a Washington. Ovviamente erano molto uniti. È sicuramente una possibilità, ma non ho avuto il tempo di controllare il suo alibi per quella sera. In base a questo, potrebbe essere il primo indiziato», commenta.

«Ha un aspetto familiare».

«Ah, sì?»

«Non riesco a collocarlo, ma l'ho già visto».

«Se avesse a che fare con tutta la faccenda, potrebbe aver tenuto d'occhio te e Kelly. Magari lo hai visto in zona, per esempio al Seth's Coffee».

«È una possibilità, ma ho l'impressione di averci parlato».

«Potrebbe essere», considera Rebecca.

Chiudo gli occhi per tentare di individuare quel frangente nella mia memoria. Sì, ho già parlato con quest'uomo, ma dove? Dove e quando posso averne avuto l'occasione? Cerco di ricordare tutte le volte che mi sono seduto al Seth's Coffee a flirtare con Kelly, a guardarla e ad aspettare che terminasse il turno di lavoro. Di tanto in tanto ho parlato anche con qualcun altro al caffè. Magari è lì che l'ho visto? È stato lui ad avvicinarsi a me? Guardo la foto ancora per qualche istante ma, dacché non riesco a richiamare alla memoria il momento che cerco, lascio la cartella aperta sul tavolo, nella speranza che un'occhiata casuale possa innescare qualcosa.

Respiro a fondo e passo alla successiva. Non la riconosco, la donna nella foto. Maddie Burns, ex fidanzata di Greg. Corporatura minuta, lunghi capelli castani e aspetto piuttosto anonimo.

Getto la cartella a terra.

«Cosa? Cosa c'è?», chiede Rebecca.

«Non è nessuna di queste persone. E tu dovevi essermi d'aiuto!».

Rebecca fa quasi un salto sulla sedia e spalanca gli occhi, quando perdo le staffe. Al mobile bar, prendo un lungo sorso di scotch direttamente dalla bottiglia.

«Forse non è qualcuno del passato di Kelly», ipotizza Rebecca.

Bevo altro scotch. «Deve essere così».

«Non necessariamente. E questa cos'è?», indica la scatola sul tavolino. «Sono le prove dell'accusa. Le ha portate mia moglie».

«Hai già dato un'occhiata?», si china in avanti e tira fuori il contenuto della scatola.

Mi siedo sul divano e lascio cadere il capo tra le mani. Non ho più speranza.

«Non è questa la foto con la minaccia di cui mi parlavi?», domanda Rebecca tenendola in mano. «Quella che ti hanno mandato?».

Alzo la testa e la guardo. Non la vedo da quando l'ho trovata nella cassetta della posta.

La gira e rigira più volte per esaminarla meglio. «Deve avere per forza a che fare con il caso», riflette Rebecca. «È impossibile che non sia così».

Abbasso gli occhi sul tavolo e un biglietto scritto a mano cattura la mia attenzione. Il mio sguardo torna alla foto nelle mani di Rebecca.

«Aspetta», dico. Le prendo la foto dalle mani e la giro sul lato della scritta, quindi stacco il post-it attaccato in cima a una delle cartelle delle prove. Li tengo in alto, uno accanto all'altro.

La nota dice: Ecco le copie dei fascicoli che mi hai richiesto.

«Cosa c'è?», mi chiede.

«Non lo vedi?». Guardo Rebecca, poi di nuovo la foto e il biglietto.

«Vedere cosa?»

I miei occhi percorrono ripetutamente le curve delle lettere. «È la stessa calligrafia».

41
Sarah Morgan

Il terzo set di DNA, quello dello sconosciuto, continua a tormentarmi, ma non voglio arrivare al processo senza sapere a chi appartenga. Ho già avuto abbastanza sorprese. Mi sfrego la fronte e bevo un po' del caffè tiepido sulla scrivania.

«Anne!», urlo.

Fa capolino alla porta. «Sì, Sarah. Altro caffè?»

«Sarebbe perfetto». Guardo la tazza mezza vuota. «Puoi chiamarmi lo sceriffo Stevens, per favore?».

Annuisce e scompare. Attendo qualche istante che mi confermi che è in linea e poi rispondo.

«Sceriffo Stevens».

«Salve, sono Sarah».

«Cosa c'è adesso?»

«Ho un indizio sul terzo set di DNA».

Stevens tossisce e per un attimo penso che la linea sia caduta, finché non lo sento tirare un sospiro profondo.

«Bene. E quale sarebbe?»

«Ho rivisto l'interrogatorio di Jesse e ho notato che ha detto di aver sempre visto Kelly con un poliziotto».

«Sì, suo marito Scott, che è un poliziotto», mi interrompe.

«Vero, ed è quello che presumevo anche io, ma se non fosse così? Se Kelly avesse avuto una relazione con il vicesceriffo Hudson, amico di Scott?»

«È una bella accusa, Sarah. Ha qualche prova a riguardo?». Sembra irritato, e credo che abbia tutto il diritto di esserlo. Nelle ultime due settimane, uno dei suoi vice è stato accusato di essere un marito violento, e adesso io sto accusando un altro vice di avere una relazione con la moglie del collega, e forse di averla uccisa. Non mi sembra che qui ci sia quell'atmosfera genuina che di norma si attribuisce al dipartimento dello sceriffo di una piccola città.

«No, ma Kelly conosceva molto bene il vice Hudson. Sarebbe stato abbastanza semplice andare al di là del mero rapporto di amicizia, e questo spiega perché lui usava un telefono usa e getta e perché non sono mai stati visti insieme in pubblico. È un qualcosa che si vorrebbe nascondere», spiego.

«Non arresterò il vicesceriffo Hudson per interrogarlo né preleverò il suo DNA senza alcuna prova. È ridicolo, Sarah».

«Allora prendiamo di nuovo Jesse e gli chiediamo di essere più specifico».

«No, Sarah. Questa storia è finita». Stevens riaggancia il telefono.

Affondo la testa fra le mani in un gemito.

«Tutto bene?», mi chiede Anne, di rientro nel mio ufficio.

La guardo e faccio un respiro profondo. «Non lo so. Devo scoprire a chi appartiene questo terzo set di DNA. Ho detto a Stevens che avevo una pista, ma non ha nemmeno voluto ascoltarla».

«Perché no?»

«Dice che per lui il caso è chiuso».

«Immagino che non sapere a chi appartenga questo DNA non lasci presagire nulla di buono con la giuria, vero? Un bel mistero, è come se lo sconosciuto fosse tutt'altra persona. Però questo lascerà spazio al ragionevole dubbio...».

«Potrebbe, ma più ci penso e più è rischioso. Se seguiamo questa strategia e l'identità dell'uomo viene rivelata durante il processo, magari durante l'esame dei testimoni o il controinterrogatorio, allora la cosa potrebbe ritorcersi contro di noi. Soprattutto se l'uomo in questione ha anche un alibi solido. Perderei la fiducia della giuria».

«Sì, capisco».

«Ad ogni modo, credo di avere una pista».

«Di chi si tratta?», domanda Anne.

«L'amico di Scott, il vicesceriffo Hudson. Cavolo, magari l'hanno uccisa insieme. In fondo sono l'uno l'alibi dell'altro. Oppure Scott l'ha uccisa e Hudson ha accettato di fargli da alibi perché si sentiva in colpa per la relazione con Kelly».

Gli occhi di Anne si illuminano dallo stupore. «Perché credi che sia Hudson?»

«Qualcosa che ha detto Jesse, e poi il fatto che nessuno l'ha mai vista con un terzo uomo. Se fosse stato Hudson, l'avrebbero mantenuto segreto. Inoltre, c'è il telefono usa e getta».

«Però, se non riesci a dimostrare che il terzo set di DNA è di Hudson e lo sceriffo si dimostra poco collaborativo, non potresti limitarti ad appuntare i sospetti verso Scott? In fondo, gli sms che ha inviato quella sera sono piuttosto schiaccianti». Anne si strofina il mento.

«Questo fa parte delle mie argomentazioni, ma l'accusa lo chiamerà a testimoniare e cercherà di dipingerlo come un eroe sofferente. Ed è probabile che la giuria provi un senso di solidarietà nei suoi confronti».

«Ma è possibile che sia stato Scott?», Anne inarca le sopracciglia.

«Per quanto mi riguarda, c'è la possibilità che chiunque possa averla uccisa. Accidenti, Anne, avresti potuto farlo anche tu», dico senza pensarci.

Anne si lascia sfuggire una risata nervosa. «Ma perché non… hmm… parlare con il procuratore Peters? Magari vorrebbe saperlo…».

«Non è una cattiva idea. Potrei inserire il mio sospetto nei confronti di Hudson nella presentazione delle prove, e il suo nome nella lista dei testimoni. Peters indagherà pensando che io abbia qualcosa sul suo conto, e magari finirà per lavorare involontariamente per me».

«Geniale».

«Probabilmente dovrei incontrarlo prima e vedere se riesco a seminare qualcosa di utile prima che richieda la nostra lista dei testimoni. Puoi vedere se è disponibile per un incontro oggi pomeriggio?»

«Ma certo», risponde dirigendosi alla porta.

«Ehi, Anne».

Si sofferma un momento e si volta verso di me.

«Grazie per essere una delle poche persone di cui posso fidarmi e sulle quali posso contare».

Anne mi rivolge un sorriso tirato. «Ci mancherebbe, Sarah».

42
Adam Morgan

Cammino su e giù per il soggiorno, metto le mani nei capelli, cerco oggetti da distruggere per sfogare la rabbia. Come ho fatto a non capirlo? Come ho fatto a non pensarci prima?

«Ha idea di chi può averlo scritto?», chiede Rebecca per la decima volta.

«Cazzo, se ce l'ho! Ed è davvero buona». Ho voglia di prendere a pugni qualcosa solo per avere un po' di sollievo.

«Okay, e di chi si tratta? Abbiamo appena trovato un indizio grandioso. Che è un'ottima notizia!». Rebecca tenta di calmarmi, ma è inutile. Non ci vedo più dalla rabbia. Quella stronza bugiarda mi sta mandando la vita a puttane. Sta cercando di rovinarmi. Mi ha minacciato. Con ogni probabilità ha anche ucciso Kelly. E a quanto sembra, mentre noi siamo qui a parlare, lei continua a manipolare le prove. Il volto di Rebecca mi implora, gli occhi spalancati in attesa della risposta agognata.

«È l'assistente di Sarah, Anne», rivelo alla fine.

«Merda… ne è sicuro?»

«Basta guardare la scritta. Sono più che sicuro». Le sbatto di fronte i due biglietti, a pochi centimetri dal naso.

Lei li scansa con una manata. «Calma. Sono dalla sua parte, non lo dimentichi».

Faccio un passo indietro e lei prende un po' d'aria.

«Okay, mettiamo che abbia inviato lei la minaccia. Ma quale sarebbe il movente per uccidere Kelly?»

«Come faccio a saperlo? Non sono un assassino. Ricordi?», tiro su le mani.

«Be'… ci pensi», insiste Rebecca. «Non è il momento di perdere le staffe».

Mi gratto la testa, vorrei solo che la risposta mi venisse in mente. «È ossessionata da Sarah e io non le sono mai piaciuto. Forse voleva Sarah tutta per sé».

«Sta dicendo che farebbe qualsiasi cosa per Sarah... anche spingersi a uccidere l'amante del marito fedifrago?», osserva Rebecca con fare scettico.

«Non osi insinuare una cosa del genere. Sarah non lo farebbe mai». Le punto l'indice e strizzo gli occhi.

Potrei farle davvero male in questo momento. Quanto sarebbe facile balzarle addosso e gettarla a terra? Avvolgerle le mani intorno alla gola, schiacciarle la trachea con i pollici e osservare i suoi occhi riempirsi di sangue mentre la vita l'abbandona lentamente. Finalmente avrei di nuovo il controllo di qualcosa. Le confermerei la paura che adesso le si legge in viso.

Riprende a parlare con voce tremula. «Ascolti, Adam. Non intendevo in quel senso. Cerco solo di aiutarla».

Rilasso lo sguardo torvo. Non è lei il nemico, devo ricordarlo. Si limita a fare delle domande per cercare di comprendere la situazione. Solo che io non ho tempo per farle capire. Non ho più tempo per restare qui a pensarci. Devo andarmene. Devo prendere di petto Anne. Deve confessare le sue colpe, così finirà tutto.

«Okay, e adesso?», chiedo nel tentativo di dissuadermi da propositi avventati. Mi concentro su Rebecca. Devo ascoltarla. Rimanere qui con lei. Perché alla fine questa storia si risolverà. Lei mi è già stata di grande aiuto. Smetto di camminare avanti e indietro e mi fermo lì, al centro del salotto, come sospeso nel tempo. Rebecca non è più tesa, ma è comunque preoccupata. Mi lancia uno sguardo, quindi sposta gli occhi alla borsa sul tavolo e al mazzo di chiavi lì accanto. Seguo il suo sguardo. Ha intenzione di andarsene? Pensa forse che io possa farle del male?

«Potrei portare tutta questa roba alla stazione di polizia e sono sicura che dovrebbero riaprire l'indagine». Ha gli occhi pieni di speranza.

Non so se questa speranza sia per lei o per me. «Ma il caso è chiuso», le dico.

«Sì, ma lei non è stato ancora condannato. La polizia ha il dovere di investigare su tutti i sospetti del caso».

«E se non lo fanno? Se rifiutassero?»

«La sua avvocata può ancora usare il materiale nel caso. Potrebbe sicuramente funzionare per instillare il ragionevole dubbio nella giuria», spiega.

La mia avvocata? Intende mia moglie? Devo dire a Sarah che è stata Anne a inviare il biglietto. Ricomincio a camminare, sempre più nervoso. I miei occhi continuano a incrociare il mazzo di chiavi, un piccolo barlume di speranza, finché d'un tratto succede, e non ci penso nemmeno. Lo faccio e basta. Non mi volto indietro. Afferro le chiavi, corro fuori e salto sul Chevrolet Cruze di Rebecca.

Lei tenta di inseguirmi. «Adam, cosa fai? Non puoi andartene!».

Premo il piede sul pedale dell'acceleratore, facendo slittare le gomme e sollevando terra e foglie, poi mi allontano dalla casa. La mia cavigliera inizia a ronzare e a lampeggiare.

43
Sarah Morgan

Matthew prende posto all'estremità del tavolo da conferenza. «Io faccio il poliziotto cattivo?», sorride compiaciuto.

«Come sempre».

«E tu sei sicura di voler giocare con l'accusa in questo momento?», Matthew piega la testa di lato con atteggiamento dubbioso.

Lo fisso di nuovo. «Metti ancora in dubbio la mia strategia, Matthew?»

«Sto solo verificando la tua capacità di giudizio».

Sul tavolo della sala conferenze c'è una pila di scatole: le mie prove o, piuttosto, la loro carenza. È solo per depistare l'accusa e, si spera, per far sì che il procuratore Peters scopra cose che io non ho potuto svelare grazie alla mancanza di collaborazione del dipartimento dello sceriffo di Prince William. Tutto il contenuto delle scatole è stato selezionato con cura da Matthew, Anne e da me. Peters dovrebbe arrivare a momenti.

Bussano alla porta. Anne porta un vassoio con snack e acqua. «Da questa parte», la sento dire.

Il procuratore Peters la segue e lancia un'occhiata diffidente quando si accorge della presenza di Matthew. «E il signore chi sarebbe? La presentazione delle prove è riservata ai soli avvocati».

«Lui è Matthew Latchaw. Collabora al caso».

Matthew si alza e tende la mano. «In realtà, non mi limito solo a collaborare».

«Ha almeno una laurea in legge?», domanda Peters, come se Matthew non fosse presente. È chiaramente stufo delle mie bizzarrie.

«Sì, certo, abbiamo frequentato Yale insieme».

«Ecco perché adesso faccio il lobbista, e non il procuratore di Stato». Matthew sorride e torna al suo posto.

Peters ignora la battuta. Invece si siede, appoggia i gomiti sul tavolo e rivolge la sua attenzione a me. «Di cosa si tratta?», chiede.

«Innanzitutto, grazie per essere venuto qui con così poco preavviso», esordisco.

Il procuratore abbozza un sì. «Mi permetto di ricordarle che il patteggiamento è fuori discussione».

Anne lascia la sala, chiudendo la porta senza far rumore.

«Non accetteremmo il patteggiamento nemmeno se lo fosse». Matthew gli rivolge uno sguardo severo.

«Allora, cos'è che state cercando? L'accesso ai miei testimoni? In tal caso dovrete attendere fino al processo». Peters intreccia le mani.

«So bene che ha una lista di testimoni di scarsa qualità», inarco la testa.

Il procuratore si riferisce all'agente Hudson, allo sceriffo Stevens e all'agente capo Scott Summers, i quali hanno tutti rifiutato di essere interrogati prima dalla difesa. È loro diritto farlo, ma è proprio per questo che ho organizzato l'incontro con Peters.

«Arrivi al punto, Morgan», mi sprona.

Indico la pila di scatole al centro del tavolo, sulla sinistra, quindi faccio scorrere verso di lui altre cartelle. «Al momento, queste sono le nostre prove. Ce ne saranno altre».

Urta la mano sulle cartelle, ma le ferma prima che gli scivolino sulle ginocchia. Dà un'occhiata veloce alle scatole, giusto per prendere le misure, poi apre le cartelle. Dopo aver sfogliato per qualche istante il contenuto, le chiude e mi guarda.

«Forse è il caso di esaminarle più nel dettaglio. Non sono sicuro che glielo abbiano insegnato alla scuola serale, ma le prove sono la parte più importante di un caso legale», ironizza Matthew.

Il procuratore Peters fa una smorfia di sussiego, ignorando Matthew che gioca al poliziotto cattivo. «Avreste potuto farle recapitare nel mio ufficio, oppure avrei potuto incaricare un assistente legale di ritirarle. Non c'era bisogno che venissi qui».

«Lo so, ma mi sembrava un atto di cortesia». Mi sforzo di sorridere.

«Una cortesia? Questo caso è una vittoria annunciata. Aperto e subito chiuso. Non vedevo prove forensi così solide dal processo *Hill contro lo Stato del New Hampshire*. La giuria emise il verdetto di colpevolezza in sei minuti, e mi aspetto che qui accada lo stesso».

«Ne è sicuro, procuratore? Perché da quello che ho scoperto, le cose non stanno affatto così. È qui che entra in gioco la mia cortesia nei suoi confronti. Lei si è mostrato disponibile con me e non volevo metterla in imbarazzo in quell'aula, perciò le concedo in anticipo quasi tutte le nostre prove».

Peters lancia un'altra occhiata alle scatole, poi alle cartelle che ha davanti. Una punta di sospetto prende a insinuarsi nei suoi occhi, e inclina la testa, non so se sconcertato o incredulo. Ma è la reazione che mi aspettavo, quella che avrei anch'io. Continuo a incalzarlo.

«Oh, quasi dimenticavo». Faccio scivolare verso di lui un'altra cartella. È la trascrizione di una conversazione tra Jesse Hook e lo sceriffo Stevens. Ho evidenziato le fasi sulle quali vorrei che Peters puntasse l'attenzione e indagasse. Ho bisogno che parli con questo testimone e ottenga più informazioni da lui.

Apre la cartella e la scruta. «Chi è Jesse Hook?»

«Esatto», interviene Matthew. «Non è così aperto e già chiuso, il caso?».

«Jesse Hook è...», faccio per dire.

Un urlo ci investe dall'esterno della sala conferenze.

44
Adam Morgan

Un'ora fa sono salito sull'auto di Rebecca e non ho mai smesso di guidare. Avevo un'unica idea in testa ed ero folle di rabbia. Il mondo esterno mi passava accanto rapidissimo, ma solo in tonalità di cremisi e scarlatto, come se il sangue che mi ribolliva nelle vene si fosse innestato su ogni oggetto sul quale posavo gli occhi. So che uscire di casa avrà gravi conseguenze, ma come non mi importava allora, non mi importa adesso. Devo capire come sono andate le cose, andare fino in fondo. Non ho più tempo. È la mia ultima possibilità, la mia ultima occasione per scoprire che cosa è successo veramente quella notte, chi è responsabile dell'omicidio di Kelly e infine per liberarmi da questo incubo.

Ancora pochi passi e finalmente sarò faccia a faccia con Anne, la donna che conosco da anni, la donna che mi ha minacciato, la donna che in tutta probabilità ha ucciso Kelly, la donna che sta cercando di incastrarmi. Come ha potuto? Come ha potuto entrare fino a tal punto nella mia vita senza che me ne accorgessi? Perché era nella nostra casa? In passato, Sarah gliel'ha lasciata per trascorrervi le vacanze, però mi aveva avvertito, quindi perché mai era lì?

Non mi sono mai soffermato molto su Anne. C'era e basta, all'apparenza innocente, ma adesso scorgo le crepe nella sua natura. Vedo chi è veramente, un mostro vendicativo che vuole Sarah tutta per sé. La sua tranquillità non è che complotto e manipolazione. La sua gentilezza è astuzia. Il suo comportamento integerrimo è solo di facciata, a celare chi vi si nasconde dietro: una merda di prim'ordine.

Nella mano stringo la foto e il post-it. Spalanco le porte e scruto l'ufficio. Un paio di persone alzano lo sguardo richiamate dal trambusto. Qualcuno sembra spaventato, altri non si curano nemmeno del mio aspetto trasandato. Avanzo all'interno dell'ufficio, gli occhi come laser in cerca di una persona, una soltanto. So dove trovarla. È sempre lì, al suo posto. Seduta, a tramare, in attesa. Giro l'angolo e mi accorgo che la sua scrivania è vuota.

E poi, eccola lì, viene verso di me, intenta a chiacchierare con un uomo che le cammina accanto. Ha con sé una pila di cartelle, è concentrata sulla conversazione e sui documenti che ha tra le mani. Sulle prime, non mi nota nemmeno.

L'uomo che l'accompagna ha un viso familiare. L'ho già visto prima. Ovvio che debba averlo già visto, ma ho l'impressione che questo "prima" sia recente. Alla fine Anne alza lo sguardo e mi individua, sono solo a qualche metro da lei. Dilata gli occhi come un cervo che sta per essere travolto da tremila chili di acciaio lanciati nella sua direzione a cento chilometri l'ora. L'uomo accanto a lei si accorge che si è fermata di colpo e ne segue lo sguardo fino a incrociarmi. Socchiude gli occhi e mi riconosce. Per un attimo lo rammento anche io, ma poi è come se svanisse, dacché la mia attenzione si concentra di nuovo sul demone che ho di fronte, la donna che sta cercando di rubarmi la vita, la donna che ha ucciso Kelly.

«Adam, tutto... tutto bene?», balbetta Anne.

«Tu!», le punto il dito contro e intanto mi avvicino, pronto a gettarla a terra, pronto a colpirla, pronto a... Non so nemmeno io cosa sono pronto a fare. Anne lancia un urlo che perfora l'aria stantia dell'ufficio.

«Hai ucciso Kelly. Mi hai incastrato. Ormai so tutto, stronza maledetta!». Sto quasi per raggiungerla, quando vengo sbattuto a terra. Un pugno sul lato del viso mi mette completamente fuori combattimento. Anne si ripara dietro l'uomo che mi ha colpito all'improvviso. Piange.

«Che diavolo succede qui?», strilla Sarah mentre corre verso di noi seguita da Matthew e da un altro uomo. Lo riconosco, è il procuratore di Stato Josh Peters.

«Bob, che diavolo hai fatto?», grida Sarah.

È scioccata nel vedermi piegato in due sul pavimento. «Cosa ci fai qui, Adam?»

«È venuto contro Anne con fare minaccioso», mi indica l'uomo che mi ha colpito, prima di sfregarsi le nocche con l'altra mano. È Bob. Ah, già, lo conosco, Bob. È quello che negli ultimi due anni ha fatto sputare sangue a Sarah, mirando al suo posto ogni volta che poteva. È uno stronzo. Non mi è mai piaciuto, nemmeno prima che Sarah avesse problemi con lui.

«Adam, sei agli arresti domiciliari». Sarah muove a stento le labbra, i denti serrati dalla tensione.

Anne piange come la troia infida che è, Bob e Matthew cercano di confortarla. Il procuratore Josh Peters è sconcertato e tenta ancora di capire la situazione, ma è facile intravedere l'espressione di trionfo sul suo volto. Perché è molto positivo per il suo caso, a meno che, naturalmente, io non riesca a dimostrare che dietro l'intera vicenda c'è Anne, che è lei la colpevole, che dovrebbe essere lei a finire sotto processo, non io.

«Lei», accuso, spingendo il dito nella sua direzione. Tutti spostano l'attenzione verso Anne. Anne piange con aria da innocente maltrattata. «Lei ha scattato la foto. Lei ha scritto il biglietto di minaccia. E lei ha ucciso Kelly!». Lancio foto e biglietto ai piedi di Sarah. Mia moglie si china e li porta all'altezza del suo campo visivo. Di lì a un istante, sgrana gli occhi, apre la bocca. La mia accusa ha colto tutti di sorpresa e adesso la stanza tace. Anne si muove scomposta, si gratta il braccio, mentre io mi tiro su, in posizione eretta. Bob e Matthew trasaliscono, ma non fanno altro. Sarah riporta l'attenzione ad Anne.

«È vero?», le chiede agitando la foto e il biglietto.

Anne balbetta. Sposta lo sguardo a terra, struscia i piedi. «Sì. Sono andata lì per fare delle fotografie, come quelle che ti ho mostrato. E poi li ho visti, Kelly e Adam… insieme».

«Cristo santo», espira Sarah con forza.

«Ma non ho ucciso Kelly. Non lo farei mai. E volevo dirtelo. Solo che non ci riuscivo, così ho inviato il biglietto di minaccia. Volevo che confessasse». Scrolla il capo, tentando di convincere tutti quanti, soprattutto Sarah, della sua sincerità. Ma io non me la bevo neanche per un secondo.

«È pericolosa, Sarah. Ha minacciato la mia vita e quella di Kelly. Non lo capisci? C'è lei dietro tutto questo», la imploro.

«No!», Anne guarda Sarah. «Non era una minaccia di morte, era solo un "ti conviene dire la verità oppure lo farò io"».

«Però non me l'hai detto», le rinfaccia Sarah furibonda. È sconvolta. Si sente tradita. Glielo leggo in faccia. Non sapeva che Anne fosse a conoscenza della mia relazione con Kelly, mi sembra chiaro. Anne china il capo e scoppia in un pianto dirotto.

«Non me l'hai detto, Anne... Sei la mia assistente. Sei mia amica. Sei a tutti gli effetti parte della mia famiglia». La voce di Sarah si fa tremula.

«I-I-Io...», farfuglia Anne.

«Fermi tutti!», lo sceriffo Stevens estrae la pistola. Il vice Hudson e molti altri agenti sono in piedi ai suoi lati e dietro di lui, armi alla mano.

Alzo le mani, come fanno molti altri. Si sente un urlo, qualcun altro scoppia a piangere. Sarah mostra un'espressione di fastidio. Bob è furioso.

Dio, dove diavolo l'ho visto di recente? Spremo il cervello per tentare di ricordare. Sono anni che Sarah non mi porta a un party in ufficio. Allora, forse in tribunale. Magari ha rilasciato un'intervista sul caso e l'ho visto al notiziario o sul giornale.

«Adam Morgan, lei è in arresto per aver violato i termini della sua libertà vigilata», ingiunge lo sceriffo Stevens intanto che il vice Hudson e un altro agente mi afferrano e ammanettano dietro la schiena.

«Un momento! È stata Anne. Ha inviato la foto con la minaccia. Ha ucciso Kelly». Divincolo una mano e indico quell'essere viscido. Un agente mi strattona prontamente per riportare la mano dietro alla schiena.

Stevens scambia un'occhiata con Sarah e con Hudson. Il vicesceriffo socchiude gli occhi e in un istante afferra Anne senza fare domande. Lei urla e lui cerca di trattenerla.

«Aspetti un attimo!», urla Bob. «Cosa pensa di fare?»

«L'ha sentito anche lei. Aveva qualcosa a che fare con l'omicidio di Kelly Summers. Dunque viene con noi», chiarisce Hudson.

«Non potete arrestarla», interviene Sarah. Matthew e il procuratore Peters concordano.

Dov'era Sarah quando mi arrestavano? Spalanco gli occhi incredulo. Perché non mi sostiene? «Sarah? Ti ha mentito».

«Lo so, e andrò a fondo della questione, ma ha pur sempre i suoi diritti». Scuote la testa.

Anne la ringrazia.

«Non mi rivolgere la parola», la rimbrotta Sarah. Anne si ritrae, l'espressione sconfortata.

«Che facciamo, capo?», chiede l'agente che mi ha ammanettato.

Stevens si gratta la fronte. «È un vero e proprio incubo. La portiamo con noi per interrogarla. Se poi non intende venire, chiederemo un mandato», chiarisce.

Anne solleva il mento e annuisce. «Sì, vado. Non ho nulla da nascondere».

«Certo», osservo sottovoce, ma il tono è alto a sufficienza perché mi sentano tutti.

«Ridicolo», dice Bob.

È in quel momento che rammento dove già ho visto Bob di recente. È l'espressione compiaciuta del volto che mi riporta alla mente l'immagine. Apro la bocca adagio: «Sei tu!».

«Cosa?», spinge indietro il mento.

«Tu. Tu sei Nicholas Robert Miller. Sei il fratello del primo marito di Kelly. Lei ha ucciso tuo fratello».

La rabbia di Hudson non si è ancora placata e, anzi, non fa che intensificarsi.

«Non voglio essere coinvolto in questa storia», dichiara Bob risoluto.

«Kelly ha ucciso tuo fratello, e tu hai ucciso lei, non è vero?».

Il volto di Bob si irrigidisce. «Non ho intenzione di sentire altre sciocchezze. Se non erro, Mr Morgan, lei dovrebbe essere in prigione per aver violato i termini della libertà vigilata».

«È vero quello che dice?», Hudson squadra Bob. «Lei era il cognato di Kelly Summers?».

Bob appare smarrito. «Sì, ma non ho nulla a che fare con tutto questo».

Sarah sospira.

«Per la miseria, questo caso doveva essere già chiuso», esclama esasperato lo sceriffo. Hudson inizia a respirare a fondo e in un attimo lui e un altro agente si scagliano contro Bob, sbattendolo al muro per arrestarlo.

Stevens urla loro di fermarsi. Dopo un trambusto di grida, braccia che si aggrovigliano e si districano rabbiose, finalmente il caos si placa e un pesante ansimare inizia a colmare lo spazio.

«Vi farò sospendere per questo!», sbraita Bob all'indirizzo di Hudson e dell'altro agente, e intanto li spinge via per sistemarsi la giacca. Ha il volto rosso di rabbia e imbarazzo.

Il procuratore Peters si volge verso Sarah: «Rimanderò la presentazione delle prove perché sembra che abbiate altro da presentare. Chiami il mio ufficio e quando tutto il materiale sarà pronto, farò venire qualcuno a ritirarlo». Sgattaiola via svelto per non rimanere invischiato nel putiferio, immagino.

Sarah accenna a un sì e respira a fondo mentre lo vede allontanarsi. Matthew le stringe la spalla a mo' di conforto. Dovrei essere io a farlo, non Matthew.

«Bene, adesso, signori, ce ne andiamo tutti. Noi torniamo subito in centrale!», comanda lo sceriffo Stevens.

Dopotutto, si torna nel mio vecchio terreno di caccia.

45
Adam Morgan

Prima che la mia furia si scatenasse, sapevo già che le cose avrebbero preso una brutta piega per me. Che sarei finito di nuovo qui, alla stazione di polizia. Casa dolce casa. Sono un idiota e so che Sarah coglierà ogni minima occasione per ricordarmelo. Ora, però, la mia preoccupazione principale è il dolore lacerante provocato dalle manette serrate sui polsi. Stevens me li torce mentre mi guida attraverso la centrale. Ho la sensazione che la pelle inizi a staccarsi come i trucioli di un temperamatite. Venendo qui ha detto che voleva fare un'altra chiacchierata con me prima di portarmi al centro di detenzione per la procedura prevista. Forse sono riuscito a fargli capire qualcosa, o magari si sta solo prendendo gioco di me.

«Mi tirano troppo, per favore», imploro lo sceriffo.

«Con tutto il rispetto, Mr Morgan, non credo che lei sia nella posizione di stabilire cosa sia o non sia meglio. Quindi, se potesse gentilmente tacere e limitarsi a venire con me al centro di elaborazione dati, gliene sarei senza dubbio grato». Nel tono di Stevens c'è sussiego a sufficienza per umiliare anche il più duro dei suoi clienti.

Vorrei rispondere con una battuta intelligente, ma il mio buon senso mi suggerisce che non servirebbe a nulla, e mi limito a obbedire. Per lo meno anche Bob è stato maltrattato. Al solo pensiero mi spunta una smorfia di soddisfazione sul viso. Però non l'hanno arrestato, a quel che ho capito. Perché, a quanto pare, l'arresto è riservato solo a me.

«Tutto questo dovrebbe esserle ormai familiare, Mr Morgan. Tuttavia, a differenza dell'ultima volta, non ci daremo da fare per farla uscire al più presto, per rimetterla in libertà dopo una o due notti. Già, qualcosa mi dice che rimarrà qui dentro per un po'», mi avverte lo sceriffo Stevens.

Chissà perché, ma quando mi chiama Mr Morgan è più offensivo di quando si limita al semplice Adam. È come se non volesse abbassarsi a chiamare per nome la «feccia» come me.

«Sì, purtroppo è tutto familiare», confermo. Cerco di tenere a freno il sarcasmo, perché desidero solo che questa sera finisca al più presto.

«Speriamo che, in un modo o nell'altro, sia la sua ultima volta qui con noi». La frase potrebbe essere interpretata come gentile oppure malvagia, non riesco a decifrarla con esattezza. Sentendo l'insorgere di un attacco di panico, faccio un esercizio di respirazione e mi concentro sulla consapevolezza che non posso risolvere nulla, non qui, non ora comunque, e allora riesco a calmarmi.

«La lascio un attimo con questi ragazzi». Lo sceriffo fa un cenno a un paio di galantuomini in uniforme blu dall'espressione sgradevole. «Prima, però, devo chiederle il perché? Sapeva di avere il braccialetto alla caviglia. Sapeva che l'avremmo rintracciata. Sapeva che avrebbe solo peggiorato le cose. Allora perché?»

«Perché io non ho ucciso Kelly e nessuno mi ascolta».

«Capisco». Stevens rimane immobile per un istante, lo sguardo basso, come se potesse trovare la risposta celata tra la vernice grigia che si sfalda dal pavimento di cemento grezzo. Torna a guardarmi e fa come per parlare, ma non gli esce altro che è un respiro.

«Agente James, lo metta in una sala di detenzione», dice lo sceriffo. Scuote la testa e si allontana.

«Mr Morgan, vero?», chiede il poliziotto.

«Sì.»

Schiocca forte la gomma da masticare come se si apprestasse a godersi lo spettacolo. A quanto sembra, la polizia non vede di buon occhio i fuggitivi e ama trattarli in modo esemplare.

«Vediamo di rendere le cose semplici, altrimenti dovrò trascinarti per le manette per convincerti a collaborare. A me in fondo non cambia poi molto», mi mette in guardia l'agente con un sorriso radioso.

«Stasera non creerò problemi, signore». Sono troppo stanco per lottare ancora.

«Saggia decisione».

Mi domando cosa penserà Sarah di tutto questo. Ossia, do per scontate le reazioni più ovvie. La rabbia, la delusione, lo shock per la mia stupidità, ma che dire delle mie parole? Dev'essere consapevole, nel suo cuore, che non mi sarei lanciato in quella inutile fuga senza motivo, soprattutto ben sapendo che mi avrebbe precipitato in un mare di guai. Spero solo che qualcuno inizi finalmente ad ascoltarmi. Solo che, quanto sono nella merda, a questo punto? Tiro un sospiro profondo. Non sono nemmeno sicuro di voler conoscere la risposta.

46
Sarah Morgan

Il parcheggio dei visitatori è quasi vuoto quando io e Matthew arriviamo alla stazione di polizia. Mi rivolge uno sguardo di incoraggiamento e accenna a un saluto nell'aprirmi la porta.

«Sono con te, Sarah».

«Grazie».

Entro nella sala d'attesa, le spalle indietro e il mento alto. Dovrò far leva su tutta la mia forza e fiducia in me stessa per superare la serata.

«Posso aiutarla?» chiede Marge, chiudendo la porta al lato della sua scrivania, la stessa cui l'ultima volta ho dovuto dare una bella spinta perché l'aveva lasciata opportunamente socchiusa. È chiaro che ha superato l'età della pensione ed è ormai un peso per questo posto.

«Sto solo aspettando».

«Dovrebbe firmare», spinge una cartellina sotto il plexiglass.

Ci registriamo e ci accomodiamo nell'area reception, in attesa che arrivino Bob e Anne. Mi occuperò di Adam dopo aver ascoltato i loro interrogatori.

«Pensi che verranno?», domanda Matthew.

«Se sono innocenti, sì», ipotizzo, sebbene non sia convinta che il fatto di presentarsi qui abbia a che fare con la loro innocenza. Ma, come si suol dire, gli innocenti non scappano. Bob ha detto che prima di lasciare l'ufficio intendeva parlare con Kent per spiegargli quello che era successo e che avrebbe portato con sé Anne, così che entrambi potessero chiudere la faccenda. Grazie a Dio, Kent era già andato a casa, altrimenti mi sarei beccata anche una bella lavata di capo.

Meno di venti minuti dopo arrivano Anne e Bob. Si accomodano sul lato opposto della sala d'attesa. È piuttosto insolito ritrovarci qui, soprattutto quando l'indagine è chiusa e il caso si avvia verso il processo, ma lo sceriffo Stevens vuole chiarire tutti i dettagli per evitare che la situazione gli si ritorca contro. Bob fissa lo sguardo in lontananza e si massaggia le tempie, Anne tira su con il naso e piange a intermittenza. Non riesco nemmeno a guardarla. L'espressione sul mio viso trasmette chiaramente il disgusto che provo. Come ha potuto mentirmi?

Il tempo scorre lento mentre noi quattro galleggiamo in purgatorio. La nostra unica punizione è stare in compagnia l'uno dell'altro. L'imbarazzo della situazione e la vergogna di Anne mescolati con la rabbia di Bob sono palpabili e rendono il tempo ancor più lento. Proprio quando penso che le cose non potrebbero andare peggio, la porta della centrale di polizia si apre ed entra Eleanor, vestita completamente di nero, ha l'aspetto dell'Angelo della morte. Mi alzo subito, pronta ad aggiornarla su quanto accaduto mentre era via, ma prima che io riesca anche solo a buttare lì un saluto fasullo, è già in piedi davanti a me, le labbra tese a tal punto da dar l'impressione che il filler possa colarle fuori da un momento all'altro.

«Come hai potuto permettere che succedesse? Sono stata via solo un giorno!». Mi sputa praticamente in faccia.

«Eleanor. Tuo figlio è un adulto e come tale è responsabile delle sue azioni. Non posso tenerlo sott'occhio ventiquattro ore al giorno».

«No, ovvio che non puoi. E forse è per questo che ti ha tradito». Tira su il viso.

Inspiro un poco. *Non picchiarla. Non picchiarla. Non picchiarla.* «Non è giusto. Sto facendo tutto il possibile per il suo caso». Mi alzo ancora un po' per cercare di sembrare più grande di lei.

«Non dovrebbe nemmeno esserci un caso. È innocente. Ma ora dovrà affrontare le accuse per aggressione e violazione della libertà vigilata perché tu non hai saputo tenerlo sotto controllo».

«Smettila, Eleanor». Scuoto la testa. «La tua rabbia è ingiustificata e adesso ti stai solo rendendo ridicola».

«Ah, sì? Non sei riuscita a tener d'occhio nemmeno tua *madre* e guarda cosa le è successo». Gli angoli della bocca si incurvano in un sorriso, quasi fosse soddisfatta del suo commento meschino.

Anne trasalisce con fragore. Bob si muove scomposto sulla sedia. Matthew è mezzo in piedi, pronto a saltarle addosso. Mi piacerebbe sbatterle il cranio a terra più e più volte fino a vedere il cervello… già, come se ne avesse uno. Oddio, ci manca solo che debba difendermi anche per un omicidio. Devo far sì che Eleanor non si intrometta più, sia nel caso sia nella mia vita, e so già cosa dirle. Qualcosa che tagli in profondità e la faccia reagire in modo da darmi una via d'uscita. Respiro a fondo e socchiudo gli occhi, fissandola con odio.

«Tuo figlio è un bugiardo, un traditore e forse un assassino. Lo hai sempre viziato, accudito in modo eccessivo, ed è questo che ha portato Adam dritto in questo guaio. Quindi, la cosa migliore che tu possa fare come madre è prendere spunto dalla mia e suicidarti».

Eleanor rimane a bocca aperta, gli occhi dilatati a dismisura. Porta in alto la mano e mi schiaffeggia forte sul viso. «Non sai nemmeno cosa significhi l'amore di una madre, puttana».

Brucia, premo la mano sulla guancia. Quando la tolgo, noto una macchia di sangue nel punto in cui il suo anello ha toccato la pelle.

Eleanor serra i denti, il fuoco nei suoi occhi brucia ancora forte, anche se poi fa un passo indietro.

Matthew si precipita accanto a me per darmi un'occhiata al viso. Si volge verso Eleanor e con calma le dice: «Adesso dovresti andare. Tanto, stasera non riuscirai a vedere Adam».

La porta di sicurezza adiacente all'area reception emette un segnale acustico, una figura imponente varca la soglia.

«Che diavolo succede qui dentro?». Lo sguardo dello sceriffo Stevens fulmina prima me, poi Eleanor. Lei si raddrizza, piega la testa e fa dietrofront, poi si affretta a uscire dalla centrale per tornare in qualsiasi buco a cinque stelle stesse occupando.

«Non è niente. Facciamola finita», taglio corto.

«Sicura?», Stevens strizza gli occhi. «Le ha lasciato un bel segno».

«Ovviamente».

Lo sceriffo contrae le labbra e annuisce. «Sono stati tutti registrati, Marge?».

«Sì», risponde lei senza nemmeno alzare lo sguardo dalle sue carte.

«Va bene, potete venire con me», annuncia lo sceriffo, allungando un braccio.

Lo seguiamo lungo un angusto corridoio di calcestruzzo dipinto. Matthew e io camminiamo fianco a fianco, Bob e Anne sono poco dietro. Le pareti sono bianche sopra e rosse sotto. Il contrasto cromatico stride all'occhio, ed è proprio questo l'effetto che si vuole indurre sulle persone che vengono accompagnate impotenti nelle varie sale interrogatori.

Lo sceriffo ci conduce tutti in una stanza e inizia a parlare senza invitarci a prendere posto o sedersi lui stesso. «In primo luogo, a nome del dipartimento dello sceriffo di Prince William, vorrei ringraziare tutti voi per aver accettato di fare un salto a scambiare quattro chiacchiere. Devo ricordarvi che nessuno di voi è in arresto e che in nessun caso siete tenuti a parlare con noi. Se è chiaro e lo ritenete accettabile, siete comunque disposti a procedere?».

Sono i nostri cenni a rispondere per noi. La procedura non è prevista dal regolamento. Io lo so. E devono saperlo anche Bob e Matthew. Ma è ovvio che lo sceriffo sta tentando di rimediare al pasticcio, visto che due dei suoi agenti hanno maltrattato Bob e Anne senza che vi fosse anche solo la possibilità che avessero commesso un crimine. Io sono qui per accertarmi di aver capito tutto ciò che sta succedendo. Bob e Anne vogliono difendere la propria reputazione. E Matthew è venuto per sostenermi, come al solito.

«Bene. Come dicevo, apprezzo molto la vostra disponibilità. Prima di iniziare, Mr Miller e Ms Davis, vorrei scusarmi per il contrattempo che ha coinvolto due dei miei agenti nel tentativo di arrestarvi. Come sapete, l'episodio è stato caotico e c'è stata molta confusione. Qualcuno di voi desidera presentare una denuncia formale?». Lo sceriffo Stevens guarda Bob, poi Anne.

«No, io no», risponde Bob.

«No», si accoda docile Anne.

«Voglio solo metter fine alla faccenda», aggiunge Bob.

«Capisco perfettamente. Apprezzo la collaborazione di entrambi», sottolinea Stevens con un gesto di assenso. «Vi farò accompagnare da due agenti in stanze separate, così potrò raccogliere le vostre dichiarazioni. Se volete seguirli, per favore». Stevens si abbassa un poco a braccia aperte, come se stesse interpretando Cristo al centro del tavolo nell'*Ultima Cena*.

Anne mi lancia un'occhiata rapida. Increspo le labbra e non le do né indicazioni né comunicazioni di alcun tipo. Bob segue il suo accompagnatore, il mento leggermente sollevato.

Quando gli altri sono usciti, io e Matthew rimaniamo faccia a faccia con lo sceriffo Stevens. «Allora...», esordisce, «bel casino, oggi, ai piani alti».

«Direi di sì», rispondo.

«Se alcuni agenti fossero stati pronti a rispondere quando è scattato l'allarme che li avvisava che un uomo accusato di omicidio era fuggito dalla sede a lui designata a centosessanta all'ora, magari ci saremmo risparmiati tutto questo. Ma, certo, è difficile sentire gli allarmi quando si è presi a masticare rumorosamente ciambelle», ironizza Matthew.

Lo sceriffo lo fissa sdegnato e incrocia le braccia. «I nostri agenti hanno seguito il protocollo al meglio delle loro possibilità e hanno mancato Mr Morgan solo per qualche minuto. Voi due dovreste ringraziarli per la rapidità dell'intervento. La situazione nel vostro ufficio avrebbe potuto essere molto peggiore». Il discorso ha un tono piuttosto grave.

«Forse è così. Ma due dei suoi agenti hanno agito in modo poco professionale quando hanno tentato di arrestare Bob e Anne senza un valido motivo», intervengo io.

«È stato spiacevole, lo riconosco».

La guancia brucia ancora per lo schiaffo di Eleanor, ho bisogno di bere qualcosa di forte. Decido di lasciar perdere il battibecco, così la facciamo finalmente finita. «Cosa ha intenzione di fare adesso?»

«Stiamo solo raccogliendo le dichiarazioni perché, come ho già detto, il caso Summers è chiuso».

«Ah, sì? Deve ammettere che è un ragionamento alquanto strano. Bob ha un movente e Anne ha minacciato Adam. Quindi, le sarei grata non vi limitaste a prendere le sole dichiarazioni», ribatto con fermezza. «E vorrei l'analisi della calligrafia del biglietto comparata con quella di Anne».

«Sì, il caso è sicuramente sospetto. Ma se uno di loro è coinvolto, verrà senz'altro fuori». Cerca di adeguarsi al mio tono di voce, ma non gli riesce un granché. «Non credo sia necessaria un'analisi della calligrafia, considerato che Ms Davis ha già ammesso di aver scritto il biglietto».

«Ha mai sentito parlare di false confessioni? Ho bisogno che la calligrafia di Ms Davis venga presentata come prova, così potrò farla analizzare».

Stevens tira le labbra e acconsente.

«Vorrei essere presente agli interrogatori poiché la loro testimonianza sarà pertinente al caso». È del tutto inappropriato che io faccia questa richiesta, e lui non dovrebbe accondiscendere perché è contro il protocollo. Ma, d'altra parte, al principio del caso ha stretto un accordo con me e anche quello non rispettava il protocollo. Agire in modo sbagliato è un terreno scivoloso, perché poi bisogna continuare a coprire gli illeciti. Mi chiedo solo cos'altro stia nascondendo, Stevens.

«Ma certo. Non vedo perché no», concorda lo sceriffo. «Ha qualche preferenza su chi deve iniziare?»

«Cominciamo da Anne».

47
Adam Morgan

Perché diavolo ci vuole così tanto? E dove cavolo è mia madre?

L'ho chiamata appena mi hanno consentito di usare il telefono. Cammino avanti e indietro per la sala interrogatori, un luogo che ho imparato a conoscere bene nell'ultima settimana. Mi auguro che trovino qualcosa su Anne e Bob. È la mia ultima speranza e ho bisogno che Sarah e lo sceriffo Stevens mi credano. Devono credere che non sono stato io, basterebbe quello affinché indagassero a fondo su quei due.

La porta si spalanca con tanta forza che sbatte contro il muro di cemento e rimbalza su Scott Summers. Fa una smorfia di dolore, poi entra strusciando i piedi. Sembra un animale selvatico, rosso in volto, il respiro affannoso, gli occhi iniettati di sangue e le labbra serrate.

«Dobbiamo parlare», dice austero.

Alzo le mani a mettere in chiaro che non voglio fare a pugni.

«Rilassati. Non sono qui per picchiare nessuno. Ho saputo quello che è successo».

Muovo un passo indietro.

«Forza, non ho molto tempo. Non dovrei nemmeno essere qui. Dimmi tutto quello che sai su Bob e Anne». Mi guarda di sfuggita e si avvicina di un paio di passi.

«E cosa ci guadagno?», chiedo. Non so perché sto provando a negoziare con la bestia furiosa che ho davanti.

«Se non sei stato tu, forse riuscirò a scoprire chi è il colpevole. Ecco cosa ci guadagni». Digrigna i denti. «Allora? Parla... subito!». Noto che stringe i pugni.

«Okay. Okay». Gli racconto tutto. Ogni cosa di cui sono a conoscenza a proposito di Bob, Anne, Kelly, tutto. È sbalordito dalle informazioni che ho appena rigurgitato.

«Come hai fatto a scoprire queste cose?»

«Non posso rivelarle la mia fonte», rispondo.

«Non me ne frega un cazzo di proteggere la tua fonte. Starai rinchiuso qui dentro fino al processo per la stronzata che hai fatto oggi, quindi io sono la tua unica risorsa. Parla, se vuoi uscire da questo casino». Ha esaurito la pazienza. Suda e guarda freneticamente la porta e il falso specchio.

«D'accordo. Si chiama Rebecca Sanford. È una giornalista del "Prince William Times"». Spero con tutto il cuore che Scott stia dicendo la verità sul fatto di non essere coinvolto nell'omicidio della moglie; altrimenti, gli ho appena consegnato la pistola fumante per la mia condanna. Senza Rebecca, non ho la minima possibilità di uscirne. A meno che Sarah non ricorra alla sua magia e scopra se sono coinvolti Bob o Anne.

Accenna a un sì e dice che si farà sentire. Non ci credo più di tanto, ma lo spero. Quando non ti resta più nulla nella vita, la speranza è l'unica cosa che non possono toglierti mai. Scott se ne va senza dire altro, io mi siedo al tavolo ad attendere. Sono diventata piuttosto bravo ad aspettare.

48
Sarah Morgan

Vado in bagno a sciacquarmi il viso prima di tornare in sala osservazione per assistere all'interrogatorio di Anne. Siede accanto a Matthew, spaventata, nervosa, forse colpevole. Ha chiesto un avvocato e si è rivolta a me, ma io non potevo, così ho spronato Matthew a pensarci lui, e ha accettato. Anne tamburella le dita sul tavolo, armeggia con l'orlo della camicia, si rigira i capelli. Non sa cosa fare di sé stessa. Matthew appare imperturbabile, la postura perfetta. Questo non è il suo casino né un suo problema, e mi sento in colpa per avercelo trascinato, ma so che vuole darmi una mano.

Lo sceriffo Stevens entra nella stanza e si siede di fronte ad Anne e Matthew. Le offre dell'acqua, ma lei rifiuta. Le spiega i suoi diritti, lei annuisce. Chiarisce che la conversazione sarà registrata e potrà essere usata come prova. Lei lo fissa con aria assente e lui dà inizio all'interrogatorio. Anne lavora da anni in uno studio legale, e conosce bene la procedura, ma non questa parte.

«Dove si trovava la notte del 18 settembre?»

«Ho lavorato fino a tardi, poi sono uscita a bere qualcosa con il mio capo, Sarah Morgan».

«Accade spesso?»

«A volte. Io e Sarah siamo amiche… o quanto meno lo eravamo», dichiara imbarazzata.

È giusto così. Gli amici te lo vengono a dire se tuo marito ha una storia con un'altra.

«Come conosceva Kelly Summers?». Stevens si adagia sulla sedia. «Non la conoscevo».

«Ma sapeva chi fosse prima del suo omicidio?», le dita dello sceriffo danzano sul tavolo.

Anne deglutisce a fatica e guarda Matthew.

«Cosa intende per "sapeva chi fosse"?», domanda Matthew.

Stevens si acciglia. «La conosceva, Ms Davis?»

«L'avevo vista una volta sola con Adam. Non sapevo il suo nome, ignoravo tutto di lei».

«E cosa ci faceva nella contea Prince William quando ha scattato quella foto a Mr Morgan e a Mrs Summers?», insiste scrollando la testa.

«Ero lì per scattare delle foto, la fotografia è un mio hobby. Ero già stata al lago Manassas e mi era piaciuto il paesaggio, così ho pensato che sarebbe stato un luogo ideale da immortalare per il mio portfolio, che arricchisco pian piano qualora decidessi di farne qualcosa di più di un hobby. Non mi aspettavo di vedere quella scena. Scattavo qualche foto e basta. Era una cosa innocente».

«Innocente?»

«Innocente, sì. Va da sé che non posso dire lo stesso di Kelly e Adam».

«Ma poi ha deciso di usare quelle informazioni per minacciare Adam, vero?»

«Non è stata una scelta assennata», ammette con il viso corrucciato. «Non volevo essere io a dirlo a Sarah. Non potevo perché non volevo ferirla». Anne gira e rigira le dita nervosa.

«La frase "Falla finita o lo farò io" suona come una minaccia di morte. Concorda?»

«Non rispondere», suggerisce Matthew. «Passiamo alla prossima domanda, sceriffo».

Stevens si raddrizza sulla sedia. «Come credeva che sarebbe stata interpretata quella minaccia, Ms Davis?»

«L'intento era che Adam dicesse la verità a Sarah», spiega Anne. «E se non fosse andata così, l'avrei fatto io».

Stevens si mostra perplesso. «Però non l'ha fatto, non è così?»

«Ci ho provato, la sera in cui io e Sarah siamo uscite insieme. Ma poi ho bevuto troppo e non sono riuscita a farlo come si deve. Sarah non capiva cosa tentassi di dirle e alla fine ne è derivata solo una situazione imbarazzante».

Deglutisco a fatica. Se stava cercando di dirmi qualcosa,

Sento il battito cardiaco accelerare. Questa tregua dal circo è tutt'altro che una pausa. Alzo lo sguardo e scorgo una miriade di puntini dipinti sul cielo notturno che si stende sullo sfondo. Invidio il loro isolamento. Una lacrima mi sgorga dall'angolo dell'occhio. No, la diga che ho costruito per soffocare le emozioni legate a questo caso, alla carriera, al matrimonio, deve reggere… almeno ancora un po'.

Mi asciugo gli occhi e mi volto per tornare dentro. Matthew è in piedi sulla porta. «Abbiamo finito».

«Scusa, avevo bisogno di un minuto…».

Si avvicina e mi poggia le mani sulle spalle.

«A volte ci illudiamo di conoscere le persone», scuoto la testa.

«Ascolta, per quel che vale, credo che le intenzioni di Anne fossero buone, e credo anche che abbia cercato di dirtelo».

«No!», lo ammonisco. Non voglio saperne niente delle intenzioni di Anne.

Matthew sospira un poco e prosegue incurante delle mie parole: «Come ho accennato, Anne non è… come dire? La più forte delle persone. È una numero due, non una leader. Non credo tu abbia idea di quanto quella ragazza ti idolatri, Sarah».

Lo so eccome, ma non lo ammetto. Il fatto che mi idolatri non è una scusa buona per tradirmi.

«E così è stato per il pensiero che fosse lei a sconvolgere il tuo mondo… Lei… non ci riusciva. Aveva troppa paura di essere il messaggero che tu avresti lasciato privo di vita sul tuo percorso e che non avresti neanche più ricordato. La gente fa un sacco di cose stupide in circostanze difficili, ma, ti dirò, io riconosco se una persona mente o meno, e quella donna lì dentro non ti ferirebbe di proposito». Mi toglie le mani dalle spalle.

So che Matthew ha ragione, ma non per questo è più facile da accettare. Anne è come la sorella minore che non ho mai avuto, e il nostro rapporto è stato più di quello tra dipendente e superiore. Tra un buono pasto e una bocca da sfamare. Tra una scala a pioli da salire e una giovane donna ambiziosa.

«Eccovi qui». Lo sceriffo Stevens apre la porta. «Anne ha

presentato la sua calligrafia, che dunque verrà inserita tra le prove affinché possiate farla analizzare, come richiesto. Tuttavia, stando all'interrogatorio, penso che sia pulita».

Ci diciamo entrambi d'accordo e facciamo qualche passo verso Stevens.

«Credo che lei abbia ragione», ammetto, anche se ormai Anne ha perso la mia fiducia e sono ancora arrabbiata con lei.

49
Adam Morgan

Scott vuole aiutarmi. Una parte di me non è sorpresa. Se davvero non crede che l'abbia uccisa io – e non dovrebbe, perché non l'ho uccisa io – e visto quanto la amava, non si fermerà davanti a nulla per consegnare il vero colpevole alla giustizia.

Ma d'altra parte, è risaputo che il suo carattere irascibile ha spesso il sopravvento, senza contare che è uno stronzo. Ora, sarebbe così sorprendente che uno stronzo del genere fingesse di credermi solo per fuorviarmi e mandarmi ancora più a fondo? La realtà di merda è che a volte bisogna accettare le cose per come sono, e in questo momento Scott è forse l'unico che può tirarmi fuori dall'incubo.

Non posso continuare ad arrovellarmi in questo modo. Mi fanno diventare pazzo. La mia mente è prossima a raggiungere uno stato di illuminazione o di pazzia definitivo perché mi sforzo di afferrare al contempo due pensieri contrastanti.

Ma so anche che la speranza è l'unica cosa cui posso aggrapparmi, l'unica che non mi può essere tolta, perciò è lei che dovrei tenere ben stretta per aver salva la vita, a prescindere da dove origini o a chi sia legata. Ad ogni modo non sono ingenuo riguardo alla mia condizione. So che le mie cazzo di possibilità sono scarse, se non inesistenti.

C'è però un'altra evenienza che mi viene alla mente. E se fosse *davvero* Scott l'assassino? Questo suo comportamento imprevedibile, l'atteggiamento da scheggia impazzita, da vedovo in lutto, è sì una copertura per la verità, ma anche un comodo sfogo per la paura e le emozioni da "animale in gabbia" che lo percorrono. Se è così, allora gli sto passando altre munizioni da scaricare contro di me. Non solo, perché l'ho condotto direttamente all'unica persona che stava lavorando con me per scoprire la verità. Finché rimango impantanato qui dentro, e se non c'è nessuno che possa proteggere Rebecca, Scott può darle la caccia e sbarazzarsene con la stessa facilità con cui ha fatto fuori Kelly. In breve, a meno di un miracolo, sono comunque fregato. Quindi, chi se ne importa di quel che succede lì fuori? Posso solo sedermi qui e aspettare… o forse no.

50
Sarah Morgan

Rientriamo in centrale con lo sceriffo Stevens. La mia rabbia non si è ancora dissipata, ma inizio a pensare con maggior chiarezza. Sebbene possa essere arrabbiata perché Anne mi ha nascosto delle informazioni, non è stata lei a costringere Adam a scopare con Kelly e di certo non è il motivo per cui Kelly è stata uccisa. Le sue motivazioni, per quanto non proprio corrette, non erano improntate a malvagità. Il che rappresenta un elemento di redenzione sufficiente per iniziare a far scendere la mia pressione sanguigna a un livello più umano. Ma ora è il momento di ascoltare Bob.

Quando arriva lo sceriffo Stevens, Marge assume subito un tono diverso, rispetto a quello infastidito che mostra di fronte alla seccatura dell'ennesimo avvocato. E chiude il libro di scatto.

«Salve di nuovo, sceriffo. Torna giù nelle segrete? Vuole che le passi io il badge allo scanner?», chiede con un sorriso. È evidente che si compiace della scelta delle parole che usa ed è felice di poter aiutare in qualche modo un bravo sceriffo come lui.

«No, Marge. Non c'è problema. Posso farlo benissimo da solo. E quante volte ti ho chiesto, per favore, di non usare quel termine, soprattutto davanti a estranei?». Stevens fa quasi un'imitazione del tono severo, il che suona come un rimprovero di facciata, piuttosto che come collera vera e propria.

«Mi dispiace, signore. Cercherò di ricordarlo in futuro». Il suo volto è attraversato da un sorrisetto ironico. Lo sceriffo le fa un gesto d'intesa.

Stevens scansiona il nostro badge visitatori e ci riporta dove eravamo prima. Passate le pareti sgargianti già viste in precedenza, camminiamo di pari passo lungo la pavimentazione di pessima qualità. Questa volta, però, al bivio prendiamo a sinistra, invece che a destra.

Bob è seduto dietro il falso specchio, palesemente agitato per l'attesa. Si guarda intorno come se cercasse qualcuno o qualcosa su cui sfogare la frustrazione. Agita le gambe senza posa, il sudore gli si accumula vicino all'attaccatura dei capelli. Non è abituato a essere nei panni di chi deve rispondere alle domande, di solito è dall'altra parte.

Lo sceriffo si ferma un momento prima di congedarsi. «Dopo questo abbiamo terminato», chiarisce.

«Bene», rispondo sollevata, perché anch'io non vedo l'ora che finisca. Esce, chiude la porta e nella stanza rimaniamo solo io e Matthew. Mi sento svuotata, ansiosa e pronta ad andarmene via. La mia immagine pubblica di avvocata sicura di sé è quasi svanita stasera, ho bisogno di andare a casa a ricaricarla. Sento di essere vulnerabile senza la mia armatura, ma sono felice che Matthew sia qui con me.

La testa di Bob scatta verso la porta, i suoi occhi si socchiudono, le gambe agitate fino a poco prima si bloccano di colpo. Bob sarà anche un gradasso, ma è un buon avvocato ed è spietato nel controinterrogatorio. Sembra quasi che non voglia lasciare la stazione di polizia senza ricevere la gratificazione di un combattimento.

«Buonasera, Mr Miller. Mi dispiace averla fatta aspettare tanto a lungo. Posso portarle qualcosa da bere? Acqua? Caffè?». Stevens sa che l'atteggiamento da duro con cui ha subito capitolato Anne non funzionerà con Bob. Inizia, dunque, con il ruolo del bravo ragazzo, così da evitare che le cose degenerino.

«Si risparmi scuse e convenevoli. Non ho bisogno di mangiare né di bere. Non sono un novellino, perciò facciamo in fretta».

«Molto bene, allora». Stevens sorride mentre si siede, divertito dalla spavalderia di Bob. «Cominciamo da quello che sa a proposito di Kelly Summers».

«Che cosa vuole conoscere nello specifico, sceriffo?». Bob è consapevole di cosa può o non può usare la polizia tribunale.

Sa distinguere una trappola o una congettura da una prova reale. Le domande di Stevens dovranno essere serrate, altrimenti la cosa andrà avanti tutta la notte.

«Mi scuso. Per un attimo ho dimenticato di avere a che fare con un avvocato. Niente domande sciocche, allora. Conosceva la vittima, Kelly Summers, prima dell'inizio di questo caso?»

«Sì, la conoscevo».

Non è possibile estrapolare singole informazioni dalle risposte di Bob. Non gli sfugge mai che deve affermare solo quanto gli viene domandato.

La porta della stanza si apre ed entra il vicesceriffo Hudson, tronfio come sempre. Ha le spalle alte e il petto gonfio.

«Non c'è nessuno da arrestare illegalmente qui dentro, agente Hudson», lo provoco.

«Non ancora, almeno». Si posiziona dietro di noi, sovrastando me e Matthew.

«Ad ogni modo, cosa ci fa qui?», chiedo.

«Sono qui per svolgere il mio lavoro, che mi impone di osservare e far rispettare la legge».

«Non mi sembra che lei l'abbia fatto, da quel che ho visto. Mi auguro, tuttavia, che sarà pronto per me quando la chiamerò al banco dei testimoni per il controinterrogatorio», ribatto senza voltarmi a guardarlo.

Hudson espira a fondo dal naso ma non risponde. Chissà se siano state le mie parole a renderlo nervoso. Ad ogni modo, adesso non posso concentrarmi su di lui, devo riportare l'attenzione alla sala interrogatori.

«Le dispiacerebbe chiarire come mai conosceva Kelly Summers, o meglio Jenna Way?», chiede lo sceriffo Stevens.

«Era sposata con mio fratello», risponde Bob.

«Ucciso dalla stessa Kelly, non è vero?»

«Non è stata questa la mia risposta. Kelly Summers non è mai stata giudicata colpevole di tale crimine, pertanto qualsiasi dichiarazione che giunga a tale conclusione sarebbe una mera congettura», chiarisce Bob con una venatura di disprezzo nella voce. Lo sceriffo Stevens ha trovato il tasto giusto sul quale battere, un chiaro punto debole di Bob.

«Mi scusi. Mi permetta di riformulare la domanda, così da non dare adito a malintesi. Suo fratello, Greg Miller, era sposato con Kelly Summers. Ed è stato ucciso. Kelly è stata accusata dell'omicidio, poi ha lasciato lo Stato, ha cambiato nome e lei non ha mai avuto giustizia per l'omicidio di suo fratello». Stevens preme ancora un po' sul grande pulsante rosso con la scritta *Fratello morto* che giace proprio sotto la pelle di Bob.

«Sì, era sposata con lui. Sì, lui è stato ucciso. Se Kelly sia fuggita o no dallo Stato, invece di trasferirsi in circostanze normali è, ancora una volta, una pura congettura». Il senso di frustrazione di Bob non fa che aumentare.

«Capito, capito. È mai riuscito a ottenere giustizia per la morte di suo fratello...?». Stevens fa scorrere il dito in orizzontale sulla gola per simboleggiare l'assassinio del fratello di Bob.

«No», risponde Bob a denti stretti.

«Bello schifo, eh? Cioè, la vita di suo fratello si spegne così. Puff. E chiunque sia il colpevole se ne va in giro tranquillo. Immagino solo quanto le roda il culo. Soprattutto per chi, come lei, ha familiarità con il sistema giudiziario. D'altra parte, difendere gente come quella è il suo lavoro, no? Ossia, magari lei stesso lo ha aiutato a uscire da questo guaio. Già, perché potrebbe essere chiunque, no? È statisticamente possibile, non è vero, avvocato?». Stevens termina la serie di domande con un tono di voce acuto e la testa inarcata, in attesa di una risposta.

Il volto di Bob è di una tonalità di rosso tipica dei camion dei pompieri o forse dell'interno di un vulcano. Rimane a lungo in silenzio, sebbene a poco a poco ricominci ad agitare le gambe. L'atmosfera nella stanza si fa spessa e densa, come l'aria notturna prima della neve. Alla fine, Bob respira a fondo e una sola lacrima inizia a scendere dall'occhio sinistro, a pochi centimetri dalla vena sulla fronte che sembra sul punto di esplodere. Ammetto che in questo momento mi dispiace moltissimo per lui. Stevens sta davvero scavando a fondo e mi chiedo se sia perché forse sospetta di Bob.

«Sceriffo... Sono venuto spontaneamente per essere interrogato. Ma non sono in arresto né sono stato accusato di alcun reato. In tale posizione, è mio diritto costituzionale astenermi dal rispondere a qualsiasi domanda e andarmene di mia iniziativa, senza essere trattenuto o arrestato contro la mia volontà. Naturalmente, sono felice di adempiere il mio dovere e collaborare con le forze dell'ordine in qualsiasi modo possa essere d'aiuto nel perseguimento della giustizia legale. Di conseguenza, sarò più che disposto a rispondere a qualsiasi altra domanda, per iscritto, verrà inoltrata al mio ufficio». Bob si alza e se ne va senza guardare lo sceriffo Stevens.

«Mi scusi tanto, Mr Miller...». Lo sceriffo sbotta, alla fine, ma la porta si sta già chiudendo e le sue parole non raggiungono l'obiettivo, quasi fossero rimaste congelate a mezz'aria per poi frantumarsi a terra. Stevens detesta quando qualcuno prende e lo molla, ma in fondo se lo merita. È stato del tutto inopportuno, soprattutto perché Bob era qui volontariamente. Avrebbe dovuto avere un approccio più morbido, se voleva ottenere qualcosa da Bobo.

Mi alzo veloce e apro la porta del corridoio. Bob mi passa davanti. Mi vede ma prosegue senza dire una parola, ben sapendo che ho assistito a tutta la scena. Nei suoi occhi scorgo una tristezza che non avevo mai notato prima, e adesso capisco perché lui è così.

Lo sceriffo esce dalla stanza e si ferma un attimo, fissa il pavimento prima di incrociare il mio sguardo. Sa di aver fatto un disastro.

«Cos'era quella roba lì?», attacco.

«Stavo solo cercando di ottenere la verità, ma non è stato molto disponibile».

«Lo è stato eccome, già solo per essersi offerto volontariamente di venire qui. Lei, invece, è andato oltre ogni livello di crudeltà». Cerco di tenere la voce bassa a sufficienza perché Bob non senta, ma abbastanza alta perché Stevens comprenda quale sia la mia rabbia.

«Credevo di tirargli fuori qualcosa con un po' di sano cinismo. Avevo solo intenzione di trovare la giusta angolazione per dare un contributo al caso, come lei ha insistito», si giustifica.

«Be', non l'ha fatto. Per contro, ha rasentato la tortura nei confronti di un uomo che ha perso suo fratello. Ha trovato una ferita, vi ha infilato un coltello, e una volta piantato, si è divertito a girarlo e rigirarlo. Bob non è nemmeno un sospettato, considerando che, come ha detto lei stesso, l'indagine è chiusa».

«Be', forse andrebbe inserito tra i sospettati».

«Allora riapra l'indagine», suggerisco, gli occhi furenti puntati su di lui. Stevens distoglie lo sguardo e mi rivolge un sorrisino sprezzante.

«Esatto. Non lo farà perché andrebbe contro il suo ego, ma spero che si senta comunque un grande uomo, pur sapendo di aver combinato un casino. Si auguri solo che un giorno non le si ritorca contro». Giro i tacchi e mi avvio verso il corridoio, Matthew mi segue poco dietro.

Lo sceriffo Stevens mi urla che la sua indagine è solida o qualcosa del genere. Io so che non lo è, quindi lo ignoro.

51
Sarah Morgan

Dopo due doppi Tito's, entrambi consumati in meno di trenta minuti mentre esaminavo i documenti di un caso, il bruciore sulla guancia inizia ad attenuarsi. Me ne sono accorta solo quando l'adrenalina accumulata aveva ormai fatto il suo corso, cioè poco dopo essere arrivata a casa.

Eleanor mi ha colpito nel profondo con quella stoccata su mia madre, soprattutto perché non aveva torto. Non sapevo cosa fosse l'amore di una madre, o almeno non da quando è morto mio padre. Era il collante che ci teneva tutti e tre uniti, colui che mi incoraggiava nella vita e portava gioia a mia madre. Era il capofamiglia nel senso più tradizionale del termine, sembrava quasi che fosse balzato fuori da un quadro di Norman Rockwell. Era solo lui a portare il pane a casa, l'unico fattore che faceva girare il nostro piccolo nucleo, ciò che un giorno, però, si è interrotto bruscamente. E allora abbiamo perso tutto, e in modo iniquo. Era un padre, un marito, ci forniva da mangiare, ci proteggeva, ed era l'unico che impediva a mia madre di precipitare dal suo altopiano di felicità in un mare di depressione.

Quando mio padre scomparve, non avevamo nulla: niente soldi, nessun reddito né più una scintilla di vita. Mia madre era incapace di tenersi un lavoro, perché non ne aveva mai avuto bisogno, ed era depressa. Dormiva tutto il giorno. Nei miei occhi vedeva solo il riflesso della donna che era stata un tempo. Laddove prima ero fonte di gioia, adesso rappresentavo unicamente dolore e perdita. Ecco perché non la sopportavo. Ma non solo per questo. È vero, mi aveva abbandonato sul piano emotivo quando avevo più bisogno di lei, ma aveva anche dato prova di una debolezza per la quale non riuscivo più a sentire compassione. Provavo solo rabbia e imbarazzo. Ogni volta che mia madre parlava, la cosa si trasformava in uno scontro.

«Esci da casa mia! Non sopporto più nemmeno di guardarti».

«Casa tua? Casa tua!? Questa non è casa tua. È di papà. Non hai mai lavorato un solo giorno in vita tua. Sei debole, patetica. Dovresti essere tu l'adulta qui dentro, non io!».

«Come osi! Non sai nemmeno cosa significhi...».

Scene come questa si ripetevano di continuo, ma con una frequenza sempre minore, man mano che mia madre si fece più notturna, e gradualmente prese a limitare le apparizioni fuori dalla sua caverna di dolore. Iniziai a pensare che stava succedendo qualcosa di nefasto quando mi resi conto che il frigo era sempre meno pieno e cominciarono ad arrivare avvisi di bollette da saldare.

Come la maggior parte dei tossicodipendenti, dapprima era brava a celare le sue abitudini. Ma alla fine i soldi dell'assicurazione sulla vita si esaurirono e la Previdenza sociale smise di coprire le sue esigenze sempre più autodistruttive. Poi mi accorsi che da un giorno all'altro sparivano oggetti vari dalla casa. E la sera l'accompagnavano sconosciuti sempre diversi, uomini che non avevo mai visto in faccia, ma che conoscevo intimamente dal tono di voce e dai loro rumori primordiali di frustrazione ed estasi.

Quando avevo quindici anni avevamo ormai perso la casa e giravamo tra rifugi per donne e stanze di motel. Facevo la cameriera sia la mattina presto, prima di andare a scuola, sia la sera e nei fine settimana per permettermi il necessario, come cibo, vestiti e alloggio, dato che mia madre usava ogni centesimo che riceveva dal governo per coprire la tossicodipendenza. A scuola cercavo di non dare troppo nell'occhio, tenendomi lontana dai guai e conservando una media voti elevata, che poi è quello che mio padre avrebbe voluto per me. Certo, potevo denunciarla ai servizi sociali, ma alla fine non lo feci. Preferii prendermi cura di me stessa, e in fondo pensavo che c'era la possibilità che mia madre potesse cambiare, diventare forte, così mi aggrappai a questa idea più a lungo possibile.

Il giorno del mio sedicesimo compleanno fu quando abbandonai quella speranza. Mi cambiò per sempre. Trovai il corpo di mia madre nella stanza del motel infestato da scarafaggi in cui vivevamo allora. Però non provai tristezza. Anzi, mi sentivo sollevata perché non avrei più dovuto prendermi cura di lei, lavorare quaranta ore alla settimana per mantenere entrambe, respingere gli uomini che pensavano sarei stata una dolce consolazione quando lei sveniva.

Rimasi a fissare per più di un'ora il suo corpo pallido ed esile, un guscio vuoto e privo di vita. Aveva quattro aghi conficcati nel braccio. Alla fine raccolsi le mie cose e raggiunsi un telefono pubblico per chiamare il 911. Fu l'ultima volta che vidi mia madre e giurai che non sarei mai stata come lei.

Eppure, anche mia madre ha fatto per me più di quanto Eleanor abbia mai fatto per Adam. Mi ha resa saggia, forte, indipendente e mi ha fatto imparare a lottare per me stessa.

Al contrario, Eleanor ha reso Adam debole. Il suo amore ha soffocato la capacità del figlio di esistere da solo. Nondimeno, mia madre ed Eleanor non erano poi così diverse, come non lo sono la gran parte dei tossicodipendenti. L'unica differenza è che Eleanor alimenta tuttora la sua dipendenza, mentre quella di mia madre se l'è portata via già da tempo.

52
Adam Morgan

Pochi istanti dopo che Scott Summers è uscito infuriato dalla sala interrogatori, noto la porta leggermente socchiusa. Sulle prime, mi domando se l'abbia fatto di proposito per offrirmi una via d'uscita. Poi, mi chiedo se non si tratti piuttosto di una trappola. Induzione al reato? Forse ci sono degli agenti in attesa che io faccia una mossa. Mi alzo e avanzo, cercando di captare chiunque si possa nascondere nel corridoio. Tocco il grande specchio per controllare se c'è qualcuno che mi osserva.

Non sentendo nessuno, dopo qualche minuto decido di rischiare e trovo il coraggio di fare una cosa di cui sicuramente mi pentirò. Apro adagio la porta, sporgo fuori la testa e davanti mi ritrovo solo un corridoio vuoto e il silenzio. Non c'è nessuno ad aspettarmi… non ancora, almeno. Faccio un paio di respiri profondi, esco dalla stanza degli interrogatori e mi avvio verso l'uscita. Sono già stato diverse volte in questa stazione di polizia e, almeno di una buona parte, ne conosco la struttura. Penso di andare all'ingresso principale e di uscire da lì, ma potrebbe essere troppo pericoloso, considerato che è più frequentato. Allora cerco una porta laterale, chiusa dall'esterno ma non dall'interno. Una destinata ai dipendenti.

La mia cavigliera non manda più nessun segnale acustico, anche se non sono a casa mia. Devono averla disattivata quando mi hanno arrestato.

Alla fine intravedo una porta in fondo a un corridoio. Conduce all'esterno, in quello che sembra un parcheggio sul retro. Da una stanza esce un agente, ma è concentrato sul telefono che tiene in mano, così faccio un rapido balzo indietro e mi accuccio dietro un carrello delle pulizie lasciato incustodito.

Passa senza accorgersi di me, gli occhi incollati allo schermo del cellulare.

Quando si è allontanato, capisco che è una questione di ora o mai più. Mi muovo veloce, ma rimango in silenzio, voltandomi a guardare indietro solo una volta. Sono teso, preoccupato che quando spingo la porta possa scattare l'allarme, invece non succede. E poi sono fuori, a respirare l'aria fresca della notte. Ci sono diversi veicoli della polizia parcheggiati sul retro, quindi corro nell'ombra e mi avvio verso una strada trasversale lontana dalla stazione. Non so bene dove io stia andando o cosa stia facendo, ma non posso restare qui. Devo trovare Rebecca, perché forse l'ho appena messa in pericolo.

53
Sarah Morgan

Ieri sera ho dimenticato di mettere la sveglia, e non è da me. Sono in ritardo e mi precipito qui e lì per la casa per prepararmi ad andare in ufficio. Non ho dormito bene neanche questa notte, ho la mente troppo inquieta dopo quanto è accaduto, e poi non riuscivo a smettere di pensare al caso. Ho provato ripetutamente a vedermi come membro della giuria, immaginando di essere seduta al banco dei giurati ad ascoltare il procuratore Peters che presentava l'accusa e poi me stessa che illustravo la difesa. Cosa penserei se fossi uno di loro? Quali prove mi rimarrebbero impresse? Quali troverei irrilevanti? Quale testimonianza più convincente? Di quale dubiterei? E, dopo aver ascoltato entrambe le parti, a quale conclusione giungerei riguardo alla notte in cui Kelly Summers fu uccisa? Le mie risposte cambiano di volta in volta, perché non ho ancora tutte le informazioni a disposizione.

Il terzo set di DNA, quello dello sconosciuto, mi preoccupa ancora, non posso andare al processo senza sapere a chi appartiene. È troppo rischioso, sebbene potrei trovarmi a non avere scelta. Devo parlare con Peters e scoprire se ha nuove prove in risposta a quanto gli ho consegnato. Certo, avrei un'idea più precisa di ciò che ha in mente, se non fosse per la scenata messa in atto da Adam.

All'ingresso di casa, prendo la borsa e infilo i tacchi. Cammino con malagrazia fino alla mia auto, ciò che accentua la mia frustrazione. Sono incazzata nera con Adam, che di punto in bianco ha violato le condizioni della cauzione. Doveva solo starsene buono a casa, ma non ci è riuscito. Così non fa che aumentare il mio carico di lavoro, perché ora dovrò presentare una mozione per impedire che quelle informazioni vengano menzionate durante il processo.

Mi dirigo direttamente in ufficio. Sono sicura che oggi Kent verrà a darmi una bella lavata di capo per quanto successo ieri, mentre lui era fuori. Non so se Bob e Anne si presenteranno al lavoro, ma immagino di sì. Anne mi chiederà di perdonarla e Bob vorrà dar prova della sua forza. Entrando nel parcheggio, noto che ci sono più giornalisti rispetto alle ultime settimane. Mi chiedo se è perché sanno che Adam ha violato la libertà vigilata o se siano qui solo perché il processo inizierà a breve e vogliono avere informazioni di prima mano.

Non ho voglia di parlare e non ho nulla da dire, a questo punto. Ho troppe cose per la testa, gli passo davanti ignorandone le domande e le richieste di commenti. Neanche trenta secondi dopo essermi seduta alla scrivania, sento bussare debolmente alla porta. Anne sporge la testa. La parte inferiore del busto rimane nascosta, forse nell'eventualità di dover sfuggire alla mia ira.

«Posso entrare, Sarah?», chiede con una voce che vibra. È la iena che si avvicina allo gnu abbattuto mentre il leone sta ancora mangiando. Forse il leone deciderà di condividere la preda. O magari vorrà fare due pasti questa mattina.

«Sì, Anne», rispondo assumendo un tono impassibile, privo di emozioni, per trasmettere il mio giudizio prudente su di lei in quanto persona.

Entra e tira un sospiro. «Volevo solo dirti ancora una volta che mi dispiace. Mi dispiace di non averti detto della relazione di Adam. Ho cercato in tutti i modi di rivelartelo, ma non sono riuscita a trovare le parole giuste. Non volevo rompere il nostro sodalizio. Ad ogni modo, se vuoi che me ne vada, lo capirò. Posso far svuotare la mia scrivania entro la fine della giornata».

Non rispondo subito, giusto per lasciarla rosolare.

Anne contrae le labbra e annuisce, del tutto sconfitta, prima di uscire dal mio ufficio.

«Anne, fermati», la chiamo. Alza la testa e vedo un barlume di speranza nei suoi occhi. Dovrei lasciarla andare. Dovrei abbandonarla a sé stessa. Risparmierei i soldi dell'azienda.

Risparmierei a me stessa un gran mal di testa. Ma in fondo so che aveva buone intenzioni e che, in fin dei conti, mi è sempre rimasta fedele. Inoltre, non ho tempo di trovare un'altra assistente proprio nel corso del processo, quindi, volente o nolente, ne avrò comunque bisogno.

«Bob è in ufficio?»

«Sì. Vuoi che lo chiami?»

«No, non ancora. Ma nel frattempo, per favore, fissami un incontro con il procuratore Peters per il tardo pomeriggio». Sorride appena e fa per andarsene. «E… Anne», aggiungo.

«Sì, Sarah?», chiede voltandosi verso di me.

«Da questo momento, finché non mi sentirò pronta, sarai solo la mia assistente». Lascio che le parole rimangano lì sospese ad aleggiare mentre ruoto la sedia per distogliere lo sguardo altrove.

«Sì, Mrs Morgan», mormora uscendo dall'ufficio. Il mio telefono vibra e sullo schermo appare un messaggio di Eleanor:

Dovremo ancora collaborare per il bene di mio figlio, ma per ora non ho voglia di vederti. Le tue parole sono state ignobili, ma chiedo scusa per aver perso il controllo.

Alzo gli occhi e spingo via il telefono senza rispondere.

54
Adam Morgan

I piedi mi stanno uccidendo. Ieri sera, dopo aver lasciato la stazione di polizia, ho iniziato a camminare, sapendo che dovevo allontanarmi il più possibile. Mettere distanza tra me e la centrale è importante, ma lo è anche togliermi l'uniforme da detenuto che mi hanno rimesso e trovare un riparo, sperando che nessuno mi riconosca.

Dopo qualche ora di fuga ha iniziato a piovere. Ecco, ci mancava solo la pioggia. Non riesco mai a trovare una tregua. Non mi ero accorto di quanto mi fossi inoltrato nel paesaggio sperduto.

Ho cercato di evitare le strade, perciò mi sono addentrato nel bosco per trovare un rifugio. Ma si è rivelato un compito piuttosto arduo, tenendo conto che c'era una visibilità di non più di un metro. Dopo un buon quarto d'ora di cammino, dove forse avevo solo girato in tondo, sono arrivato a un albero parzialmente abbattuto, incastrato tra i tronchi massicci di altri due. Sembrava relativamente stabile e offriva un po' di riparo dalla pioggia, così ho deciso di accamparmi. Non mi illudevo di trovare altri rami o grosse foglie per migliorarne la struttura: dopotutto non sono nessun cazzo di Bear Grylls, io.

Insomma, mi sono seduto sotto l'albero abbattuto e ho aspettato. Non potevo fare a meno di pensare che forse morire qui sarebbe stato perfetto, il mio corpo si sarebbe decomposto e sarebbe diventato fertilizzante per il bosco. Già, non sarebbe stata la fine peggiore. Avrei reso felice il procuratore. Immaginavo già la conferenza stampa. «Sì, è vero. Mr Morgan si è sottratto alla custodia cautelare; tuttavia, non è andato lontano e, alla fine, la natura ha deciso di applicare quella giustizia che lo Stato si proponeva già di mettere in atto».

Ho iniziato ad avvertire un gran freddo penetrarmi nelle ossa, ma non potevo farci nulla. Tremavo, ed ero tutto solo, non mi restava altro che riflettere su come mi fossi venuto a trovare in quella condizione.

Alcuni elementi erano ovvi. Sì, avevo tradito mia moglie nel nostro letto coniugale, e forse l'adulterio comporta delle conseguenze. Però, no, qui si trattava di qualcos'altro. Tanti tradiscono il coniuge, cioè... alcuni tradiscono il coniuge. Eppure, immagino che l'esito più comune di quelle tresche sia il divorzio, non l'omicidio.

Chiunque sia stato doveva conoscere Kelly o me, o forse entrambi. Sapeva della casa al lago. Sapeva che trascorrevo lì una bella fetta del mio tempo. Sapeva che Kelly veniva a trovarmi e spesso si fermava per la notte. Sapeva come entrare, non fare rumore, dove saremmo stati. Sapeva praticamente tutto. E con ogni probabilità non era la prima volta che uccideva. L'omicida deve essere stato paziente e calcolatore. Non si è trattato di un piano avventato. Qui ci è voluto tempo.

Scott aveva senz'altro la formazione e le conoscenze necessarie per portare a termine un obiettivo del genere. Cavolo, è il suo lavoro. Cioè, me lo immagino a pattugliare la zona, sorvegliare il lavoro di Kelly e la mia casa, tenerci d'occhio in attesa del momento più opportuno per colpire. Anche lui è un ex militare, quindi chissà di cosa è capace.

Ma è così semplice? Ossia, tutto si riduce alla figura del marito messo in ridicolo? E come si inserisce, allora, la questione di Bob in tutto questo? E Anne, sapeva di noi? Non può essere solo una coincidenza, giusto? Forse erano tutti coinvolti, o almeno più di uno. Cerco di collegare i puntini per capire cosa sia accaduto. Del resto, Bob e Anne lavorano insieme. O magari Anne ha informato Scott della nostra relazione perché non riusciva a dirlo a Sarah. Forse ha pensato che fosse la cosa migliore da fare e che poi sarebbe stato lui a rivelarlo e a mettere il tutto dinanzi a Kelly. Solo che Scott l'ha uccisa, piuttosto che metterla di fronte al fatto compiuto. Un attimo, e Bob? Avrebbe voluto vedere morta Kelly più di chiunque altro. Cioè, lei ha ucciso suo fratello... o forse no. E poi c'è Jesse Hook, lo stalker. Come si inserisce, lui? C'entra qualcosa? Non ne so molto, ma Sarah stava seguendo quella pista e chissà dove l'ha portata. Senza dimenticare l'uomo misterioso che frequentava Kelly. Magari c'è lui dietro tutto questo, e noi siamo solo degli idioti che se ne stanno lì a puntare il dito l'uno contro l'altro.

Il torpore che fino a poco prima mi bloccava si attenua per qualche istante, e solo allora mi rendo conto degli insetti che mi si accumulano su mani e gambe. La prima reazione è di agitarmi e scrollarmeli tutti di dosso, ma poi ricordo dove mi trovo. Questa è casa loro, non la mia. Cercano calore e riparo come me, dunque come posso biasimarli? Vorrei essere uno di loro. Almeno ogni mattina avrei uno scopo: percorrere i boschi alla ricerca di materiale da costruzione e di cibo da portare alla colonia. Avrei amici, una squadra, un chiaro senso della direzione. La formica Adam si sentirebbe rinascere. Di notte potrei riposare in pace, sapendo di aver compiuto l'onesto obiettivo del giorno: riempirmi la pancia. Di tanto in tanto, poi, pianterei il mio seme nella regina. In realtà, lo schema non è molto diverso dalla mia vita. Solo che la loro non è priva di scopo. Ed è giusta.

Mi sveglio completamente fradicio, più infreddolito che mai. I muscoli non vogliono reagire. Sono congelati, in attesa che prima o poi arriverà loro del calore. Il cervello li informa che non sarà così e solo allora si riscuotono. Prendo in direzione della strada, o almeno credo. La mia ipotesi si rivela corretta. Non mi ero addentrato poi molto nel bosco.

Continuo ad avanzare e noto che ho le mani incrostate di fango secco. La patina inizia a creparsi e a irradiarsi in un'elica di scaglie. Penso che sia la versione sporca della traccia che lasciano Hansel e Gretel. Poi mi volto indietro e mi rendo conto che il fango secco che cade nel terriccio non lascia tracce.

Dopo la camminata più solitaria e miserabile che abbia mai fatto, comincio a sentire un rombo di traffico più costante. Invece di una macchina ogni venti minuti, ne sento una ogni pochi minuti. Devo essere vicino a qualcosa, il mio corpo mi urla di correre in strada a chiedere aiuto, ma so che devo essere cauto. Sono in fuga, e indosso ancora l'uniforme da prigione.

Proseguo e mi ritrovo su una strada tranquilla, con una stazione di servizio, un'area di sosta per camion e un paio di fast-food. Valuto il mio aspetto e decido che l'area di sosta è la scelta migliore. Se sarò fortunato, potrei trovare la cabina di qualche camion lasciata aperta. Potrei entrare veloce, prendere dei vestiti, intrufolarmi nell'area di sosta e fare una doccia veloce. Allora sarei libero di muovermi nella zona.

Controllo il primo autoarticolato, dopo essermi assicurato che non ci sia nessuno in zona, e provo lo sportello. Chiuso a chiave. Passo al veicolo successivo e a quello dopo, ma senza successo. Infine, al quarto tentativo, trovo lo sportello chiuso ma il finestrino aperto. Mi avvicino, sollevo la serratura ed entro. Supero rapido i due sedili anteriori e raggiungo la panca posteriore.

Trovo una piccola sacca da viaggio, infilo la mano e tiro fuori un paio di jeans e una camicia di flanella a scacchi verdi. «Andrà bene», sussurro.

Esco dalla cabina, chiudo lo sportello senza far rumore e rimetto la sicura. Mi volto verso i bagni dell'area di sosta, ma mi blocco di colpo quando scorgo due uomini che vengono nella mia direzione. Sono intenti a fumare e chiacchierare e non mi hanno ancora notato. Ai margini del parcheggio c'è una sorta di anello di ghiaia che dà su un campo di giunchi alti ed erba di grano, con boschi più scuri incastonati sullo sfondo, all'orizzonte. Quando mi volto, incrocio lo sguardo torvo dei due uomini, la loro camminata lenta ma costante. Si avvicinano con cautela, le spalle curve e la testa inclinata in avanti.

«Ehi!», urla uno di loro.

«Che stai facendo?», grida l'altro.

Sono in preda al panico. Non so come rispondere, soprattutto considerato il mio aspetto. Faccio l'unica cosa possibile e prendo a correre verso il campo.

«Ehi, figlio di puttana, dico a te!», urla il primo camionista mentre iniziano a inseguirmi.

Continuano a gridare qualcosa, ma io ho la mente offuscata dallo sgomento.

Quando raggiungo l'erba alta, non smetto di correre finché

non mi ritrovo di nuovo nel bosco e finalmente non sento più le loro voci dietro di me.

Mentre mi tolgo gli abiti da carcerato per indossare quelli da camionista appena rubati, una goccia d'acqua mi cade sulla schiena e avverto i brividi corrermi lungo la spina dorsale. Alzo lo sguardo e osservo i rami danzare nella brezza leggera che soffia. Mi salutano, mi scherniscono. Sembrano indicarmi ancora una volta di lasciare la strada da cui sono venuto.

«Sì, nemmeno io voglio stare qui», dico guardando il cielo, ma non ho scelta in questo momento. Devo trovare una mappa o raggiungere un telefono, ma per questo forse dovrò aspettare che scenda la notte.

55
Sarah Morgan

Arrivo in anticipo al piccolo caffè dove il procuratore Peters ha accettato di incontrarmi. Di norma, mi presenterei con qualche minuto di ritardo per dimostrare che il mio tempo è più importante del suo. Non questa volta, però. Sono io che ho bisogno di un favore. Le cose procedevano per il verso giusto fin quando Adam non ha pensato bene di rovinare tutto, irrompendo in ufficio e attaccando Bob e Anne. Ce l'avevo quasi in pugno, Josh Peters. Credo che stesse per portare a termine il lavoro di cui avevo bisogno: scoprire a chi appartenesse il terzo set di DNA.

Le mie unghie danzano sul tavolo del bar. Il ronzio di chi mi circonda, il fruscio della macchina del caffè e lo sferragliare dei piatti sono una piacevole pausa dal rumore e dalle preoccupazioni che mi affollano la testa da prima dell'inizio del caso. Roteo la cannuccia attorno al frullato di pesca e mango. Non potrei mangiare cibi solidi nemmeno se ci provassi, ho lo stomaco in subbuglio.

Scorgo il procuratore Peters sulla soglia del locale. Non mi cerca, anzi va dritto al bancone per ordinare. È in ritardo. E lo sa. Ma non gli interessa. Sa di essere in vantaggio. Mancano pochi giorni all'inizio del processo e non sono mai stata tanto impreparata per un caso in vita mia. Mentre Peters finisce di sfoggiare il suo sorriso perfettamente simmetrico alla cassiera, mi individua, finalmente. Il sorriso scompare in parte, ma ce n'è ancora a sufficienza perché riesca a convincerlo ad aiutarmi, o almeno spero. Indica il menu e mi chiede se desidero qualcosa. Scuoto la testa e alzo il frullato. Fa un gesto a indicare di aver capito, prende lo scontrino e mi raggiunge al tavolo.

«Non pensavo di vederla prima del processo, soprattutto dopo ieri». Si sbottona il cappotto.

Attendo un momento prima di parlare, non vorrei apparire troppo impaziente. Il nome del gioco in questione è «disinvoltura». Bevo un sorso di frullato. «Lo so, ma mi sembrava che non avessimo finito, grazie alla violazione della libertà vigilata da parte del mio cliente».

«È stata proprio una scenata di prim'ordine». Sottolinea la battuta spalancando gli occhi. «Non ho sentito nulla al riguardo dagli uffici del giudice Dionne, se è questo che vuol sapere».

Ci interrompe una cameriera, che posa davanti a Josh patatine, un panino e un caffè nero. Gli sorride e arrossisce subito. In effetti ha questo effetto sulle donne, e la cosa non mi sorprende. È un uomo di bell'aspetto e ben vestito. Lui la ringrazia e lei indugia un attimo, come se non volesse andar via. Alla fine si allontana, voltandosi verso di lui due volte.

«Non è questo il mio obiettivo. A causa delle sue azioni, adesso il cliente passerà l'intero processo in carcere, e in seguito dovrà sicuramente affrontare altre accuse».

Peters concorda e inizia a mangiare. Tra un boccone e l'altro mi mette in guardia: «Quando avrò finito il panino, la nostra conversazione sarà giunta al termine. Quindi, le conviene sputare fuori a cosa mira».

Prendo un altro sorso di frullato per contenere la frustrazione. «Cosa sa in merito al terzo set di DNA?»

«Niente.»

«E questo non la disturba?»

«Non ho bisogno di quel DNA per ottenere una condanna», risponde in tono concreto.

«Ma…».

«Ma lei, invece, ne ha bisogno», mi interrompe.

«Non è detto».

«Sa bene quanto me che la giuria considererà il terzo set di DNA come indiziario. In fondo non è che uno dei tre. La vittima ha avuto diversi rapporti sessuali, su questo non ci piove. Se lei sapesse a chi appartiene, potrebbe costruire il caso intorno a tale elemento. Dimostrare il ragionevole dubbio.

Dimostrare che l'altra persona aveva un movente maggiore di Adam. So come funziona, Sarah. Lei è tra l'incudine e il martello, come si suol dire. Forse dovrà venire a patti con l'idea che questo caso non lo vince», proclama freddamente.

«E la dichiarazione che lo sceriffo Stevens ha raccolto da Bob Miller ieri sera?», insisto.

«Il mio ufficio la sta esaminando».

«Non ha trovato strano il legame di Bob con la vittima?»

«Certo. Ma è indiziario anche quello».

«Ah, sì?», sollevo il capo.

«Al momento sì… ecco perché stiamo verificando».

«Senza tralasciare Scott».

«Cosa, in particolare?», non intende far trapelare altro.

«Be', voci di abusi, problemi di rabbia, un alibi debole e i messaggi minatori inviati a Kelly la notte dell'omicidio. Mi chiedo cosa penserà la giuria di tutto questo».

«Immagino che dovrà chiederlo lei stessa», commenta mettendo una patatina in bocca.

«Sono tante le domande tuttora insolute, Josh, e diversi sospetti non proprio scagionati. È sicuro di voler procedere comunque con il caso?»

«Certo, Sarah. Magari è lei che non è troppo sicura di rappresentare la difesa». Si pulisce il viso con un tovagliolo, si alza e si abbottona il cappotto. Poi mi guarda. «Buona fortuna. Perché credo che ne avrà bisogno». Si incammina con atteggiamento fiero ed esce dal bar senza dire altro.

Che stronzo compiaciuto. È chiaro che non indagherà sull'identità del terzo DNA. Ma sono sicura che verificherà l'alibi di chiunque sia in posizione dubbia, nel caso venga tirato in ballo in tribunale. Almeno potrò contare sul fatto che verrà tutto incluso nella presentazione delle prove.

Tiro fuori un blocco di carta e scarabocchio una lista di nomi di tutti gli uomini che mi vengono in mente e che so aver avuto contatti con Kelly, tutti quelli che potrebbero essere andati a letto con lei. Prendo in considerazione sia l'avventura di una notte, del tutto irrilevante ai fini del caso, sia chi ha fatto parte della sua vita e sa più di chiunque altro. La fotografo con il cellulare, la accartoccio e la metto in tasca. Di solito chiederei ad Anne di occuparsene, ma non posso fidarmi di lei, non ancora. Per altro, non credo che ne sarebbe in grado.

Esco dal caffè e chiamo Matthew. Risponde al primo squillo: «Ciao, tesoro».

«Ciao, Matthew. Ho bisogno di un favore».

«Qualsiasi cosa».

«Non è esattamente legale», premetto a bassa voce mentre cammino tra sconosciuti lungo il marciapiede.

«Ehi, adesso inizi a parlare come uno dei miei clienti». Ha un tono di voce determinato, ma leggero e arioso, qualcosa che solo a Matthew potrebbe riuscire. «Ad ogni modo, chiedi pure».

«Ti manderò una lista di nomi. Vorrei che prendessi un campione di DNA da ognuno di loro. Capelli, saliva, pelle... Non mi interessa come lo ottieni. Ho solo bisogno che tu me lo faccia avere».

«Prendere il DNA dagli uomini? La mia specialità». Ride sommessamente.

«Poi li mandi tutti in laboratorio e li fai confrontare con il DNA sconosciuto rilevato nell'organismo di Kelly. Ti ho già aggiunto come codifensore, quindi non dovresti avere problemi». Premo il telefono sull'orecchio e sussurro: «Mi raccomando, massima discrezione e fai in fretta».

«Sarah, sai che non saranno ammissibili in tribunale, no?». Assume un tono più serio.

«Se è utile ai fini del caso, farò in modo che lo siano».

«Spero che tu stia scherzando. Cos'hai in mente?»

«Ho bisogno di scoprire tutto, Matthew».

«Ma dal punto di vista legale, non dovresti farlo», insiste.

«Al diavolo, Matthew! Hai intenzione di aiutarmi o no?»

«Sai benissimo che lo farò. Spero solo che tu sappia quello che fai».

«Ovviamente. Ci sentiamo presto». Chiudo la telefonata proprio mentre arrivo allo studio Williamson & Morgan.

56
Adam Morgan

Tornare all'area di sosta di notte si è rivelato molto più facile. Quando ho avuto la certezza che l'adrenalina di prima fosse svanita, mi sono accampato per un po'. I camionisti erano andati via e non si era visto nessun poliziotto.

Alla fine sono riuscito a fare una doccia all'area di sosta e a rimediare qualche avanzo dal cassonetto della spazzatura sul retro. Disgustoso, certo, ma i jeans del camionista non erano provvisti di un portafoglio magico pieno di soldi.

Entro nella stazione di servizio e il commesso alza lo sguardo dallo smartphone per un breve secondo, giusto per farmi un vago cenno di saluto, prima di tornare alla sua sciocca forma di intrattenimento. Mi dirigo verso i bagni, sperando che vi sia un telefono a monete, consapevole che ormai è piuttosto raro trovarne. Infatti non c'è. Mi avvicino allo scaffale a muro, colmo di opuscoli sull'area, cartoline, calendari, ma soprattutto di cartine stradali. Ne estraggo una dal suo alloggiamento e trovo il punto dove sono, poi mi sforzo di ricordare l'indirizzo di Rebecca, che ho intravisto nella parte superiore di uno dei rapporti consegnati. Ricordo solo il nome della strada. Uso la casa al lago come punto di riferimento e traccio il percorso fino a lei. Finalmente un po' di fortuna: è a meno di tre miglia, non lontano dall'autostrada.

Mi guardo intorno prima di infilarmi la mappa nella cintura e di coprirla con la camicia. Non vorrei rubare a questo tipo, ma non ho davvero scelta. E poi, a parte gli evasi senza telefono e forse gli anziani, chi diavolo usa le mappe cartacee al giorno d'oggi?

Penso che forse sarebbe meglio fare una telefonata a Rebecca per avvisarla che sto arrivando. Nella migliore delle ipotesi, potrebbe venire a prendermi e risparmiarmi qualche ora di cammino.

Vado al banco del commesso che, senza alzare lo sguardo, mi domanda: «Posso aiutarti?»

«Sì. Ho perso il cellulare e dovrei fare una telefonata. Posso usare il suo giusto un secondo?»

«Cinque dollari», risponde fissando sullo schermo.

«Come?»

«Cinque dollari. Se vuoi usare il mio telefono, sono cinque dollari».

«Ma non ho soldi con me».

«Allora niente telefono», ribadisce. «In ogni caso, se non hai né telefono né soldi, cosa ci fai qui?». Finalmente alza la testa, incrocia i miei occhi e noto quanto siano iniettati di sangue. È sicuramente fatto, magari riesco a strappargli un moto di compassione.

«Mi sono perso, sono stato derubato e speravo che qui avrei trovato un telefono a gettoni».

Allarga pian piano un sorriso, finché non scoppia a ridere. «Un telefono a gettoni!? E dai, ma da dove vieni? Dal 1997?».

Rimango lì, senza sapere quale potrebbe essere la mia prossima mossa, eppure, quando smette di ridere, va alla schermata home del suo telefono, clicca sull'app per le chiamate e me lo porge.

«Era da un po' che non ridevo così tanto. Sbrigati e non ti allontanare», aggiunge, un leggero velo di lacrime gli scende lungo le guance.

«Grazie».

Cerco di ricordare il numero di Rebecca. Dopo quattro squilli, scatta la segreteria telefonica. Per fortuna la voce registrata è la sua, quindi alla fine sono riuscito a ricordarlo. Salto la segreteria e provo a chiamarla un'altra volta. Di nuovo, nessuna risposta.

Digito un altro numero e mentre il telefono squilla, guardo il commesso. È occupato a leggere una rivista e per il momento non mi dà retta.

«Pronto».

Premo il telefono sull'orecchio. «Daniel. Sono Adam».

«Adam, ragazzo mio. L'asta per i diritti è ancora in corso. Finisce la prossima settimana, ma abbiamo un sacco di belle offerte. Un momento! Ho sentito che sei finito ancora una volta in prigione. Qualcosa sulla libertà vigilata... Questo libro sarà piccante al punto giusto», prevede.

«Sono scappato».

«Cosa? E vieni a chiamare me?».

«Ho bisogno del tuo aiuto».

«Adam, non posso aiutarti. Sarei un complice. Mi raccomando, prendi buoni appunti per il libro». Chiude bruscamente la telefonata.

Compongo un altro numero e lei risponde al primo squillo. «Mamma, sono fuggito».

«Oddio. Dove sei?», si avverte il panico che monta nella sua voce.

«Non importa. Ci vediamo in albergo più tardi, stasera. Ho bisogno di contanti».

«Ma certo, tesoro. Il tuo posto non è in quella prigione».

«Non dirlo a Sarah, però».

«Non ho alcun interesse a parlare con Sarah e ho una mezza idea di prenderla di nuovo a schiaffi».

«In che senso, di nuovo?»

«Ehi, bello, perché ci metti tanto?», chiede il commesso.

«Devo andare, mamma. Ti voglio bene». Riaggancio e cancello il registro delle chiamate prima di restituire il cellulare.

«Mi scusi, ad ogni modo grazie per l'aiuto».

«La ragazza non risponde, vero Mr Telefono a pagamento?». Sul suo volto compare un sorriso.

«Qualcosa del genere».

Una volta fuori, mi incammino cercando di non farmi vedere. Mi sorprende che la città non pulluli ancora di poliziotti sulle mie tracce. Dopo più di un'ora, arrivo al quartiere di Rebecca, per lo meno dovrebbe essere questo. Sono senza telefono, non posso chiamare né chiedere l'indirizzo. Provo a individuare la sua auto nel vialetto, sperando che non la tenga in garage e che la polizia gliel'abbia restituita.

Sembra che la fortuna inizi finalmente ad arridermi. Riconosco la Chevrolet Cruze di Rebecca nel vialetto di una casa in stile ranch. Mi auguro solo che sia tutto vero e che, piuttosto, isterismo e illusione non abbiano preso il sopravvento. Avanzo verso casa sua e busso più volte alla porta. A quest'ora dovrei essere su tutti i giornali, ma conoscendo lo sceriffo Stevens, cercherà di mantenere il silenzio finché non mi troverà. Durante questa escursione infernale, nei cortili delle case ho visto parecchi manifesti che annunciavano: *Vota per lo sceriffo Stevens*. Sembra sia in corsa per la rielezione, e l'ultima cosa che vorrebbe in questo momento è che gli elettori pensassero che si è lasciato scappare un assassino.

Rebecca apre la porta con un gesto di frustrazione. Non mi ero accorto di averla sbattuta. Indossa solo un asciugamano e ha i capelli fradici. Quando vede che sono io, sbarra gli occhi. «Che diavolo ci fai qui?». Dà uno sguardo alle mie spalle e mi tira all'interno dell'abitazione.

«Ho bisogno del tuo aiuto».

Chiude la porta a chiave e dalla finestra laterale scruta ancora una volta di fuori. È nervosa, anche più di me. Glielo leggo negli occhi, nell'atteggiamento, nei brividi evidenti sulla pelle lentigginosa. È come se avesse paura.

«Non puoi stare qui».

«Lo so. Ma sei la mia ultima speranza», la supplico.

«Hai detto a qualcuno di me?»

«No... be', sì».

Si gratta il braccio e noto che arrossisce. «Che diavolo, Adam! Perché proprio qui da me?»

«Scusa, mi sono lasciato prendere dal panico».

«A chi l'hai detto?»

«Scott, il marito di Kelly». Abbasso la testa.

«Quando?»

«Un giorno fa».

«Credo che mi stiano sorvegliando». Inizia a camminare avanti e indietro.

«Cos'è che te lo fa pensare?»

«Continuo a ricevere telefonate e sono quasi certa che qualcuno sia entrato in casa».

Cerco di abbracciarla per confortarla, ma lei mi scrolla di dosso e poi mi respinge.

«Ti aiuto io».

«Non riesci nemmeno ad aiutare te stesso, Adam. Non dovevo lasciarmi coinvolgere».

«Non dire così». Le afferro i polsi. Lei cerca di divincolarsi, ma non glielo permetto. La tiro a me e l'abbraccio. «Andremo insieme alla polizia. Racconteremo tutto quello che hai scoperto». Mi scosto un po' e la guardo negli occhi, cercando di rassicurarla. Poi la bacio. È un bacio di conforto, almeno credo, almeno spero che lei lo capisca.

Mi spinge via con forza. Inciampo all'indietro e mi afferro a qualcosa prima di cadere a terra. «Vattene via!».

«Ti prego, Rebecca. Dammi la possibilità di aiutarti».

«No, esci subito di qui!».

Ha paura, ma non so se sia di me o di qualcun altro. Però temo di essere io.

Prima ancora di arrivare alla porta d'ingresso, vedo luci rosse e blu danzare sulla finestra anteriore. «Hai chiamato la polizia?».

Non risponde.

Picchiano forte alla porta.

«Dipartimento di polizia! Uscite di casa con le mani in alto!».

Sul momento, penso di fuggire di nuovo, ma so che non arriverei lontano perché sono sicuro che la casa è già circondata. Apro lentamente la porta d'ingresso, con una mano in aria mentre l'altra gira il pomello della serratura. Non riesco nemmeno ad alzare l'altra mano, che vengo afferrato per il colletto della camicia e gettato a terra all'esterno. Mi premono un ginocchio sulla schiena e un paio di mani spesse mi afferrano i polsi per mettermi le manette. Qualcuno mi tira su in piedi e inizia a trascinarmi verso la macchina della polizia. Solo allora intravedo un'ombra che si muove tra i cespugli, dietro la casa di Rebecca. Distolgo lo sguardo per timore che sia solo un'allucinazione, poi mi volto di scatto per scorgerla di nuovo, ma non c'è più. Tra le luci lampeggianti e l'assenza quasi totale di acqua e cibo da quasi due giorni, non riesco a fidarmi nemmeno dei miei occhi.

57
Sarah Morgan

Se Matthew non ce la fa, sono fregata.

Ieri sera mi ha inviato un messaggio che diceva: *Fatto*. Non ho voluto approfondire, di proposito. Quello che gli ho chiesto non è legale, quindi meglio non lasciare tracce che conducano direttamente a me. Gli ho detto di inviare i risultati a me, e solo a me, per evitare che venga coinvolto qualcun altro. Ora devo solo aspettare. Devo essere paziente e sperare che uno di quei nomi corrisponda. Sono seduta sul divano del mio ufficio e guardo la città dalla finestra, cosa a cui non dedico mai tempo.

Bussano, e prima che riesca a dire a chiunque sia di entrare, la porta si apre e appare Bob. Ha con sé delle cartelle che deve spostare da un braccio all'altro per chiudere la porta.

«Dimmi che tutta questa storia è quasi finita», va dritto al sodo. Poi prende posto accanto a me, sebbene nessuno l'abbia invitato a farlo, ma sono troppo stanca per litigarci.

«Lunedì iniziano le udienze. Ho Matthew che sta lavorando a qualcosa che spero possa essere d'aiuto».

Accenna a un sì e posa le cartelle sul tavolino. «Volevo informarti che lo sceriffo Stevens mi ha scagionato dopo che il procuratore Peters ha chiesto di verificare il mio alibi».

Assento.

«Ha controllato i miei voli da e per il Wisconsin, è lì che mi trovavo».

«Non c'è bisogno di convincermi, Bob».

«Mi sembrava giusto dirtelo… per il tuo caso».

Rimaniamo in silenzio per qualche istante.

«La polizia ha anche controllato i miei conti bancari così da escludere che io abbia pagato qualcuno per far fuori Kelly».

«E...?»
«Sono a posto anche lì».
«Buon per te».
«Ho pensato che dovevo metterti al corrente sugli ultimi sviluppi. So che sarà tutto nella presentazione delle prove, ma volevo dirtelo di persona. In fondo siamo nella stessa squadra, Sarah, o no?». Il suo viso si addolcisce. E in ufficio non è mai dolce. Anzi, è sempre severo. Mostra sempre una sfumatura di condanna. È sempre celato da rabbia o malcontento.
«Sì, certo, Bob».
«Per altro, ho parlato con Kent del nostro scontro in ufficio e ho chiarito che non è stata colpa tua».
«In effetti, mi chiedevo come mai non mi avesse ancora sbranato e sputato via. Grazie», aggiungo, lanciandogli un'occhiata.
Si alza e mi mette una mano sulla spalla, stringendola appena. Sto quasi per scostarmi, ma poi non lo faccio, perché so che in fondo cerca di essermi di conforto.
«Presto sarà tutto finito». Mi toglie la mano dalla spalla e si allontana. «Bob», lo chiamo quando è quasi alla porta.
«Sì?»
«Mi dispiace».
«Per cosa?»
«Lo sceriffo Stevens. Il suo modo di porre le domande l'altra sera. Non credevo si sarebbe spinto fino a quel punto. È stato del tutto inopportuno».
Lo squillo del mio telefono interrompe la conversazione.
«Be'... va bene», commenta. «Adesso, rispondi, però».
Mi alzo dal divano e vado verso la scrivania per prendere il cellulare. «Sarah Morgan.»
«Sono lo sceriffo Stevens. Volevo comunicarle che ieri il suo cliente è fuggito dalla centrale, ma lo abbiamo appena arrestato». La linea si interrompe.
«Che stronzo!» Afferro la tazza di caffè vuota dalla scrivania e la lancio più forte che posso. Si schianta contro il muro, frantumandosi in un milione di pezzi.

58
Adam Morgan

Quando torno alla stazione di polizia, mi si presenta davanti una scena ormai familiare: urla e dita puntate a mo' di accusa. Sono praticamente inondato dalla saliva degli innumerevoli agenti che mi impartiscono ordini. Dire che sono stati gentili sarebbe senza dubbio falso, ma suppongo che questo sia il trattamento riservato a un sospettato di omicidio fuggito e riacciuffato, quindi non mi lamento.

Prima rientravo in un determinato status: solo le mani ammanettate e tenute davanti, e solo durante i trasferimenti. Condizione ormai scomparsa. Ora ho mani e piedi ammanettati e legati l'uno all'altro. Non vengo mai lasciato senza sorveglianza ed è raro che riesca a parlare senza essere accolto da un coro di grida.

Tra le cose che mi sono state strillate addosso da quando sono tornato qui, le poche che mi sono rimaste impresse sono: «trasferimento… massima sicurezza», «hai fatto fin troppe volte casino» e «la tua avvocata sarà qui prima del trasferimento». L'ultimo è particolarmente doloroso, perché ancora una volta mi toccherà fare la parte del coglione davanti a Sarah.

Dopo una parentesi che mi appare molto, molto lunga, trascorsa a sopportare abusi verbali d'ogni sorta – per quanto meritati – vengo informato dell'arrivo della mia avvocata. Mi trasferiscono in una sala interrogatori sicura e mi ammanettano al tavolo.

Di lì a breve entrano Sarah e lo sceriffo Stevens.

Le prime parole che escono dalla bocca di Sarah sono: «Ma è davvero necessario?». Indica le mie mani fissate al tavolo.

«Non cominciamo!», strepita lo sceriffo Stevens.

«Va bene», risponde Sarah.

«Senta, l'abbiamo convocata unicamente per evitare qualsiasi problema in tribunale quanto alla gestione e ai diritti del suo cliente. Presto sarà trasferito in una struttura di massima sicurezza e vi rimarrà fino alla conclusione del processo. Presumo che lo stato della Virginia aumenterà il carico di accuse».

«Capito. Pur sostenendo la sua innocenza per le accuse relative all'omicidio di Kelly Summers, non c'è nulla da negare riguardo al suo comportamento nelle ultime quarantotto ore».

Parlano come se io non fossi nemmeno nella stanza. Ma data la situazione, forse è meglio così.

«Bene, ne prendo atto», conclude lo sceriffo. «Ha dieci minuti a disposizione, poi lo trasferiremo alla prigione di Stato del Sussex». Stevens lascia la stanza, ma non prima di avermi lanciato uno sguardo che dice: *Sei finito, stronzo.*

Una volta chiusa la porta, Sarah si volta verso di me. «Mi spieghi cosa mai ti saltato in mente?»

«Sarah, posso spiegarti…».

Alza una mano per bloccarmi all'istante e inizia a massaggiarsi le tempie, gli occhi chiusi, la testa china. Posso solo immaginare cosa le passi per la testa.

«Lo sai che hai appena mandato tutto a puttane, vero? Grazie a te, anche se per miracolo dovessero giudicarti innocente al processo sul quale lavorando, dovrai comunque scontare una pena detentiva per esserti sottratto alla custodia della polizia e aver eluso le autorità. Stiamo parlando di anni di prigione. Ti è chiaro questo?»

«Sarah, non capisci…».

«No, Adam! Tu non capisci! Guardiamo ai fatti, per una volta. Fatto uno: hai violato le condizioni poste dalla cauzione. Fatto due: sei evaso dalla cella. Fatto tre: sei sotto processo per omicidio. Fatto quattro: sei andato a casa di una giornalista qualunque, che nemmeno conosci».

«La conosco. Mi sta aiutando», ribatto.

Sarah posa la borsa, tira fuori una cartella e la fa scorrere sul tavolo. «No, non la conosci».

Abbasso lo sguardo sulla cartella, ma con le mani ammanettate al tavolo il tentativo di aprirla si rivela ridicolo. Vedendomi in difficoltà, Sarah si china e la apre al posto mio. Sul lato sinistro c'è una foto di Rebecca, sul lato destro una specie di rapporto.

«Cos'è questo?»

«È Rebecca Sanford. Solo che non è una giornalista, è un'investigatrice privata ed è stata assunta da Scott Summers».

«Cosa? Assurdo! E perché l'avrebbe fatto?». Cerco di gesticolare, dimenticando che sono ammanettato.

Sarah sbatte il pugno sul tavolo. «Ascoltami, Adam. Non ti ha mai aiutato veramente. Scott non si fidava di tutta la storia, come te del resto, quindi l'ha assunta. Cos'è che ti sfugge?»

«Non lo so». Abbasso la testa. «Credevo che fosse dalla mia parte». «L'unica persona che è dalla tua parte sono io».

«Mi dispiace. Non so cosa stavo pensando».

«Non stavi pensando. Le tue buffonate hanno dato molte munizioni all'accusa. Sei passato per un mero imbecille, come un animale selvaggio che farebbe di tutto, perfino uccidere, per ottenere ciò che vuole». Scuote la testa.

I miei occhi si riempiono di lacrime. «Cosa posso fare per sistemare le cose?».

Perché continua ad andare tutto così male? Come ho fatto a essere tanto stupido?

«Vai in prigione e rimani lì per conto tuo finché il processo non è concluso». Prende la borsa, si dirige verso la porta e bussa.

Non dico nulla. Mi limito ad annuire.

Mentre attende che la guardia le apra, si volta verso di me. «Adam».

Alzo la testa e incrocio il suo sguardo, sperando che stia per rivolgermi parole gentili e incoraggianti, perché ne ho bisogno in questo momento.

«Qualcun altro potrebbe consigliarti di iniziare a pregare, data tua la situazione, ma sai che io non credo in Dio, dunque per il momento sei solo con te stesso».

59
Sarah Morgan

Chiudo lo sportello dell'auto e mi avvio verso il complesso di uffici scarsamente illuminati. Scansiono il mio badge ed entro, sebbene l'orario di lavoro sia già terminato. Faccio un cenno alla guardia al banco della sicurezza e mostro il badge. Lui sorride ed entro in ascensore, dove scansiono di nuovo il badge, poi salgo al quattordicesimo piano. Anne mi ha riferito che Matthew ha fatto recapitare un pacco da un corriere, e io non potevo certo aspettare fino a domani mattina, non con i risultati del DNA lì sulla mia scrivania.

Le porte dell'ascensore si aprono negli uffici di Williamson & Morgan e ad accogliermi è il ronzio di un aspirapolvere. A quest'ora ci sono solo gli addetti alle pulizie. Sono le dieci di sera passate. Il processo inizia lunedì. Le luci con sensore di movimento si accendono.

Mi squilla il cellulare e mi affanno a cercarlo nella borsa. Non guardo nemmeno chi sia, rispondo rapida solo per farlo tacere.

«Perché non posso far visita a mio figlio?», ribolle Eleanor.

Mi pento subito di non aver verificato chi stesse chiamando prima di rispondere. «I suoi diritti alle visite sono stati revocati a causa della fuga».

«È un'assurdità. Quando potrò vederlo?»

«Potrai vederlo durante il processo, ma non potrai parlargli».

«Hai gestito male tutta la faccenda, Sarah. Non so davvero come tu abbia fatto ad arrivare a quella posizione! Fai una cazzata dietro l'altra. Mi sono spinta anche a denunciarti all'ordine degli avvocati e loro...». Riaggancio, accedo alla pagina del suo contatto e tocco *Blocca*. Sospiro sollevata. Avrei dovuto farlo molto tempo fa.

Apro la porta del mio ufficio e sulla scrivania vedo una grande busta sigillata di carta da pacchi. Il suo contenuto può decidere le mie sorti. Esito un poco prima di lasciar cadere la borsa sul pavimento, scalciare via i tacchi e raggiungere la scrivania. Prendo la busta e la ruoto giusto per un secondo. È il momento.

Rimuovo la linguetta e faccio scivolare fuori un piccolo fascio di fogli. Scorro velocemente e giro pagina, scorro velocemente e giro pagina, scorro velocemente e giro pagina… poi mi si blocca il respiro. Mi sfugge un piccolo sussulto prima che la bocca si incurvi in un sogghigno.

«Lo sapevo».

60
Adam Morgan

Una guardia mi accompagna in aula. Indosso un bel vestito e sono ben rasato, ma le manette mi rovinano l'aspetto. Tutto questo per cercare di fare una buona impressione sulla giuria, per sembrare innocente. Io sono innocente, ma lo devono pensare anche loro.

Sarah è in piedi al tavolo della difesa e mostra un lieve sorriso. Non la vedevo sorridere da chissà quanto tempo. Spero che abbia un asso nella manica, qualcosa che possa salvarmi. Se è così, non me l'ha comunicato. Non posso certo biasimarla, considerato quante volte ho tradito la sua fiducia.

C'è anche Matthew, seduto in prima fila, proprio dietro Sarah. A poca distanza vedo mia madre, pure lei in prima fila; mi guarda con orgoglio e affetto. Le rivolgo un sorriso. Prima di girarmi e prendere posto, noto che in fondo c'è il vicesceriffo Hudson, decisamente elegante nel suo abito blu. Immagino sia qui per testimoniare per lo Stato della Virginia.

Anne e Bob siedono in ultima fila. Come li adocchio, mi assale un impeto di rabbia, ma lo metto a tacere rammentando che sono stati entrambi scagionati. Però non ci casco. Sono convinto che almeno uno dei due abbia a che fare con questa storia. Il procuratore Josh Peters è al tavolo di fronte a Sarah, con la solita aria compiaciuta. Il suo atteggiamento mi preoccupa, ma confido nel fatto che Sarah gli farà abbassare la cresta.

La guardia mi toglie le manette. Io e Sarah ci accomodiamo, ma solo per qualche istante, prima che ci invitino ad alzarci. Il giudice Dionne entra dalla porta del suo studio, la giuria da una stanza laterale e prende posto al suo banco. Il giudice sollecita l'aula a sedere, prima di passare a vagliare i documenti del tribunale.

«Buongiorno, signore e signori. Siamo qui per esaminare il caso del Popolo dello Stato della Virginia contro Adam Morgan. Entrambe le parti sono pronte e preparate?», domanda il giudice Dionne.

«L'accusa è pronta, Vostro Onore», risponde il procuratore Josh Peters. «La difesa è pronta, Vostro Onore», risponde Sarah.

«Il cancelliere faccia prestare giuramento alla giuria».

Ci siamo. Tutta la mia vita si riduce a questo momento. Già, la mia vita è nelle mani di Sarah, del giudice, della giuria, di chiunque tranne che nelle mie. Adesso tocca a loro: dodici miei coetanei si troveranno a decidere il mio destino. E Sarah, la mia dolce Sarah, si accinge ad affrontare il mondo intero, mentre io sto ancora lottando per viverci… o meglio, per restare vivo, in questo mondo.

Adesso Sarah procederà con le dichiarazioni di apertura. Nel corso degli anni, l'ho sentita esercitarsi innumerevoli volte a casa nostra. So quanto sia brava e quanto il momento sia importante per impostare il tono adeguato e guadagnarsi la fiducia della giuria. Spero che riesca a dar prova delle sue migliori qualità, perché ne avrò davvero bisogno.

«Buongiorno, signore e signori della giuria. Sono Sarah Morgan e ho il privilegio di rappresentare Adam Morgan nel caso che oggi vi viene sottoposto. Sì, avete capito bene, Morgan».

Si gira parzialmente verso di me e mi indica con il palmo della mano. «Adam non è solo il mio cliente». Guarda di nuovo la giuria. «È mio marito».

Metà dei giurati è sconcertata e non saprei dire se sia una buona cosa oppure un errore letale da parte nostra.

«Nel corso di questo procedimento, sentirete la procura spiegare ciò che si augura venga dimostrato, ma ciò che non vi dirà sono tutti i fatti del caso che noi sappiamo essere veri. Fin da adesso, qui dinanzi a voi, posso tranquillamente chiedere un verdetto di non colpevolezza, e senza bisogno di bluffare o di fare spettacolo. Perché? Perché so per certo che Adam Morgan non ha ucciso Kelly Summers». Sarah batte il pugno sulla ringhiera di fronte al banco dei giurati per sottolineare l'affermazione e richiamare la loro attenzione.

«Adam Morgan aveva una relazione con Kelly Summers? Sì, certo che l'aveva. E l'amava? Sì, l'amava. Lo ha detto lui stesso. Ed entrambe le cose, come moglie, mi feriscono oltre ogni limite. Mi fanno infuriare oltre ogni limite». Si volta e mi guarda con un misto di rabbia e strazio negli occhi.

«Sia ben chiaro, voglio vederlo pagare per le conseguenze dei suoi misfatti. Ma per i misfatti di cui si è macchiato, non per quelli a lui non imputabili. Aveva una relazione extraconiugale? Sì. Amava un'altra donna al di fuori del matrimonio? Sì. Ma l'ha uccisa, quella donna? No, no, non l'ha uccisa». La voce di Sarah si abbassa fin quasi a un sussurro. Gliel'ho già visto fare, il decrescendo prima dell'acme. Per cullare la giuria a suo piacimento.

«Il mio cliente, mio marito, aveva una relazione extraconiugale. Ma amare una donna diversa dalla moglie non fa di una persona un assassino. L'accusa», indica il procuratore Peters, «dipingerà Adam come un traditore… e come moglie, so per certo che lo è. Non proveremo nemmeno a confutare il punto, ma vi sono altri fatti al di là di questo. Fatti sui quali l'accusa sorvolerà».

Sarah si avvicina al banco della giuria e si ferma davanti al giurato numero uno. Alza la mano stretta in un pugno, il dorso rivolto verso la giuria, e inizia a sollevare un dito alla volta per snocciolare i dati di cui è certa.

«Uno. So per certo che Scott Summers, il marito di Kelly Summers, ha minacciato di ucciderla la notte dell'omicidio.

Due. So per certo che il vero nome di Kelly era Jenna Way, e Jenna Way… be', Jenna era davvero una donna interessante. Era stata accusata di aver ucciso il primo marito, Greg Miller, prima di lasciare lo Stato del Wisconsin, per poi finire magicamente in Virginia con un nuovo nome, un nuovo colore di capelli. Tutto nuovo, insomma».

La giuria inizia a mormorare. Poso lo sguardo sul procuratore Peters. Alza gli occhi al cielo, ma la sua postura è già meno impettita. Non è questo il palcoscenico che desiderava, non per un caso che considerava una passeggiata.

«Tre. So per certo che nel corso del procedimento verranno convocate numerose persone, persone che hanno fatto parte della vita di Kelly, o forse dovrei dire di Jenna, e che avevano un movente per ucciderla al fine di ottenere giustizia per Greg.

«Quattro. So per certo che Kelly Summers andava a letto con almeno tre uomini diversi, tutti in un lasso di tempo molto breve. Come faccio a saperlo, vi chiederete? Perché il medico legale ha riscontrato nella vagina di Kelly sperma riferito a tre diversi profili di DNA».

Due delle giurate più anziane fanno una smorfia di disgusto. Mi addolora sentire Kelly descritta come un soggetto così sgradevole. Sleale, bugiarda, volubile, violenta, puttana e forse anche assassina. Ma so che va fatto. So che Sarah deve farlo affinché la giuria compatisca me, e non la donna che è morta. Una donna che amavo.

«E cinque. So per certo che nella vita di Kelly c'era anche uno stalker di nome Jesse Hook, che frequentava il posto di lavoro della vittima solo per poterla vedere, se non di più».

Sarah abbassa la mano e avanza verso di me. Mi rivolge uno sguardo che non le ho mai visto prima. È come se dicesse: *Sei in debito con me perché non te lo meriti*. Non si sbaglia.

«È opinione dell'accusa che sia stato Adam Morgan a uccidere Kelly Summers. Ma le opinioni restano tali: opinioni. Noi cerchiamo altro, abbiamo bisogno di altro in un tribunale, di fatti. E io vi ho appena presentato cinque elementi che so essere fatti. Non solo, entro la fine di questo processo, verrete a conoscenza di un sesto fatto: che Adam Morgan non ha ucciso Kelly Summers. Grazie».

61
Sarah Morgan

Sto raccogliendo le mie cose per tornare a casa, a Washington. Sono stata per lo più a Gainesville durante il processo, ma ieri è terminato e sono iniziate le deliberazioni della giuria. In casi come questo possono durare settimane, soprattutto con la pena di morte in ballo. Sento battere colpi frenetici alla porta d'ingresso. Mi avvio verso l'atrio e trovo Anne in piedi sul portico, ansimante, il volto arrossato.

Non mi lascia nemmeno il tempo di chiederle come mai mi sia venuta a cercare, che esordisce: «È stato emesso il verdetto».

«Cosa? Di già?».

Fa un gesto di assenso. «Non è un buon segno, vero?»

«No, di solito no». Prendo la giacca e la borsa e mi precipito fuori dalla porta.

«Vuoi che venga con te?», urla.

Le dico di sì mentre balzo al posto di guida. Lei sale dal lato del passeggero e allaccia la cintura. Io e Anne ci siamo riconciliate. Ho impiegato un po' di tempo per perdonarla, perché potesse riguadagnare la mia fiducia. Ma alla fine ci è riuscita. Mi è stata vicina per tutto il processo, fino al termine, che sembrerebbe essere giunto oggi. Accendo il motore, esco di gran carriera dal vialetto e giro a destra per dirigermi in città.

«Stai bene?», mi chiede.

La guardo con la coda dell'occhio. Ho le mani strette a tal punto sul volante che le nocche sono sbiancate. «Mi riprenderò».

«A prescindere da come andrà a finire, hai fatto tutto il possibile, Sarah». Le rivolgo un sorriso lieve. «Grazie per queste parole, Anne».

Mi sorride anche lei, e allora mi concentro sulla strada che mi scorre davanti.

Non percorro nemmeno tre metri all'interno del tribunale che mi imbatto nel procuratore Peters. Sembra quasi che fosse in attesa del mio arrivo.

«È pronta?», mi chiede. Dal suo contegno deduco che non si sente molto sicuro di sé. Io ho una paura folle. Una deliberazione rapida può andare in un senso o nell'altro in un caso del genere. Mi limito ad annuire e mi incammino verso l'aula. Incrocio Bob e ci scambiamo un'occhiata di solidarietà. Sa bene quanto me cosa potrebbe significare.

Raggiungo la parte anteriore dell'aula e prendo posto al tavolo della difesa. Matthew è già seduto in prima fila. Si sporge dalla ringhiera e mi stringe le spalle con delicatezza.

Gli do una pacca sulla mano e lui mi sussurra: «Vedrai che andrà bene. Qualsiasi cosa succeda».

Mi volto appena per offrirgli un sorriso di gratitudine, ma incrocio gli occhi di Eleanor. È seduta proprio dietro di lui. Ci siamo viste qui in aula, ma non ci parliamo dalla sera in cui ho bloccato il suo numero di telefono. Non ha perso una sola udienza e guarda sempre Adam con orgoglio, come se stesse assistendo a una partita della Little League, piuttosto che a un processo per omicidio. Eleanor mi lancia un'occhiata rapida, quindi torna a concentrarsi sulla porta da cui a breve uscirà il figlio.

Una guardia accompagna Adam in aula. Ha un'espressione cupa perché sa anche lui che una deliberazione così veloce può andare in una direzione o in quella contraria. La guardia gli toglie le manette e lui si siede accanto a me. Vorrebbe che lo rassicurassi, lo so, ma non posso, perché non so se andrà davvero tutto bene. Ma non voglio nemmeno spaventarlo inutilmente. Così, mi limito a poggiare la mano sulla sua per un breve istante, giusto per offrirgli un po' di conforto. Ci alziamo per accogliere il giudice e la giuria che entrano in aula. Quando il giudice Dionne e i giurati si sono accomodati, torniamo a sedere.

«La giuria ha raggiunto un verdetto unanime?» domanda il giudice Dionne.

La presidente si alza in piedi: «Sì, Vostro Onore».

Adam mi mette la mano sulla mia e la stringe.

Il cancelliere ritira il verdetto e lo consegna al giudice. Questi lo legge in silenzio tra sé.

Sento il battito del cuore di Adam nella sua mano. È veloce, fragoroso, terrorizzato. Il mio è nella stessa condizione. Il giudice Dionne restituisce il verdetto al cancelliere. «L'imputato è pregato di alzarsi, per favore».

Adam esegue e mi lascia la mano.

La presidente si schiarisce la gola: «La giuria ritiene l'imputato...».

62
Sarah Morgan

Undici anni dopo

So cosa state pensando: *Ho fatto tutto ciò che era in mio potere per salvare Adam?* Per tentare di salvare l'uomo che ha rovinato il nostro matrimonio. A volte mi pongo la stessa domanda. E l'unica risposta è che ho fatto quel che dovevo fare. Per sopravvivere.

Oggi è il giorno dell'esecuzione di Adam. Ho smesso di scrivergli o di andarlo a trovare anni fa, quando ormai non riuscivo più a sopportare di vederlo o sentirlo. Ogni visita diventava più esplosiva della precedente e non ce la facevo più. Dopo la condanna, aveva perso ogni speranza, e un uomo privo di speranza è un animale selvaggio. Dovevo andare avanti e l'ho fatto. Se Adam non ha scelto altrettanto, be', oggi qualcun altro sceglierà al posto suo.

Sono venuta per dire addio. Sono venuta per chiudere con me stessa, o almeno credo.

Forse Adam non ha ucciso Kelly Summers, ma sta comunque pagando per i suoi crimini.

Alzo lo sguardo verso il grande edificio in cemento e mattoni che ho di fronte, un carcere di massima sicurezza che per Adam diventerà anche una bara. Il sole splende luminoso oggi. Il cielo è azzurro e sento il cinguettio degli uccelli. Indosso una gonna a matita e un blazer bianchi, e salgo i gradini adagio, come un angelo della morte sceso in questo luogo di privazioni. Ho i capelli d'un biondo dorato scintillante, lunghi e sciolti. Li porto così in questi giorni, ho voglia di lasciarli liberi. Ed è così che adesso cerco di vivere anche la mia vita, disinibita e meno rigida. Alcune cose sono destinate a cambiare, dopotutto.

Ci vogliono quasi venti minuti per superare i controlli di sicurezza, ma non mi dispiace, nemmeno un po'. Prima dell'esecuzione riuscirò a parlare con Adam in qualità di sua avvocata, non perché sono sua moglie. Sì, siamo ancora sposati. Ho pensato che per dargli un barlume di ottimismo valesse la pena rimanere sposata più a lungo di quanto mi interessasse.

Ho in programma di risposarmi domani, poiché entro la fine della giornata sarò vedova. Il matrimonio si terrà sulla spiaggia alla presenza di amici e parenti stretti. Sarà bellissimo. D'ora in poi, tutto nella mia vita sarà bellissimo, perché Adam era l'ultimo elemento brutto rimasto.

Dall'atrio principale, mi accompagnano lungo un piccolo corridoio fino a una sala d'attesa. Presto porteranno qui Adam per il nostro ultimo colloquio. È una piccola stanza in calcestruzzo, con un tavolo, due sedie, un orologio alla parete e una telecamera a circuito chiuso all'angolo superiore. Non c'è altro, nemmeno un falso specchio. Mi hanno concesso dieci minuti. Dieci minuti sono più che sufficienti. Picchietto sul tavolo le lunghe unghie color carne, facendo attenzione a non scheggiarle, dacché le ho appena rifatte per il matrimonio.

La porta si apre e Adam è lì in piedi, occupa la maggior parte della visuale. Ha la barba lunga e trasandata, ma non ha un brutto aspetto. I capelli sono così corti che si vedono a stento, a seconda della luce. Sembra un po' più grosso, non nel senso di grasso, piuttosto di massiccio. Ma i suoi occhi raccontano la verità. La prigione non è stata tenera con lui. Se la fama di assassino della moglie di un poliziotto non ha danneggiato la sua «credibilità» all'interno del carcere, gli altri lo hanno visto come null'altro che un artista debole. Un uomo distrutto, fuori dal suo elemento. Un'esca lanciata nell'acqua tra gli squali che vi ruotano intorno avvicinandosi lentamente. Non riesco a immaginare cos'abbia passato qui dentro. Ha perso tutto il suo fascino giovanile. È un uomo sconfitto da più di dieci anni, ormai, e si vede.

Quando mi scorge, il suo volto si illumina. Ricambio in parte il sorriso. Non posso dire di essere felice di vederlo, ma nemmeno mi rattrista.

«Alla fine sei venuta...», strascica i piedi per qualche passo.

Ha braccia e piedi incatenati intorno alla vita, quindi si muove lentamente.

«Certo, ci mancherebbe».

La guardia carceraria lo accompagna alla sedia che ho di fronte. Gli toglie la gran parte delle manette e delle catene, tranne quella al polso destro, che aggancia al tavolo. Adam si siede al suo posto.

«Dieci minuti e niente scherzi», lo ammonisce l'agente.

Non appena la porta si chiude, Adam fa scivolare la mano libera sul tavolo, sperando che io ricambi. La guardo per un istante, la pelle è screpolata e malconcia, il suo viso lo è ancor di più, ma alla fine acconsento. La mia mano si chiude sulla sua e allora lui inizia a piangere. Non posso fare altro che fissarlo con stupore, come uno spettatore allo zoo che osserva una specie esotica.

«Come stai?», chiede alla fine, mentre combatte tutte le emozioni di una vita rubata.

«Io… bene».

«Hai smesso di scrivermi e di venirmi a trovare…».

Non capisco se sia una domanda o un'affermazione, quindi mi limito a dire di sì. «Lo so… è diventato… troppo difficile».

«Capisco». Abbassa la testa.

Gli stringo un poco la mano. Sorride per quello che probabilmente pensa sia un gesto d'affetto, ma è solo la chiusura di un conto alla rovescia iniziato molto tempo fa. Dieci di quelle pressioni sulla mano; ognuna espelle un minuto in meno che devo sopportare con lui. Sono sempre stata brava in fatto di tempi. È così che si fa una perfetta dichiarazione di apertura o di chiusura in tribunale. Ed è così che si ottengono le pause perfette durante un controinterrogatorio. Ecco perché sono tanto brava nel mio lavoro. È tutta una questione di tempi. Mi stringe di nuovo la mano. Vorrei evitare anche questi gesti puramente romantici da parte sua, ma d'altronde ho dovuto sopportare di peggio da lui… molto di peggio.

«Hai scoperto qualcos'altro sul caso?», chiede in tono supplichevole, ma colmo di speranza.

«Adam», rispondo in un sospiro, «perché tirare fuori questa storia? Non servirà a nulla».

«Non hai avuto sufficiente curiosità da continuare ad approfondire? Per cercare di salvarmi?». La voce inizia ad alzarsi di pari passo con le sopracciglia.

«Adam, sai bene che l'ho fatto. Inoltre, poiché si trattava di un processo con condanna alla pena capitale, è andato automaticamente in appello alla Corte suprema della Virginia, che ha confermato la decisione della corte distrettuale. Dopo di che, non c'è stato più modo di riaprire il caso. Ho provato, e ho affrontato tutto questo insieme a te». Gli stringo la mano per la seconda volta.

China il capo, si sente di nuovo sconfitto. Pensava davvero che mi sarei presentata qui con nuove prove e che lo avrebbero rilasciato magicamente proprio in extremis? Questo genere di cose succede solo nei film. Non nella vita reale. Dopo qualche momento di imbarazzo in cui fissa il tavolo, alza la testa e mi guarda. Gli stringo la mano per la terza volta. E lui ricambia. Ma vorrei che smettesse.

«E il terzo set di DNA?». Noto una lieve vena di eccitazione nella sua voce. «Cosa?»

«Sai a chi apparteneva?»

«Adam, l'abbiamo esaminata. Non c'erano prove a sufficienza per portarlo in aula». Sospiro.

Il suo volto si fa cupo, la rabbia gli si legge negli occhi: la belva selvaggia sta tornando. Respira a fondo e torna a distendere i lineamenti. Finalmente sta venendo a patti con la sua situazione. Gli stringo la mano una quarta volta. Ma ora non ricambia. Al contrario, mi rivolge uno sguardo strano.

«Ascolta, non sono venuta qui per rivangare sul caso. Sono venuta per dirti addio e che ti amo». Un tempo lo amavo sul serio, perciò non mi riesce difficile imitare quelle parole, per quanto non siano più vere.

Sussurra sottovoce: «Anch'io ti amo, Sarah». Lacrime silenziose iniziano a rigargli il viso. Gli stringo la mano una quinta volta.

63
Adam Morgan

Oggi Sarah è venuta a trovarmi. Era così tanto che volevo vederla da aver perso il conto di quanti anni sono passati. Adesso finalmente è qui davanti a me, e la sensazione è... agrodolce. Non sembra più la stessa, almeno non la Sarah che ricordo. È fredda e indifferente. Per qualche strano motivo continua a stringermi la mano in un modo che non trasmette amore né affetto, ma piuttosto qualcos'altro. Sulle prime ho pensato che fosse per conforto, se per lei o per me non saprei dire. Ma sono soprattutto i tempi di queste sue strette di mano a essere sbagliati. No, in realtà i tempi sono perfetti. Una ogni minuto. Ma perché lo fa? So che non è una giornata facile, lo so meglio di chiunque altro, ma... sembra che non le faccia alcun effetto.

Oggi è bellissima. D'altra parte, a me è sembrata sempre bellissima. È quasi doloroso accettarlo, date le circostanze. I capelli le scendono liberi sulle spalle e le labbra sono di un rosso acceso. È vestita tutta di bianco, come un angelo, ma a pensarci bene il paragone non è poi molto appropriato. Mi sento soffocare al pensiero di tutto il tempo che abbiamo perso. Il fatto è che quando uscirà da questa porta, non la rivedrò mai più. Ho cercato di non pensarci in tutti questi anni. Certo, sapevo che prima o poi questo giorno sarebbe arrivato, ma è una cosa sulla quale non si sta lì a rimuginare. Un'iniezione letale per un crimine che non ho commesso. È quest'ultima parte a bruciare di più.

Il processo di appello è stato un buco nell'acqua, e poi non sono mai state trovate altre prove che potessero farmi scagionare, perciò il mio destino è rimasto immutato. È stato il crimine perfetto, con una montatura perfetta da parte di chi l'ha architettato. Ho perso le speranze molto tempo fa, eppure per qualche motivo pensavo che oggi, come per miracolo, Sarah sarebbe entrata con una notizia bomba che avrebbe fatto saltare il coperchio di qualsiasi cospirazione mi stesse chiudendo qui dentro: il cavaliere dall'armatura scintillante venuto qui a salvarmi. Be', l'abbigliamento è senz'altro all'altezza della parte.

Ora so che per me non sarà così. La mia vita è già finita, ho i giorni contati, sono un morto vivente, in questo edificio. Forse nell'aldilà, se mai ce ne sia uno, scoprirò la verità su ciò che è accaduto a Kelly Summers e finalmente avrò un po' di pace. Ma non è detto.

Mi stringe di nuovo la mano. È la sesta volta. Ho contato.

«Allora, sei andata avanti?», finalmente trovo il coraggio di chiederglielo.

«Credo che nessuno riesca sul serio ad andare avanti con una cosa del genere, Adam».

Da quando è qui non ha fatto altro che darmi queste «non risposte». Non mi lascia tornare da lei nemmeno per un secondo. I suoi sistemi di difesa sono pienamente operativi.

«Credi che le cose sarebbero potute andare diversamente per noi?», le domando.

«Cosa intendi?»

«Be', se il processo fosse finito in altro modo. Se avessero trovato il vero assassino. Avremmo avuto una possibilità?». Cerco di contenere la disperazione nel porre la domanda.

«Mi piacerebbe pensarlo». I suoi occhi incrociano i miei mentre inclina la testa e prende a sbattere le palpebre. Sembra un atteggiamento quasi… forzato. Come se dicesse le parole che voglio sentire, ma perché? Non saprei, ma questa è l'unica cosa certa di Sarah: pensa sempre, calcola. Non c'è mai un secondo fine, un'altra angolazione del gioco. Ha sempre il controllo… di tutto.

«A me piace pensare che sia così. Credo che saremmo stati felici. Che avremmo finalmente messo su una famiglia tutta nostra». Nei miei occhi c'è speranza, nei suoi no.

Sorride e mi stringe la mano per la settima volta. «Ti penti di quello che hai fatto?»

«A cosa ti riferisci?» Tiro su la testa e socchiudo gli occhi per proteggermi dalla prospettiva della domanda. Ho rimpianti d'ogni sorta. Quale vorrebbe tirarmi fuori?

«Andare a letto con Kelly. Tradirmi. Rinunciare a noi». Mi guarda con freddezza e si scosta un po'.

Ah, i rimpianti.

«Non ho mai rinunciato a noi», protesto, e dico sul serio. «Posso essere stato infedele, ma non ho mai rinunciato a noi. Ti amo. Ti ho sempre amato e ti amerò sempre, sebbene non ancora per molto».

Sarah si limita a indirizzarmi uno sguardo perso nel vuoto. So che ha sentito le mie parole, ma è come se non le percepisse. Sembra che, attraverso me, stia fissando piuttosto il muro alle mie spalle, quasi io non ci fossi. O forse è lei che non è qui, e quello che vedo è solo un suo fantasma. Una proiezione della persona che oggi avrei voluto fosse venuta da me. Mi stringe la mano un'ottava volta.

«Mi dispiace di non essere stata una moglie migliore per te».

E questa da dove spunta fuori? Lei non ha nessuna colpa. È solo frutto delle mie azioni. Sono stato io la causa. L'omicidio non l'ho commesso, ma ho tradito. Ho buttato via quello che avevamo con noncuranza, come un sacchetto della spazzatura in un cestino davanti al quale ero passato per caso. Non posso lasciare questa terra con lei che si dà la colpa di quanto accaduto. È l'unica che mi ha difeso sempre. L'unica che mi ha creduto veramente. L'ultima persona al mondo che mi vuole bene, a parte mia madre.

«Sarah, nulla di tutto questo è colpa tua. Sei stata una moglie meravigliosa. Hai sempre lavorato con il massimo dell'impegno e sei stata l'unica che mi ha creduto e difeso. Mi hai amato nei momenti più bui. Hai fatto tutto quello che potevi. Non hai nulla di cui scusarti». Tento di trattenere le lacrime.

Mi stringe la mano per la nona volta. E io ricambio.

«Pensi che io sia stata buona con te?». C'è una leggerezza singolare nella sua voce, come se mi stesse provocando durante un gioco al parco.

«Certo che lo sei stata, Sarah. Non pensare mai il contrario. Un giorno renderai felice un altro uomo…». E a questo punto non riesco più a trattenermi. Le lacrime mi scorrono sul viso e vanno ad accumularsi sulla superficie ruvida del tavolo d'acciaio. «Fa male dirlo. Perché vorrei essere io quell'uomo. Vorrei poterlo essere ancora. Ma non posso, il mio tempo è scaduto. E anche se non fosse così, non ti merito, non ti ho mai meritato veramente. Ho mandato tutto a puttane».

«È così», sottolinea con tono deciso.

«Lo so», singhiozzo. «In questi undici anni non è passato giorno in cui non abbia pensato a te».

Il clangore dell'acciaio che sbatte sulle pareti di cemento segnala il ritorno della guardia carceraria. «Il tempo è scaduto». Schiocca forte la gomma da masticare e non guarda volutamente né me né lei giusto per comunicare il suo disinteresse.

Sarah mi stringe la mano per la decima volta. Io faccio altrettanto, lei sfila via la sua e si alza in piedi.

«Addio, Adam. Per quel che vale...». Gira intorno al tavolo per avvicinarsi, si china e mi dà un bacio lieve sulla guancia.

Mi aspetto che la guardia ci rimproveri, invece non lo fa, magari perché si sente in colpa.

Prima di allontanarsi, mi sussurra all'orecchio: «So per certo che non sei stato tu».

Tiro indietro la testa e alzo gli occhi su di lei. Mi sorride a bocca chiusa. Un'espressione sinistra si va delineando sul suo volto. Nei suoi occhi arde un fuoco che non ho mai visto prima, non in un essere umano.

«Che significa?» La mia mente inizia ad accelerare, cercando di mettere insieme le parole appena ascoltate. «Sarah, cosa vuoi dire? Chi è stato allora? Se lo sai, devi dirmelo! Devi farmi uscire di qui! Sarah!», urlo per pretendere una risposta.

La pazienza della guardia si esaurisce. In tre passi è dietro di me e mi afferra per le spalle.

Sarah continua a fissarmi con quel sorriso del cazzo.

«Adam, se tu passerai il resto della tua brevissima vita a pensare a me, sappi che io non penserò mai più a te».

E così se ne va, una nuvola di odio e tossicità ancora sospesa nell'aria.

Rimango in uno stato di torpore, mentre ogni suono svuota la stanza. Non ricordo nemmeno che la guardia mi abbia riaccompagnato in cella. Pensavo che Sarah mi amasse ancora o che, per lo meno, si preoccupasse per me. Non dico come prima, ma una parte di lei deve amarmi ancora, in qualche modo. Ma chi c'era lì dentro insieme a me?

Non riesco nemmeno a controllare i pensieri. Sono come un treno merci in corsa con la leva del freno rotta. E ormai niente lo può fermare fino all'inevitabile schianto. Tante parole mi sfrecciano per la testa, e più corrono, si ripetono e si riorganizzano, più cominciano ad avere un senso.

Circa trenta minuti dopo, la guardia carceraria torna e mi accompagna in una nuova stanza, con una barella marrone e diversi strumenti per il controllo dello stato di salute. Mi aspettano un uomo e una donna in camice e altre due guardie carcerarie, la mia ultima e più grande festa a sorpresa. La barella è di fronte a un grande falso specchio che mostra a stento il mio riflesso. So per certo che dall'altra parte c'è gente che attende questo momento, trepidante per quanto sta per accadere. Non biasimo la loro rabbia, è solo mal riposta.

Mi sdraio sulla barella e le guardie procedono a bloccarmi con cinture di sicurezza. Mi collegano a una flebo e a un monitor cardiaco. «Vuole avere qui con lei un sacerdote, un rabbino o qualcun altro per l'estrema unzione?», chiede una di loro.

«No. Non sarà necessario».

«Un'ultima parola, allora?».

Perdono. Promesse. Non mantenute. Tradimento. Kelly. Fatto concreto. Uccidere. Sceriffo Stevens. Jenna. Bob. Anne. Gainesville. Jesse. Rebecca. DNA. *Falla finita. Hudson. Scott. Sarah. Sarah. Sarah.*

Sono queste le parole che mi corrono per la testa. Speravo che i miei ultimi pensieri riguardassero la vita che ho vissuto o le persone che ho amato. È poetico, in un certo senso: allo scrittore in difficoltà non sovviene nemmeno una parola adeguata da pronunciare nell'ora della morte. Gli unici pensieri che turbinano nel mio cervello sono quelli della mia fine. C'è qualcosa di strano. Qualcosa che non va.

E poi succede. È come se, attraverso lo specchio che ho di fronte, riuscissi a vedere Sarah. Rivedo quel sorriso, quello sguardo. Ripenso a come ci stringevamo la mano per dirci «Ti amo». All'orologio che mi ha regalato per il nostro anniversario, quello con l'incisione del numero di minuti in dieci anni. Il conteggio. Le sue strane parole di commiato e la sua insensibilità. Ma perché proprio ora? Perché proprio ora ha sentito il bisogno di dirmi quelle parole, di trattarmi in quel modo? È come se... Un momento. No, non può essere...

Dapprima mi sento intorpidito e penso che sto per addormentarmi. Ma presto inizio a dimenarmi, a contorcermi, e poi un calore lancinante comincia a squarciarmi gli organi, e allora urlo. D'un tratto si blocca. Si blocca tutto.

Non vedo che una tela nera con minuscoli fori, una luce bianca che dal centro irradia verso l'esterno, come un vecchio televisore a tubo catodico che si riscalda. Mi appaiono immagini di vario tipo. Immagini di Sarah. Di quando l'ho conosciuta. Amata. Sposata. Guardata. E di tutto ciò che mi sono perso. Sembrano le scene tagliate di un film. Solo che io non le ho tagliate. Non vi ho prestato attenzione. Da ultimo, mi appaiono i suoi piani, i suoi complotti, i suoi calcoli, la mia caduta.

Sarah controllava tutto nella sua vita, me compreso.

L'ho sottovalutata. Come avevo fatto tante altre volte. Questa è stata solo una di troppo. Le immagini si affievoliscono e poi diventano nere. Sarah è il mio ultimo pensiero, la mia ultima immagine. Aveva ragione su tutto... decisamente su tutto.

64
Sarah Morgan

Attraverso il falso specchio guardo quell'uomo spaventato che una volta era mio. Dovevo esserci, oggi, dovevo scoprire come andava a finire. Vedo un volto familiare, e la cosa in parte mi sorprende. Eleanor, in tutto il suo splendore di settantenne, è venuta a salutare un'ultima volta il suo adorato bambino. Non ci siamo più incontrate né parlate dalla fine del processo di Adam. Di norma, detesterei l'idea di dover passare anche solo un secondo in sua presenza, ma per questo momento, per questo evento, sono felice di vederla. Mi avvicino al posto dove siede, portando con me lo stato d'animo più austero possibile e una serie di lacrime già pronte a sgorgare.

Quando le sono accanto, non alza nemmeno lo sguardo, ma si limita a dire: «Sarah».

«Posso sedermi?», chiedo gentilmente, almeno questa volta. Lei non annuisce, ma nemmeno rifiuta, così mi accomodo, riportando l'attenzione sulla stanza. «Senti», esordisco, «so che non siamo mai state grandi amiche. Non credo che questo cambierà il passato o il livello di interazione che potremo avere in futuro. Ma oggi, sappi che ci sono».

Eleanor mi guarda con le lacrime che già scorrono sulle guance e si fanno via via più copiose. «D'accordo». E nemmeno un'altra parola.

La procedura va avanti come previsto, finché non giunge il momento conclusivo della giornata, la siringa. Eleanor la vede e mi accorgo che il suo corpo si irrigidisce. Non può più far nulla. Tutte le cure materne e tutti i soldi del mondo non riusciranno a salvare suo figlio, e questo la paralizza.

Alla fine l'uomo in camice comunica qualcosa a Adam, che

scuote la testa. Quando l'ago viene inserito nel tubo della flebo, Eleanor mi prende la mano. La levetta della fiala viene abbassata ed Eleanor inizia a stringermi lentamente la mano. Dapprima c'è silenzio – come il breve intervallo che segue il fulmine, in attesa del tuono che arriverà di lì a breve – ma poi succede. Adam inizia ad avere le convulsioni e a urlare.

Eleanor grida: «No! Il mio bambino!», ed è preda di convulsioni anche lei.

Le stringo di nuovo la mano e le porto la testa sul mio petto. «Shhh, è finito. È tutto finito», le sussurro all'orecchio mentre le passo le dita tra i capelli, con un lieve sorriso stampato in faccia.

Quando finalmente lo vedo accasciarsi, sollevo la testa di Eleanor e mi alzo. «Addio, Eleanor», mi congedo mentre mi volto per andarmene.

«Sarah. Aspetta», sputa fuori. Mi giro per guardarla. «Mi dispiace… per tutto». Le parole sono quasi un sussurro, piange ancora lacrime nutrite.

La scruto con curiosità, come un gatto che sta decidendo cosa farsene del piccolo roditore appena catturato. «A me no», taglio corto, prima di allontanarmi definitivamente.

In quel suo stato di isterismo, non credo abbia recepito le mie parole, e allora torna a singhiozzare.

L'ultimo pensiero di Adam è stato per me. L'ho capito dall'espressione stupida del suo volto. Esco dalla stanza, seguendo i genitori di Kelly. Hanno pianto per tutta la drammatica procedura, sfogando la catarsi che erano venuti a cercare. In tutta probabilità pensano di aver assistito a una sorta di chiusura del cerchio: l'uomo che ha ucciso la figlia messo a morte.

Li squadro un paio di volte, il tempo di scambiare uno sguardo di solidarietà. Sanno chi sono. L'avvocata del mostro che ha gli ha portato via così tanto, ma anche la moglie di quello stesso mostro. Eppure, per qualche motivo, sono gentili con me. Chissà perché. Sembra che mi vedano come una di loro, una vittima, coinvolta nel caos lasciato dalla manifestazione del male dall'altra parte del vetro. Qualcosa che è accaduto a tutti noi. Un pozzo malvagio di catrame e fango tossico in cui siamo stati gettati e da cui non siamo riusciti a liberarci. Finché la bestia non è stata uccisa.

Mi tengono aperta la porta, così passo loro davanti nel lungo corridoio che percorriamo. Ne sento i sussurri alle spalle: «Sono felice che sia finita», «finalmente ha pagato per il suo crimine», «adesso Kelly può riposare in pace». Quasi mi mordo la lingua per smettere di ridacchiare.

Apro le porte dell'area sicurezza principale, raccolgo le mie cose ed esco.

Ho appena ricevuto un messaggio da Matthew:

Io e John partiamo tra due ore. Non vedo l'ora di accompagnarti all'altare domani. I bambini sono impazienti di vedere la zia Sarah.

Rispondo subito:

Grazie, Matthew. Anch'io non vedo l'ora! Vi voglio bene.

Esco dalla porta di vetro girevole all'ingresso dell'edificio. Fuori il sole è d'una luminosità penetrante, i raggi sembrano fare tutto il possibile per bruciare ogni cosa in questo mondo. Infilo gli occhiali da sole e scendo i gradini di cemento.

Forse non sono stata particolarmente onesta. Non con Adam, non con Anne, non con Matthew, non con lo sceriffo Stevens, con nessuno di loro e nemmeno con me stessa, ma d'ora in avanti lo sarò. Il tempismo è tutto e io ho calcolato ogni cosa alla perfezione.

Adam ha sempre pensato di essere così intelligente, così ben informato: lui era quello profondo, quello introspettivo. Il guerriero della giustizia, dell'arte e via dicendo. E in effetti era davvero tutte queste cose. Però pensava che io non lo sorvegliassi, e si sbagliava.

Venni a sapere di Kelly e Adam molto prima che lei esalasse l'ultimo respiro. Bob mi aveva avvicinato con le prove dei tradimenti di Adam, di cui era venuto a conoscenza perché voleva distruggere la vita di Kelly dopo quello che lei aveva fatto al povero fratello. Pensava di prendere due piccioni con una fava: ricattarmi e farmi dare le dimissioni per l'imbarazzo o far sì che non fossi più concentrata sul lavoro. A quel punto mi sarebbe piombato addosso per rilevare la mia quota associativa. E avrebbe distrutto anche Kelly. Ma si sbagliava. Quando me ne mise a parte, la mia reazione non fu quella che si aspettava. Tutt'altro. Fu molto più di quanto avrebbe mai potuto sperare.

Decidemmo di uccidere Kelly e incastrare Adam. Dopo tutto, lo meritavano. Bob era fuori città quando lei fu uccisa, per essere certo che nel momento in cui fosse stato scoperto il legame tra lui e Kelly, avrebbe avuto un ottimo alibi. Non volevo lasciare zone d'ombra sul suo conto.

Dapprima aveva intenzione di ingaggiare qualcuno che lo facesse, ma come accennato riguardo alle possibili zone d'ombra… C'era solo una persona di cui potevo fidarmi e che avrebbe svolto il compito alla perfezione. E, come si dice, a volte se vuoi che una cosa sia fatta bene, be'…

Non mi fece affatto piacere sapere che Anne fosse a conoscenza della relazione extraconiugale di Adam. Quando scoprii la foto nella scrivania di Adam capii che c'era lei dietro. Credeva che non avrei riconosciuto la calligrafia della mia assistente? Alla fine ho deciso di perdonarla, di lasciar correre. Dopo tutto, eravamo l'una l'alibi dell'altra. Quando uscimmo, quella sera, Anne non tenne conto del tempo né dell'alcol consumato, e perché mai avrebbe dovuto? Ero il suo idolo. Tutto ciò che aspirava a essere. Il tempo trascorso con me era oro per lei. Io lo sapevo. E ci contavo. A mio favore giocava anche il fatto che per riuscire a trovare il coraggio di informarmi su Adam, aveva bevuto ancora di più. Inoltre, un pizzico di GHB in uno dei suoi drink garantì che non ricordasse l'ora, in particolare che l'avessi rimandata a casa in taxi alle dieci di sera, e non a mezzanotte come le avevo raccontato.

Conoscevo anche i vari vizi di Adam: oltre alla figa giovane e al disprezzo per sé stesso, il suo preferito era lo scotch. Mettere del GHB nel decanter fu facile come, be'… Kelly. Sapevo che anche lei adorava lo scotch e che Adam comprava quello buono con i miei soldi. Con loro due completamente KO per l'intera serata, e con i loro ricordi in pausa, avevo solo bisogno di una rapida deviazione dal bar dov'ero con Anne, poco dopo le dieci di sera, e di un coltello affilato. Fu semplice come bucare una scatola per far respirare l'animale chiuso al suo interno. Ma in questo caso stavo togliendo aria.

Adam pensava di essere tanto intelligente, seguiva piste che io sapevo non lo avrebbero condotto da nessuna parte, perché nessuna portava a me. Sapevo anche che Jesse era solo un verme schifoso infatuato di Kelly, ma seguirne le mosse avrebbe dato l'impressione che stessi davvero lavorando al caso. Jesse era il mio diversivo, un modo per farmi sembrare occupata, quando in realtà ero solo in attesa che quanto avevo messo in moto arrivasse a compimento. E andò meglio di quanto previsto. Immaginavo che Adam avrebbe avuto l'ergastolo, con possibilità di ottenere la libertà condizionata dopo venti o trent'anni. L'opzione della pena di morte non mi era nemmeno passata per la testa, visto che è molto rara... finché non si scoprì che Kelly era incinta del figlio di mio marito. Questo segnò il suo destino e fu la ciliegina sulla torta del mio piano.

Il terzo set di DNA mi spiazzò, lo ammetto. In tutta sincerità, non sapere a chi appartenesse cominciava a farmi incazzare. Pensavo di aver studiato Adam e Kelly abbastanza bene da conoscere i dettagli di chi era o non era coinvolto nelle loro vite. Pensavo che io e Bob sapessimo tutto di quei due stronzi. Questa era l'unica cosa che mi preoccupava, perché temevo che lo sconosciuto avesse visto qualcosa, come del resto avevo fatto io. Ma chi era questo terzo tizio? Grazie a Dio, alla fine si trattava di quel coglione dello sceriffo Stevens. Un altro che non riusciva a tenersi il cazzo nei pantaloni. E non aveva visto nulla. Si preoccupava solo di pararsi il culo, ecco perché le sue indagini erano così approssimative. Una volta scoperto, dovetti solo premurarmi di tenerlo fuori dal caso, perché avevo pianificato e spinto per un processo rapido e un verdetto di colpevolezza, e non volevo certo che riuscisse a intorbidare le acque.

Lo sceriffo Stevens finì comunque per aiutarmi senza saperlo, grazie al suo sciatto lavoro investigativo. Adam aveva senz'altro del GHB in corpo. Lo so perché non si mosse, nemmeno una volta, quando pugnalai a morte Kelly. Il nuovo prezioso amore della sua vita gli veniva strappato via un gesto alla volta, il sangue schizzava sull'incerata trasparente che gli avevo steso sopra a mo' di finestrino privato, solo che lui si limitò a rimanersene sdraiato. Insomma, la lentezza dello sceriffo Stevens nel raccogliere il DNA di Adam, che poi portò a mancare la finestra di rilevamento, mi fece davvero un gran favore: ecco perché lasciai che l'identità del terzo set di DNA rimanesse ignota. In breve, Stevens mi era stato di aiuto e io volli ricambiare.

E che dire di Rebecca Sanford? La giovane aspirante giornalista sulla quale Adam aveva riposto tutte le speranze. In realtà era un'investigatrice privata, ma non era stata assunta da Scott Summers, bensì da Bob, e una volta terminato il lavoro, aveva lasciato la città come stabilito. Il suo compito era di tenere d'occhio Adam, di indirizzarlo nella direzione decisa da noi. Volevamo che scoprisse il legame tra Bob e Kelly, ma solo per dargli una speranza momentanea, quanto fosse sufficiente a farlo impazzire. Volevamo che facesse due più due riguardo ad Anne e al suo bigliettino minatorio. Un altro flebile barlume di speranza che l'avrebbe reso imprevedibile e irrazionale. Ma soprattutto volevo rammentare a Adam che poteva fidarsi solo di una persona, cioè di me.

Non calcai la mano con il controinterrogatorio di Scott Summers. A Adam non andò giù, ma gli dissi che occorreva procedere con cautela, considerato che aveva perso la moglie. In realtà, non potevo rischiare di irritarlo, perché sapevo che era irascibile. Avevo avuto modo di rendermene conto personalmente. Scott lasciò la città dopo la fine del processo. Forse non intendeva affrontare le voci secondo le quali era stato lui a distruggere le prove dell'omicidio del primo marito di Kelly, o magari è solo che ne aveva abbastanza di Prince William.

Non saprò mai cosa successe davvero tra Kelly e Greg, o Kelly e Scott. Lei era solo una vittima degli uomini della sua vita? Aveva subito violenze? O era una ragazza che gridava al lupo al lupo? Non lo saprò mai, e non lo saprà nessun altro. Ecco il problema delle relazioni: non si è mai certi di cosa succede al loro interno, se non se ne fa parte. Allo stesso modo, nessuno saprà mai cos'è successo tra me e Adam. Ognuno di noi ha la propria verità e tutto ciò che è al di fuori di essa è solo una storia.

A proposito di storie, Adam scrisse davvero il suo libro-verità. Lo intitolò *L'innocenza non basta: la storia di Adam Morgan*. Naturalmente, non poteva resistere all'idea di avere il suo nome sulla copertina... ben due volte. Fu un grande successo, un bestseller del «New York Times», tradotto in quaranta lingue diverse e Netflix ne fece addirittura una mini docuserie in quattro parti. L'intera operazione fruttò milioni di dollari ma, in quanto detenuto nel braccio della morte, a Adam non fu consentito di tenere la sua quota dei ricavi, così optò per donare tutto a un'associazione non-profit che si occupava di giustizia. Sperava che fossero in grado di dimostrare la sua innocenza. Ironia della sorte, dopo aver esaminato gli atti del processo, rifiutarono di occuparsi del caso. Una beffa che mi fa ancora ridere.

Trentasette coltellate. Vi starete chiedendo come abbia potuto fare una cosa del genere a un'altra donna. Facile. Se qualcuno entrasse in casa vostra e rubasse qualcosa, vi difendereste? Ora, starete pensando che mi riferisca a Kelly Summers, ma non è così. Sto parlando di Adam. In guerra ci sono sempre vittime: ecco, Kelly è stata solo una vittima.

Con il divorzio Adam avrebbe avuto la metà di tutto ciò che possiedo. Non se lo meritava. Non meritava me. Avevo giurato che non sarei mai stata come mia madre. Permettere a un uomo di prendersi ciò che avevo guadagnato e per cui avevo lavorato sodo mi avrebbe resa debole quanto lei. In questo modo, invece, Adam ha avuto l'unica cosa che meritava davvero.

«Com'è andata?», mi chiede Bob mentre salgo a bordo della nostra Mercedes.

«Tutto come previsto». Sorrido e mi sporgo sulla console centrale per dargli un bacio sulle labbra.

«Mamma», dice Summer dal sedile posteriore.

«Sì, amore». Mi volto e sorrido alla mia bellissima bambina di otto anni.

È il ritratto di me e Bob, perfetta in tutto e per tutto. Quando ho scoperto di essere incinta, ho giurato che non avrei mai commesso gli errori di mia madre. Summer non dovrà salvarsi da me come io ho dovuto fare da lei.

È vero. Mia madre non si uccise, tecnicamente. Con la sua tolleranza, una sola dose di eroina non sarebbe stata sufficiente, ma gli altri tre aghi che le piantai nel braccio sì. Del resto, ogni giorno che passava si uccideva già un po' di più, io avevo solo accelerato il processo. Ma non metterei mai mia figlia nella stessa situazione.

Cosa c'è lì dentro?», Summer indica l'edificio da cui sono appena uscita. «Niente, amore mio… Assolutamente niente».

Torniamo alla casa al lago nella contea di Prince William. Che ormai non è più una seconda casa, ma la nostra residenza vera e propria. Io e Bob non volevamo crescere Summer in una città come Washington e, in tutta sincerità, questo posto è incantevole. Non l'ho mai visto com'era per Adam, ma forse solo perché l'ho sempre associato a lui. Le sue insicurezze e i suoi tradimenti avevano coperto di una patina di sporcizia questo piccolo angolo di paradiso.

La mia vita è tornata a essere esattamente come la desideravo… e voglio che resti così.

Scena eliminata

«Vi chiedo di ricordarvi di lei». Il procuratore Josh Peters è in piedi davanti al banco dei giurati, le spalle larghe rivolte verso di me, in mano una fotografia da venti per venticinque. So che è un'immagine di Kelly Summers, verosimilmente scattata all'aperto, in una giornata di sole. Ha un'espressione che si presume felice: grandi occhi marroni, un ampio sorriso e lentiggini evidenti sulle guance e sul naso. La foto è mirata a fare leva sul cuore dei giurati, poiché è l'ultima possibilità che si offre al procuratore per influenzarli prima della deliberazione.

«Vi chiedo di ricordare Kelly Summers, una giovane donna la cui vita è stata stroncata dall'imputato Adam Morgan». Peters lancia un'occhiata alle sue spalle, a Adam, in particolare, che siede accanto a me. Diversi giurati seguono il suo sguardo, accigliati.

«Kelly è stata ritrovata pugnalata a morte nel letto di Adam», specifica Peters, riportando l'attenzione alla giuria. «Trentasette», aggiunge indicando la foto di Kelly. «Che non era l'età di Kelly. No, era molto più giovane. Trentasette è il numero di volte che Adam Morgan ha conficcato un coltello nel corpo di Kelly Summers».

Abbasso lo sguardo sulla mia mano, appoggiata sul tavolo. Le mie dita hanno uno spasmo che provoca una sensazione di formicolio e punture di spillo. A volte sento ancora il manico del coltello stretto in pugno come una sorta di arto fantasma.

Peters mostra un'altra fotografia. Dagli sguardi disgustati e inorriditi di quasi tutti i giurati, deduco che si tratta di un'immagine di Kelly Summers scattata sulla scena del crimine. Un misto di sangue umido e secco schizzato dappertutto. Occhi annebbiati che fissano il nulla. Ferite da taglio sul collo e sulle spalle. Il petto e lo stomaco sono una palude insanguinata, quasi un unico grande buco cavernoso. Peters continua a parlare, ma io già non lo ascolto più. La foto rimane stretta tra il pollice e l'indice, tesa di fronte a lui, e per evitare di guardarla, i giurati possono solo voltarsi altrove. Due di loro lo fanno. Prosegue nella descrizione dettagliata di ciò che Adam ha fatto a Kelly, o meglio di ciò che ritiene Adam le abbia fatto. Si sbaglia, però, e si sbaglia anche su alcuni dettagli. Solo io li conosco.

Sono trascorsi circa cinque minuti quando Peters termina l'arringa. Diversi giurati fanno cenno di sì con la testa e si guardano intorno, lui li ringrazia e torna al suo posto. È stata un'arringa solida e noto che la giuria condivide la stessa opinione. Adam si strofina nervosamente il polso. Non ha le manette, ma forse le sente ancora addosso, il metallo freddo stretto sulla pelle. Dalla mia visuale periferica, vedo che ha gli occhi puntati su di me, in cerca di conforto, di rassicurazione, ma non posso né voglio farlo.

«Mrs Morgan?», chiama il giudice Dionne.

«Sì, Vostro Onore».

«La difesa è pronta per la sua arringa finale?»

«Sì, Vostro Onore».

«Proceda pure», mi sollecita con un gesto della testa.

È il momento. La mia ultima possibilità di convincerli di ciò che so essere vero. Non mi crederanno, ed è proprio quello che voglio. Mi alzo dalla sedia e passo la mano su giacca e gonna per spianare veloce le pieghe. Scorro la stanza con gli occhi. È come tutte le aule di tribunale in cui sono stata: sterile e fredda, un mezzo per raggiungere la fine o l'inizio. Pannelli di legno dal pavimento al soffitto, file di banchi alle mie spalle pieni di astanti, le bandiere degli Stati Uniti e della Virginia che pendono da piccoli pennoni dorati. Un giudice, alto sul pulpito con la sua toga nera. Completamente irrilevante, a differenza di questo caso.

Mi avvicino a grandi passi al banco della giuria, passando la mano sulla ringhiera mentre mi sposto da un capo all'altro. Eccoli qui, i miei dodici amici volubili. Come vorrei poter entrare in ognuna delle vostre teste e piantare lì il seme di cui ho bisogno. Se solo aveste fili da tirare a piacimento e manovelle a molla, allora vi farei danzare e cantare la canzone che ho scritto. Ma oggi sarà una performance da solista. Dunque, si va a cominciare...

«Signore e signori della giuria. Nelle ultime settimane avete potuto ascoltare questo caso, presentato dal procuratore di Stato. Fin dal principio ho spiegato che qui è d'uopo occuparsi dei fatti. Durante la mia dichiarazione di apertura, vi ho fornito cinque fatti che sapevo essere veri, che sono assolutamente certi, al di là di ogni ragionevole dubbio, e ve li ho provati tutti e cinque nel corso del processo, non è così?».

Alcune teste concordano. Qualcuna si gira. Altre rimangono immobili. Il sottofondo è comunque un mormorio generale.

«Adam Morgan è mio marito, un dato sul quale ho preferito non essere reticente fin dall'inizio. Perché è rilevante, vi chiederete? Perché posso affermare di conoscerlo meglio di chiunque altri in questa sala». Faccio una pausa per consentire al braccio di spostarsi a mezz'aria per tutta l'aula, a sottolineare l'affermazione. «Il che significa che potete immaginare benissimo come mi sia sentita quando il procuratore Peters ha dovuto esaminare a fondo alcuni dettagli. La sordida relazione di mio marito con un'altra donna. L'avete trovato ripugnante: il comportamento di un uomo che non è stato fedele, che ha dato prova di ben poco se non di nessun onore, e io ne convengo. Tutto questo l'ho sentito sulla mia pelle dieci volte di più. Venire a sapere che mio marito aveva messo incinta questa donna, che ne era innamorato e aveva intenzione di lasciarmi per lei...». Do le spalle alla giuria, abbasso il viso sulla spalla e scrollo la testa con fare sgomento. D'altronde, devo pur vendere il mio strazio. «Perdonate le mie parole, considerato il caso in questione, ma non saprei come descrivere la sensazione se non affermando che mi sono sentita pugnalata al cuore».

Guardo Adam. Vedo il dolore e la tristezza sul suo volto. Non è per me, ma forse per quello che mi ha fatto passare, o magari per essersi lasciato coinvolgere in questa storia. Di certo, la sua vera afflizione è la consapevolezza di quanto ha già perso.

Mi alzo in piedi, segnalando alla giuria che ho tutto sotto controllo, che sono forte. «Concordo con il procuratore Peters su molti aspetti. Tuttavia, ha impiegato un tempo a mio giudizio eccessivo per evidenziare che Adam Morgan è un imbroglione, un bugiardo, un adultero e un uomo disonesto. Ebbene, io vi ho detto la stessa cosa già il primo giorno. Ma nessuno di tali elementi fa di Adam Morgan un assassino. Ne fa un pessimo marito, questo sì, ma noi non mettiamo qualcuno a morte o dietro le sbarre per il resto della vita solo perché è un pessimo marito».

Guardo di nuovo Adam, ma questa volta i miei occhi lo superano per posarsi sulla piccola donna alle sue spalle, seduta in prima fila, che stringe le perle abbinate al suo tailleur pantalone bianco. Il giorno del matrimonio il bianco è sinonimo di purezza, innocenza, di un fiore intatto. Evidentemente Eleanor riteneva che, indossando questo colore, Adam, che le siede proprio davanti, potesse assorbire un po' della sua luce. Si accorge che la sto fissando e mi fa cenno di sì, il suo modo per sollecitarmi a continuare. Anche qui, nella mia area di competenza, non riesce a trattenersi. È nelle pause che la gente ascolta davvero. Ma lei non lo sa, perché non sta mai zitta. Torno a girarmi verso la giuria.

«Ma veniamo al sesto fatto, quello che ho menzionato nella dichiarazione di apertura, spiegando che l'avrei dimostrato entro la fine del processo, e sul quale sono pronta a fondare l'intero caso: Adam Morgan non è un assassino. Ora, mi corre l'obbligo di rammentarvi che non è compito mio convincervi di questo. Piuttosto, è dovere del procuratore di Stato dimostrare al di là di ogni ragionevole dubbio che lo sia. A tal proposito, vorrei sostenere che non vi è riuscito nel corso dell'intero processo, ma non sta a me farlo». Indico ogni singolo membro della giuria. «Sta a voi».

Mi avvicino al tavolo dove siede Adam e lo invito ad alzarsi. Esegue lentamente.

«Guardate quest'uomo. Guardatelo negli occhi, ossia guardatelo *veramente* negli occhi. Voglio riportarvi qualcosa che ho visto negli occhi di altre persone e che spero nessuno di voi debba mai vedere. Sono un'avvocata penalista e, per la natura del mio lavoro, ho dovuto difendere persone che hanno commesso atti orribili e riprovevoli. In tribunale ho dovuto sedere accanto agli esseri umani più malvagi, condividere con loro una stanza privata per esaminare prove e dichiarazioni, il tutto temendo fortemente per la mia sicurezza. Perché? Per via dei loro occhi». Quando lo dico, spalanco i miei per enfatizzare il punto.

«Vedete, gli occhi di un assassino sono diversi. C'è un fuoco che brucia in profondità nell'iride. Sulle prime, non è sempre facile scorgerlo, ma una volta individuato, non si può più ignorarlo. Quel fuoco potrebbe divampare da un momento all'altro in tutto il corpo dell'assassino, scatenando una furia incontenibile che finirebbe per pervadere ciò che lo circonda». Mi soffermo un istante, in modo che i giurati percepiscano a fondo le mie parole. Quello che non comprendono è che gli occhi a cui mi riferisco sono quelli che mi fissavano nel riflesso di uno specchio.

«Nel caso in questione, invece, non ho paura di stare accanto a mio marito, non ho paura di condividere una stanza con lui. Non ho nemmeno paura di condividere il letto con lui. Sapete per quale motivo? Perché non ha quel fuoco. Non ha quegli occhi lì», proseguo indicando Adam. Ha un aspetto penoso, sebbene sia ben rasato e porti un bell'abito su misura. Impossibile sfoggiare un abbigliamento più patetico.

Diversi giurati mi guardano. Chissà se riescono a distinguerlo nelle mie iridi, il fuoco menzionato. Ricordo ancora la prima volta che ho visto quegli occhi ardenti… i miei.

Do una prima spallata alla porta, poi una seconda, prima di entrare nella stanza del motel di merda dove io e mia madre viviamo da almeno sei mesi. Uso la parola vivere in senso lato, perché in fin dei conti nessuna delle due lo sta facendo davvero. Io sopravvivo e lei… non lo so. La camera è vuota e silenziosa, ed è un sollievo perché vuol dire che posso fare la doccia in santa pace. La lampada a stelo prende a sfarfallare quando la accendo. Apro le tende e lascio che la luce penetri in questo lerciume.

Getto lo zaino sul mio letto, a poco più di un metro da quello di mia madre. Il mio è già fatto, i cuscini sono sotto le coperte tirate ben strette. Il suo è un disastro, pieno di resti della sua insensatezza della sera prima: lattine vuote di PBR, *macchie di birra, un ago usato, un cucchiaio sporco e un posacenere pieno di mozziconi di sigaretta.*

Quando vado in bagno, chiudo la porta e mi spoglio rapidamente. Mi tolgo l'uniforme da lavoro che puzza di patatine fritte vecchie e grasso stantio. L'odore è comunque migliore di quello della stanza del motel. C'è solo una saponetta, ma la temperatura dell'acqua è sempre bollente o gelida. Non c'è mai una via di mezzo. In un certo senso è come la vita che ho vissuto finora. Era bello quando mio padre era ancora vivo, ma ora penso che sarebbe meglio la morte.

Uscita dalla doccia, passo la mano sullo specchio appannato e fisso l'adolescente che ho di fronte. «Perché?», chiedo al riflesso, solo che la risposta non arriva, perché non ce n'è una. Alcuni di noi hanno grandi inizi. Altri vivono nello squallore e dormono a un metro o giù di lì dalla madre tossica. Si dà il caso che io rientri in quest'ultimo caso. La porta della stanza si apre. Si sentono risatine, rumori di bottiglie e liquidi, le molle di un materasso che cigolano e infine la risata rauca di un uomo. Appendo l'asciugamano e mi infilo un vecchio maglione a girocollo e un paio di pantaloni della tuta.

Chiudo gli occhi per un attimo e faccio un respiro profondo prima di aprire la porta del bagno e uscire. Un uomo è seduto accanto a mia madre sul suo letto sporco, hanno entrambi la schiena appoggiata alla testiera, la mano di lui è tra le gambe di lei. La testa di mia madre ciondola sull'uomo. Lei ride e con mano malferma porta la bottiglia di birra alle labbra, attraverso la massa di capelli arruffati scivolati davanti al viso.

Lo sguardo dell'uomo mi segue mentre mi avvicino al letto per recuperare lo zaino.

«Be', è questa chi èèè?», chiede con parole biascicate.

Mia madre gira la testa verso di me. Riesco a vederle a malapena un occhio attraverso i capelli aggrovigliati, un uovo di pettirosso nascosto in un nido di ramoscelli ed erba secca.

«Sarah», non dice altro.

L'uomo spinge via mia madre, si alza e viene verso di me barcollando. Lei scivola a faccia in giù sul materasso. Lui cerca di afferrarmi il mento, ma io scosto la testa di scatto e gli tiro uno schiaffo sulla mano. Si sbilancia e cade sul letto, seduto.

Mia madre si aggrappa alle spalle dell'uomo per tirarsi su. Gli poggia di nuovo la testa sulla spalla, la lingua a sfiorargli il lobo dell'orecchio. Vuole qualcosa ed è disposta a tutto pur di ottenerlo. È il solito vecchio balletto disgustoso. Vorrei solo che la musica finisse una volta per tutte.

Prendo lo zaino e un cuscino, tiro via la coperta dal letto e mi ritiro in bagno. Chiudo la porta, getto le mie cose sul pavimento di piastrelle scrostate e mi siedo. Di lì a qualche secondo, inizio a sentire quei suoni fin troppo familiari di tubicini tirati fuori dai cassetti, di un cucchiaio che viene lasciato cadere sul comodino, del clic di un accendino e infine di sospiri. Due persone che si perdono all'istante nel paradiso che hanno acquistato tutto per sé, per quanto momentaneo. Il pedaggio da pagare per ogni visita non è che un pezzetto della loro mente e le vene del corpo che si fanno ogni volta un po' più piccole e un po' più deboli. Ma pagano, per intero, solo per poter essere ammessi. Patetico davvero.

Poi cominciano i rumori che odio di più. Alcuni uomini aspettano troppo a lungo che l'eroina si diffonda nel loro organismo prima di provare a scoparsi mia madre a pagamento. Ma questo no, lui va dritto al sodo. È chiaro che non è un principiante. I gemiti, le urla e gli schiaffi sulla carne, la testiera che sbatte contro il muro, le molle del materasso da quattro soldi che stridono a velocità allarmante. Apro la cerniera dello zaino e afferro il walkman Sony, quindi sistemo l'archetto di metallo in testa e gli auricolari di gommapiuma sulle orecchie. È stato uno dei miei primi acquisti una volta ottenuto il lavoro, d'altronde queste occasioni capitano fin troppo spesso. La musica rimbomba e mi consente di evadere.

Dopo quelli che sembrano pochi secondi, una vibrazione fragorosa mi riporta alla mia triste realtà. Tolgo le cuffie e sento battere sulla porta del bagno.

«Cosa?», chiedo.

«Devo usare il cesso», urla l'uomo.

Vorrei strillargli di tenersela, ma è inutile. Si infurierebbe ulteriormente e magari diventerebbe anche violento. Raccolgo le mie cose e apro la porta, cercando di passargli accanto veloce, ma lui si mette in mezzo, bloccando l'uscita. Ha indosso solo un paio di jeans sporchi e scoloriti.

«Spostati», dico.

Afferra una ciocca dei miei capelli umidi e sorride, passandomi la mano ruvida sulla guancia. «Ho una banconota da venti dollari con su scritto il tuo nome», sussurra.

Abbasso la spalla di scatto, lo spingo via e sbatte la schiena contro il telaio della porta. Non reagisce, si limita a ridacchiare. Getto le mie cose sul letto e mi siedo. Lo scroscio dell'urina che schizza nell'acqua riecheggia dal water.

«Hai qualcosa da mangiare qui dentro?», grida dal bagno.

Guardo mia madre svenuta sul letto, braccia e gambe divaricate, sotto il lenzuolo macchiato e la coperta bruciata dalle sigarette. Vorrei che si svegliasse all'improvviso e ricordasse che ha una figlia, che dovrebbe proteggermi e prendersi cura di me. Riesco quasi a immaginarla mentre salta sul letto e grida: «Qui non c'è niente per te, stronzo. E adesso, fuori!». Avrebbe le braccia poggiate sui fianchi, i pugni chiusi e un mantello che le fluttua alle spalle. Invece eccola lì, con la bava che le cola dalla bocca aperta.

«Non abbiamo niente», strillo, sperando che sia davvero così e si renda conto che ha già avuto il suo divertimento e non c'è più niente per lui.

Esce dal bagno con la patta ancora aperta. Si gratta l'ombelico appoggiandosi al muro.

«Oh, non credo proprio». Sogghigna e sottolinea la dichiarazione lasciva con le sopracciglia. «Perché mi sembra di vedere qualcosa di molto appetitoso».

Sento il battito cardiaco accelerare e perle di sudore accumularsi sulla nuca. È già successo diverse volte, sicché il mio corpo si prepara a combattere o a fuggire. Avanzo con cautela verso il telefono sul comodino, sperando che le mie intenzioni non siano troppo ovvie. Ma i suoi occhi mi fissano come un predatore che abbia trovato un animale ferito. Il suo sguardo rimbalza da me al telefono. Capisce cosa voglio fare e allora si tuffa sul letto dove mia madre giace svenuta, ma io sono più veloce, più giovane, e non sono fatta di eroina. Raggiungo il telefono per prima e digito lo 0.

«Reception», risponde una donna dalla voce scialba.

«Stanza 119. C'è acqua che cola dappertutto!». Cerco di far sembrare il problema il più urgente possibile, qualcosa che salti subito agli occhi. Le dita ossute dell'uomo premono sulla levetta del ricevitore mettendo fine alla chiamata. Mi balza addosso e striscia sul mio corpo.

«Lasciami!», grido tentando di divincolarmi sotto di lui. Le sue braccia da tossico non sono abbastanza forti da tenermi ferma a lungo. Lo spingo con forza, libero il ginocchio e glielo conficco nell'inguine. Grida e si afferra i genitali con entrambe le mani, prima di rotolare sul pavimento con un tonfo. Mia madre non si muove nemmeno. Mi trascino sul letto all'indietro e mi rimetto in piedi, quindi corro verso il bagno. Una volta chiusa la porta, faccio un passo indietro, il respiro ansimante, e fisso la maniglia in attesa che si muova.

«Aaah. Puttana!», urla. Lo sento inciampare, poi però mi arriva solo silenzio, quasi stesse valutando se andarsene o restare. Quelli della manutenzione non arrivano. Non vengono mai. La direzione sa bene chi sia mia madre, perciò non si affanna a mandare qualcuno. Nemmeno per gli asciugamani puliti. Ma lui non lo sa. Pensa che il tempo a disposizione stia per scadere. Finalmente sento il rumore della zip di un giaccone che si chiude e di stivali che si spostano a passo pesante sul pavimento.

Borbotta «puttana», immagino riferendosi a mia madre, prima che la porta si apra in un cigolio e si richiuda così forte da far sbatacchiare la finestra.

Rimango immobile, in attesa di un movimento, del suo ritorno. Non so per quanto io rimanga lì, per altro trattenendo il respiro per essere più silenziosa possibile. Alla fine espiro lentamente. È finita… almeno fino alla prossima volta.

Mi volto e fisso la ragazza nello specchio sudicio appeso sopra il lavandino. Ho il viso rigato di lacrime. Qualcuna si è già asciugata, lasciando dietro di sé una crosta luccicante di acqua mista a sale e oli grassi. Le mie mani tremano senza controllo, per un misto di paura e rabbia. E poi avverto qualcosa che cambia nel mio riflesso. Vedo lei, non la ragazza che sono ma quella che devo diventare. Colpisco il riflesso con il pugno, lo specchio si rompe. Il sangue cola dalle nocche, la pelle forata e lacerata dalle schegge di vetro. A fissare lo specchio spaccato adesso ci sono decine, forse centinaia di paia di occhi, fratturati anch'essi, eppure collegati. Spezzati ma ricomposti in una nuova forma. So di non essere più la stessa. So che posso attingere o contare su questi occhi, su un paio qualunque, per agire, prendere via via la decisione più adeguata, fuggire.

«È finita», dico al riflesso scheggiato, sapendo esattamente cosa devo fare.

L'occasione si presenta una settimana dopo. Torno a casa dal lavoro, sperando di trovare la stanza vuota, invece c'è mia madre svenuta sul letto, con un ago da eroina che le spunta dal braccio. È il primo del mese e so che è arrivato il suo assegno della Previdenza sociale, per quanto avrà già buttato via la maggior parte dei soldi. Droghe e accessori vari appena acquistati sono sparsi intorno al corpo privo di sensi. Le durerà una settimana o poco più… o forse no, perché adesso so cosa devo fare. Riempio il cucchiaio, sciolgo il contenuto e tiro indietro lo stantuffo di una siringa, perché la droga venga aspirata all'interno. Ne preparo un'altra e un'altra ancora. Potrei farlo anche a occhi chiusi.

Svenuta, la bava che le cola sul viso e un rivolo di sangue secco dove l'ago è penetrato nel braccio, è questa la sua versione più serena. È tornata a visitare il suo paradiso, e io la aiuterò a rendere il soggiorno permanente. Infilo i tre aghi nel braccio, spingo gli stantuffi tutti insieme e la lascio andare alla deriva per sempre. Niente più pedaggi o ingressi da pagare.

È un biglietto di sola andata… per entrambe.

Vado in bagno per sciacquarmi il viso e calmare i nervi. Trovo ancora quegli occhi che mi fissano allo specchio. Sono cambiati di nuovo. Ora al loro interno hanno un piccolo fuoco che brucia nel profondo. Per un attimo sono preda del panico per quello che ho appena fatto, poi un paio di occhi guizzano fuori in segno di solidarietà e svaniscono.

Da quell'istante non mi sono mai più preoccupata di mia madre o di quello che le avevo fatto.

«Ora, che razza di avvocata sarei se vi chiedessi di credermi sulla sola base degli occhi di un individuo? Non una molto brava». Mi soffermo un attimo e appoggio la mano sul tavolo.

Un giurato si lascia sfuggire un sogghigno, ma se ne ravvede, si copre la bocca e fa un gesto al giudice in segno di scusa. Lo intravedo poco prima che torni ad ascoltare imperturbabile. *Verdetto di colpevolezza*, penso. A questo punto della mia carriera sono abbastanza brava a indovinare chi voterà nell'uno o nell'altro senso, osservando unicamente il linguaggio del corpo o cogliendo indizi sottili. Questo è molto evidente. Ride, ma non perché pensa che io sia divertente, ma perché non l'ho ancora convinto. E non lo farò.

Passo a scandagliare il resto dei giurati e prendo nota di ciascuno di loro e di come voteranno. Giurato numero uno. La presidente, la preferita del procuratore Peters, è una donna anziana con una croce al collo. Colpevole. Giurato numero tre. Uno dei *miei* preferiti. Un degenerato e alcolista incallito che pensa di avere la sua vita sotto controllo e vede Adam come uno spirito affine. Non colpevole. Tuttavia è un debole e gli altri lo convinceranno senza difficoltà in fase di deliberazione. Giurato numero due, che nemmeno mi guarda negli occhi. Colpevole. Numero quattro, che mi fissa il culo ogni volta che mi volto. Non colpevole. Anche lui, però, verrà influenzato dagli altri durante la deliberazione, quando non avrà più il mio sedere di fronte. E così via. Quando finisco il conteggio, sto perdendo otto a quattro, e due dei miei quattro sono autentiche banderuole. La gran parte delle giurie non è come quella del film *La parola ai giurati*. Vogliono tagliare corto e tornare a casa dalla famiglia. Sono la compassione e l'emozione a metterli in moto, ma nel caso di Adam io non ho dato loro nulla da compatire o per cui emozionarsi. Del resto, mio marito è uno snob viziato senza un briciolo di valori o di morale. Nessuno giurato potrebbe immedesimarsi in lui, salvo quel viscidone del numero quattro.

«Vorrei rivedere i fatti con voi un'ultima volta», proclamo portando il pugno in aria, come ho fatto durante la dichiarazione di apertura. Alzo il primo dito. «Uno: Kelly Summers era stata minacciata di morte dal marito, Scott Summers. Avete letto voi stessi i suoi messaggi, eppure tutto ciò che l'uomo è riuscito a dire al riguardo è che era ubriaco ed era pentito. E magari era ubriaco anche quando ha fatto altre cose la sera in cui Kelly Summers è stata assassinata». Sottolineo l'affermazione sollevando il sopracciglio.

Alzo il secondo dito. «Due: Kelly Summers, in precedenza Jenna Way, era stata accusata di aver ucciso il primo marito, Greg Miller. Ma poi le accuse a suo carico sono state opportunamente archiviate nel momento in cui sono scomparse delle prove fondamentali. In seguito Jenna è ricomparsa in Virginia con un nuovo nome, un nuovo colore di capelli e un nuovo marito. Lo stesso nuovo marito, Scott Summers, che aveva indagato sull'omicidio del primo marito». La giuria inizia a borbottare e ad assentire. Le mie parole non sollevano nessun ragionevole dubbio sul conto di Adam, ma mettono Kelly in cattiva luce e danno l'impressione che io stia facendo di tutto per difendere il mio cliente. Quest'aula non è che un palcoscenico per la performance della mia vita. Alzo il terzo dito.

«Tre, fra le minacce di Scott Summers, le denunce di abusi e il mistero che circonda la morte del primo marito, l'elenco delle persone che avevano un movente e il desiderio di fare del male a Kelly Summers è vasto. È importante perché il movente è un elemento chiave in ogni reato grave. Adam Morgan, aveva un movente? Non credo. D'altro canto, e mi addolora doverlo dire, la sera dell'omicidio aveva lasciato un biglietto per Kelly in cui affermava di voler iniziare una seconda vita insieme a lei. Dunque, perché mai avrebbe dovuto ucciderla, se aveva intenzione di stare con lei anche in futuro? Il procuratore vuole farvi credere che il biglietto era mirato a depistare. In tutta sincerità, mi sembra una considerazione idiota». Guardo Adam, poi la giuria. «Soprattutto per un autore di bestseller, acclamato dalla critica e con una formazione da Ivy League. Non credete?».

Diversi giurati fanno sì con la testa, altri mostrano le labbra contratte. Sono d'accordo con quello che dico, ma non amano Adam, e io ho ricordato loro quanto sia insensibile mio marito, diverso dall'intera giuria e che, se non fosse stato per questo processo, nessuno di loro sarebbe mai stato nella stessa stanza con lui, per sua scelta… non per la loro. Alzo il mignolo.

«Quattro, all'interno del canale vaginale di Kelly sono stati rilevati tre set distinti di DNA, il che vuol dire che la vittima era andata a letto con tre uomini diversi in un periodo di cinque giorni. Uno è stato identificato come appartenente a Adam Morgan. Un altro era di Scott Summers. Ma il terzo set rimane un mistero. A chi apparteneva? Con chi altri era stata in intimità Kelly Summers? Per quanto ne sappiamo, la persona in questione potrebbe anche essere seduta qui in aula, in questo momento». Mi volto e scruto i banchi pieni di gente. Poso gli occhi sullo sceriffo Stevens, seduto in ultima fila. Il suo sguardo incontra il mio, ma poi lo abbassa in tutta fretta. Sollevo appena l'angolo della bocca, ma lo contengo rapida prima di riportare l'attenzione sulla giuria. «Un'altra domanda alla quale il procuratore Peters non ha fornito risposta». Alzo il quinto dito.

«Cinque, abbiamo chiarito nel dettaglio che nella vita di Kelly c'era anche uno stalker, un uomo che si faceva in quattro per andare a trovarla ogni giorno al lavoro. Dove sono l'indagine in proposito e l'interrogatorio approfondito di quest'uomo? Forse tale individuo non riusciva a gestire il rifiuto da parte della vittima. O magari a un certo punto ha deciso di prendere in mano la situazione. Non lo sapremo mai. Perché, ancora una volta, abbiamo un malfattore che la pubblica accusa sembrava contenta di lasciare a piede libero».

«E infine, sei». Sono in piedi di fronte alla giuria, entrambe le mani sopra la testa, cinque dita alzate da una parte, uno dall'altra. «L'accusa non ha dimostrato oltre ogni ragionevole dubbio che sia stato Adam Morgan a uccidere Kelly Summers. Il dubbio c'è, ed è molto forte. Perché Adam Morgan non è un assassino». Sbatto il pugno sulla ringhiera, il suono secco dello schiaffo sul legno riecheggia fino all'alto del soffitto. «E questo è un dato di fatto».

Torno a sedere al mio posto. Adam tenta di strofinare il suo mignolo contro il lato della mia mano, ma io l'allontano. Si complimenta per la mia performance, ma non lo sento nemmeno. Sono intenta a fissare i giurati, esaminare i loro volti, uno dopo l'altro. Ne avrò conquistato qualcuno? Spero proprio di no. Noto sguardi di disgusto. Disgusto per Adam, e anche un po' per me. La maggior parte della gente non ama gli avvocati, a maggior ragione nel mio caso: sposata con l'imputato che è sotto processo per l'omicidio della sua amante e del figlio che portava in grembo.

Senza dimenticare che aleggia sempre quell'interrogativo, tuttora insoluto, che è senz'altro entrato e uscito dalla mente di ogni giurato per tutto il caso. *Come? Come faccio a difenderlo?*

A mio giudizio, la risposta è molto semplice. Se vuoi distruggere qualcuno, devi stargli vicino a sufficienza da poterlo fare tu stesso. So che questo processo lo abbiamo già perso… Oddio, dipende da come si giudica il quadro generale. Frattanto, il giudice dà le ultime istruzioni alla giuria e la congeda per la deliberazione. I giurati escono in silenzio dall'aula. Ci alziamo anche noi e il giudice si incammina verso il suo studio. Adesso si tratta solo di attendere.

Adocchio Adam e gli offro un sorriso di incoraggiamento. «Penso che sia andata bene». Risponde qualcosa del tipo «sei stata incredibile» o altre varianti di superlativi, ma io sono già occupata a raccogliere le mie cose e scrutare di nuovo l'aula per trovarlo. Ci guardiamo negli occhi e dobbiamo trattenere entrambi un sorriso. Sappiamo che lo giudicheranno colpevole e che non ci vorrà molto, il che è perfetto per noi. Ho chiesto a Bob di essere qui oggi, di accompagnarmi fino in fondo in questo viaggio, e ora che è quasi finita, mi torna in mente quella prima notte… quando io e Bob abbiamo pianificato tutto.

Bussano alla mia porta. È tardi, credevo di essere sola in ufficio. Ho mandato a casa Anne, sapendo che con ogni probabilità sarei rimasta qui fino a mezzanotte inoltrata.

«Prego», grido.

La porta si apre ed entra Bob Miller, una grande busta di carta in mano. Ha un sorriso furbesco e mi chiedo cosa abbia in mente adesso.

«Cosa, Bob?». Il mio sguardo torna senza indugio alle carte

sparse sulla scrivania, giusto per lasciargli intendere che non merita né avrà la mia completa attenzione.

«Ho una cosa per te», mi informa mettendo la busta di carta sulle scartoffie del caso che stavo esaminando. È il suo modo di dirmi che invece la merita eccome, la mia attenzione.

Mi soffermo un istante, infastidita dalla sua presenza, e getto un'occhiata sospettosa alla busta. Siamo nemici giurati, entrambi cerchiamo di salire la stessa scala aziendale. Solo che io l'ho scalata più velocemente, dacché al principio di quest'anno sono stata nominata socia. In teoria la promozione non doveva andare né a me né a lui perché c'erano altri due senior partner, ma inspiegabilmente uno è stato licenziato per negligenza professionale e l'altro si è licenziato senza preavviso. So che Bob sospetta che io abbia qualcosa a che fare con l'uscita di scena dei due soci. Bene. Che abbia pure paura.

«Cos'è questo?», chiedo.

«Aprilo e basta».

Le mie lunghe unghie rosse si infilano sotto la chiusura metallica, piegandola delicatamente all'indietro. Apro la linguetta e faccio scivolare fuori un fascio di fotografie. Le sfoglio una per una e mi rendo subito conto di cosa si tratta: immagini intime di mio marito con un'altra donna.

«Dove le hai prese?», domando mentre continuo a scrutarle. Dovrei sentirmi distrutta o furibonda, ma a dire il vero non so cosa provo. Perché nel frattempo un'altra parte di me ha preso il sopravvento e sta analizzando le immagini come se fossero parte di un caso sul quale sono al lavoro.

«Diciamo che... tengo sotto controllo la donna con cui tuo marito ha una relazione extraconiugale».

Queste parole suscitano il mio interesse. Se avesse affermato di aver tenuto me sotto controllo, per trovare munizioni adeguate ad abbattermi, non ne sarei stata sorpresa. Ma perché questa donna? Alzo lo sguardo verso Bob e socchiudo appena gli occhi, cercando di cogliere il suo punto di vista.

«Perché?»

«Perché ha ucciso mio fratello».

Lo fisso attonita, ripongo le foto nella busta e gliele restituisco. «Se è così, perché non è in prigione?»

«Perché non tutti pagano per i loro crimini». Piega la testa di lato. «Come avvocata, dovresti saperlo meglio di chiunque altro».

Mi sistemo comoda sulla poltrona, i gomiti appoggiati sui braccioli e metto le mani a campanile davanti al viso. Se adesso ci fosse uno specchio, quegli occhi di fuoco mi starebbero osservando.

Mi rendo conto che Bob è confuso. Sono il cipiglio e lo sguardo che ha smarrito il bagliore di prima a rivelarlo. Tenta di leggere il mio stato d'animo, di indovinare cosa sto pensando, perché la mia reazione non è affatto quella che immaginava.

«Per quale motivo me lo hai riferito?», chiedo.

«Ho pensato che dovessi saperlo... Mi dispiace». Finge uno sguardo di compassione, la minaccia svanisce nella sconfitta.

«No», rispondo in tono scettico. «So bene perché hai voluto dirmelo, Bob». «Cosa?»

«Pensavi che avrei dato di matto, che mi sarei presa un periodo di aspettativa, che sarei rimasta invischiata in un divorzio rognoso e avrei perso la concentrazione. E poi? Che saresti piombato qui e mi avresti portato via la mia partnership nello studio».

«Sarah, no. Non è affatto vero». Bob è sbigottito e si sposta un poco all'indietro.

«Invece è vero, anche se, nel profondo so perché me lo hai detto». Mi sporgo in avanti cercando di attirarlo nella mia rete con lo sguardo più seducente che riesco a mettere su.

Lui non può fare a meno di ricambiare.

«Vuoi quello che desidero io, Bob».

«E cosa sarebbe?», mi domanda.

«Vendetta». Sollevo gli angoli delle labbra a formare il più sinistro dei sorrisi. Bob è subito preda del mio incantesimo. Il fuoco nei miei occhi si è propagato ai suoi, sappiamo entrambi che ormai non si torna più indietro.

«E adesso?», mi chiede Adam, riportandomi al presente.

Alzo lo sguardo su di lui: «Rimaniamo in attesa».

«Quale verdetto ti aspetti?»

«Innocente, ovviamente», interviene Eleanor da dietro la ringhiera. Si sporge, allungando la mano verso Adam.

«Grazie, mamma», dice afferrandola per un attimo prima di voltarsi verso di me. «Sarah?»

«Non lo so. È difficile interpretare tutti i giurati».

«Dai, forza», mi supplica. «L'hai già fatto centinaia di volte. Devi avere una specie di sensazione in un senso o nell'altro».

È la disperazione che parla. Vuole la speranza. No, ha bisogno di speranza. Non ho una sensazione. Lo so e basta. Lo giudicheranno colpevole. Ma non posso dirglielo. Finirà nel braccio della morte, in attesa dell'ago che lo manderà via da questo mondo, proprio come quelli che hanno fatto lo stesso con mia madre, e non ci sarà nemmeno bisogno di fare appello sulla base di una rappresentanza legale inadeguata.

Incrocio il suo sguardo. «Ho la sensazione che otterremo il verdetto che desideriamo».

Sorride. Pensa di far parte di quel *noi*. «Di norma quanto tempo ci vuole?», si informa.

«Dipende. Possono essere ore, giorni, persino settimane».

«Settimane?»

«È successo».

«Non dovrebbero impiegare più di qualche minuto per rendersi conto che il mio cucciolo è innocente, almeno potremo porre fine a questa ridicola assurdità del processo». Eleanor si sporge ulteriormente dalla ringhiera, mettendosi tra me e Adam. «Purché tu abbia fatto bene il tuo lavoro, Sarah», sottolinea puntando un dito nella mia direzione.

Un ufficiale giudiziario si avvicina al tavolo. Ha appena estratto dalla cintura un paio di manette. «Mr Morgan», lo sollecita.

«È proprio necessario?», starnazza Eleanor.

«Non c'è problema, mamma». Adam stende le mani davanti a sé.

«Non osare fargli del male, o farò causa a te e a tutta la contea!», minaccia Eleanor serrando i denti.

«Stai tranquilla, non gli faranno del male». Scosto gli occhi da lei proprio quando le manette si stringono ai polsi di Adam.

«Andiamo», lo invita l'ufficiale giudiziario, guidandolo verso l'uscita anteriore.

«Sarah.» Adam si blocca e si volta verso di me.

L'ufficiale giudiziario si ferma, ma gli segnala di fare in fretta.

«Ti amo e mi dispiace per tutto quello che ho fatto. Qualunque cosa accada, voglio solo dirti grazie per essere stata al mio fianco e per essere una persona migliore di quanto sia mai stato io».

«So che faresti lo stesso per me, Adam», lo consolo con un cenno del capo.

Allunga i polsi ammanettati e lascio che prenda la mia mano nella sua. Adam me la stringe due volte per dirmi *ti amo*. Io faccio altrettanto, ma il mio messaggio è un altro. Il verbo è diverso. Ma sì, pensi pure quello che vuole. Mi lascia la mano e si incammina con l'ufficiale giudiziario verso l'uscita laterale, nella parte anteriore della sala.

«Pronta?», mi chiede Anne, che ha già preparato tutto.

«Sì», rispondo.

Mentre usciamo dall'aula, scruto i volti familiari. Eleanor, con la sua classica espressione di disapprovazione. Mi incolperà per sempre di questo. Be', finalmente non posso darle torto. Poi lo sceriffo Stevens, complice nel coprire le sue imprudenze. Non riesce neppure a incrociare il mio sguardo. E infine Bob, che mi aspetta in fondo all'aula.

«Ottimo lavoro, avvocata», mi accoglie porgendomi la mano. La prendo nella mia, la stringo due volte e scuotiamo le braccia. Nessuno si accorge di noi.

«Grazie», sorrido appena, prima di lasciargli la mano e uscire dall'aula.

Nell'atrio, Anne si ferma e si volta verso di me. «Sei stata bravissima come sempre, ma cosa ne pensi? Credi che Adam sarà giudicato a dovere?».

Esito un istante e squadro la statua lì accanto, quella della Giustizia bendata, che stringe una bilancia in una mano e una spada nell'altra. La targa che reca sul fronte recita: «Libertà e giustizia per tutti».

Spesso dimentico che la Giustizia è anche qui. È solo un'altra parte dello sfondo, la personificazione dell'applicazione della morale nel sistema giudiziario. La sua bilancia riceve spesso tutta l'attenzione: l'equilibrio della giustizia, l'eguale opportunità per ogni parte di raccontare la propria storia. Ma la sua spada viene dimenticata, ignorata. Simboleggia l'esecuzione di ciò che è giusto una volta celebrata la stessa equità. Ma la giustizia non è bianca o nera. È soggettiva, determinata solo dalla nostra morale personale.

Guardo Anne e annuisco. «Credo proprio di sì».

Ringraziamenti

È strano riscrivere i ringraziamenti per un romanzo già pubblicato, ma questo libro, la versione che avete tra le mani, non è lo stesso che è stato pubblicato la prima volta nell'estate del 2020. La nuova edizione è stata sottoposta a profonda revisione, sia interna sia esterna. Da quando ho scritto *Un matrimonio perfetto*, quasi otto anni fa, credo di essere cresciuta molto come autrice, e quando ho avuto la possibilità di pubblicare con un nuovo editore un'edizione aggiornata del mio esordio, ho voluto farlo nel modo adeguato. Il libro era stato pubblicato in origine da un piccolo editore britannico. Non disponeva di budget per il marketing, non era stato sottoposto a editing e non sarebbe mai dovuto uscire in libreria. Eppure, malgrado le umili origini, *Un matrimonio perfetto* ha sovvertito anche i pronostici più negativi trovando, infine, i suoi lettori.

Ecco perché voglio ringraziare in primo luogo proprio voi lettori. Questo libro non ha cambiato la mia vita… siete stati voi. Siete la ragione per cui posso fare ciò che amo per vivere, e vi sarò eternamente grata. Un riconoscimento speciale al mio sciocco gruppo di oche, gli incredibili membri del mio gruppo Facebook, Jeneva Rose's Convention of Readers. La mia gratitudine anche a Scott (IYKYK). Spero che questa edizione speciale ti ispiri a scrivere… e-mail.

Grazie a tutto il team di Blackstone Publishing per aver dato a *Un matrimonio perfetto* una nuova casa e per avermi aiutato a realizzare la struttura che avevo in testa per una riedizione speciale. Grazie a Madeline Hopkins per la consulenza editoriale e le intuizioni, che mi hanno permesso di migliorare questa storia di dieci volte almeno, pur rimanendo fedele all'idea primigenia.

Ringrazio la mia agente, Sandy, per aver lavorato all'accordo per la nuova edizione de *Un matrimonio perfetto* prima della pubblicazione del sequel, *The Perfect Divorce* (in arrivo nel 2025).

Un ringraziamento speciale a Noel Scheid, Austin Nerge, James Nerge, Kapri Dace, Hannah Willetts, Andrea Willetts, Mary Weider, Stephanie Diedrich, Emily Lehman, Rosemary Cariello, Kayla Cariello-Becker e Bri Becker per aver letto una delle prime bozze. Mi dispiace che abbiate dovuto affrontare questa prova. Un ringraziamento altrettanto speciale a mio suocero, Kent Willetts, per aver letto le prime due versioni del romanzo. Doppie scuse per il tormento che avrai patito. Grazie a Matt Eckes per aver ispirato il personaggio di Matthew Latchaw.

Nel 2020 ho contattato diversi scrittori per chiedere loro se volessero buttare giù il blurb de *Un matrimonio perfetto*, e tre hanno risposto di sì. Dunque, grazie a Samantha Downing, Samantha Bailey e J.T. Ellison. Apprezzerò per sempre la gentilezza e il sostegno che mi avete dimostrato fin dal principio.

Grazie alle persone che contribuiscono a migliorare senza posa il mondo dei libri: librai, bibliotecari, recensori di libri, booktoker, blogger, bookstagrammer e insegnanti. Condividere il vostro amore per la lettura è ciò che rende meravigliosa la comunità del libro.

Grazie a mio marito Drew, che ha creduto in me quando io non credevo in me stessa. Questo libro lo devo letteralmente a te. Mi hai fatto scrivere quando non volevo, un po' come Annie Wilkes e Paul Sheldon in *Misery*, ma senza violenza.

Grazie a mia madre, la più grande sostenitrice della mia scrittura. Un tempo lasciavo sul tavolo della cucina le mie poesie, i miei racconti o i capitoli di un libro che stavo scrivendo perché lei li leggesse al rincasare dal secondo turno di lavoro. Ebbene, la mattina dopo mi svegliavo e trovavo i margini pieni di complimenti, oltre a un biglietto nel quale mi diceva quanto fosse orgogliosa e mi incoraggiava a continuare a scrivere. È stata sempre lei a spingermi a prendere l'abitudine di firmare con il primo e il secondo nome, «Jeneva Rose», poiché riteneva che fosse un ottimo pseudonimo. E poi, era comunque un valido esercizio per tutti i libri che un giorno avrei firmato, come diceva lei. Mia madre aveva ragione e vorrei che fosse vissuta abbastanza a lungo per vederlo con i suoi occhi, perché mi piacerebbe sentire le parole «te l'avevo detto» pronunciate da lei.

Indice

Jeneva Rose

La vacanza perfetta

Volume di 320 pagine

Grace Evans ha disperatamente bisogno di una pausa. Se vuole rimettersi in sesto, deve allontanarsi per un po' dallo stress e dalla vita frenetica di New York. Per questo, quando scova su Airbnb un idilliaco ranch nel Wyoming dove trascorrere un soggiorno lontano da tutto e da tutti, non esita un attimo a prenotare. Una volta lì, Grace scopre con piacere che il posto è tranquillo e isolato come sperava e che il padrone di casa, Calvin Wells, è un uomo simpatico e affascinante, tanto che, con il passare dei giorni, tra i due nasce un'intesa che si trasforma presto in qualcosa di più. Ma proprio quando Grace sta cominciando a convincersi di aver trovato l'oasi perfetta che stava cercando, emergono alcuni dettagli inquietanti: il ranch sembra essere collegato alla misteriosa scomparsa di una donna, e Calvin inizia a mostrare atteggiamenti morbosi, come se la sua attrazione per Grace si stesse trasformando in ossessione. Sperduta nel mezzo del Wyoming, senza segnale telefonico, Grace si rende conto di essere finita al centro di una pericolosa rete di segreti e bugie. E la vacanza da sogno rischia di assumere i contorni del peggiore degli incubi...

NEWTON COMPTON EDITORI

Freida McFadden

Finché morte non ci separi

Volume di 160 pagine. Euro 3,90

Oggi dovrebbe essere il giorno più felice della mia vita. Sono fidanzata con l'uomo dei miei sogni e tra poche ore diventeremo marito e moglie finché morte non ci separi. Nonostante alcuni ostacoli sulla strada, questa giornata è tutto ciò che sognavo che fosse. C'è solo un problema: qualcuno là fuori non vuole che io viva abbastanza a lungo per pronunciare il mio sì. E se non sto attenta, potrebbe benissimo realizzare il suo desiderio.